UN SI BEAU SOLEIL POUR MOURIR

Né à New York en 1947, James Patterson publie son premier roman en 1976. La même année, il obtient l'Edgar Award du roman policier. Il est aujourd'hui l'auteur de plus de trente best-sellers traduits dans le monde entier. Plusieurs de ses thrillers ont été adaptés à l'écran.

Auteur américain salué par ses confrères pour *Infidèle,* Howard Roughan signe avec *Un si beau soleil pour mourir* son cinquième roman en collaboration avec James Patterson.

Paru au Livre de Poche :

BIKINI
BONS BAISERS DU TUEUR
CRISE D'OTAGES
DANS LE PIRE DES CAS
DERNIÈRE ESCALE
GARDE RAPPROCHÉE
LES GRIFFES DU MENSONGE
LUNE DE MIEL
LUNE POURPRE
LA MAISON AU BORD DU LAC
MOI, MICHAEL BENNETT
ŒIL POUR ŒIL
ON T'AURA PRÉVENUE
PRIVATE LOS ANGELES
PROMESSE DE SANG
LE SANG DE MON ENNEMI
TAPIS ROUGE
UNE NUIT DE TROP
UNE OMBRE SUR LA VILLE
ZOO
WEEK-END EN ENFER

Les enquêtes d'Alex Cross :
DES NOUVELLES DE MARY
EN VOTRE HONNEUR
GRAND MÉCHANT LOUP
LA LAME DU BOUCHER
LE MASQUE DE L'ARAIGNÉE
MOI, ALEX CROSS
LA PISTE DU TIGRE
SUR LE PONT DU LOUP
TIRS CROISÉS
TUER ALEX CROSS

Les enquêtes du Women's Murder Club :
2e CHANCE
TERREUR AU 3e DEGRÉ
4 FERS AU FEU
LE 5e ANGE DE LA MORT
LA 6e CIBLE
LE 7e CIEL
LA 8e CONFESSION
LE 9e JUGEMENT
10e ANNIVERSAIRE
LA 11e ET DERNIÈRE HEURE
12 COUPS POUR RIEN
13e MALÉDICTION

JAMES PATTERSON
ET HOWARD ROUGHAN

Un si beau soleil pour mourir

TRADUIT DE L'ANGLAIS (ÉTATS-UNIS)
PAR PHILIPPE VIGNERON

L'ARCHIPEL

Titre original :

SECOND HONEYMOON
Publié par Little, Brown and Company, New York, 2013.

ISBN : 978-2-253-08670-3 – 1re publication LGF

PROLOGUE

Coups de feu dans la nuit

1

Un jour, il sera célèbre dans le monde entier, mais pour l'instant le gamin n'a aucune raison de l'imaginer. Quel gosse serait capable de prédire l'avenir, ou même de commencer à le comprendre ? Ned Sinclair, sept ans, tend le bras vers l'obscurité, sa main tâtonnante palpe la cloison tandis qu'il sort de sa chambre. Il n'ose pas allumer dans le couloir. Il n'ose pas faire le moindre bruit. Pas même jeter un coup d'œil. Pas encore.

Lentement, sur la pointe des pieds, il avance le long du couloir étroit, interminable. C'est l'hiver à Albany et il sent le froid du parquet traverser son pyjama-combinaison Superman. Il tremble, glacé jusqu'aux os, tout juste s'il ne claque pas des dents.

Arrivé devant l'escalier, il cherche la rambarde. Il secoue le bras d'avant en arrière, telle une branche fragile agitée par le vent. Il ne sent rien… toujours rien… et soudain – oui, ça y est – la douce courbe en pin laqué sous ses doigts.

Il s'agrippe de toutes ses forces à la rambarde, ses jointures blanchissent, et il descend jusqu'au rez-de-chaussée, un pas après l'autre, avec d'infinies précautions.

Un peu plus tôt dans la journée, il avait presque oublié sa terreur de la nuit. Sa grande sœur Nora l'avait emmené au cinéma voir une nouveauté, *Retour vers le futur 2*. Quatre ans auparavant, il était encore trop jeune pour le premier volet.

Assis dans la salle obscure, un grand seau de pop-corn au beurre et un gobelet de RC Cola calés entre les cuisses, il était resté merveilleusement hypnotisé par ce qui se passait sur l'écran – surtout par la DeLorean…

Par la suite, il avait pensé : Si seulement je pouvais voyager dans le temps… Je ne veux plus rester ici. Ici, je n'aime pas…

Peu importe où il allait, pourvu que ce soit loin de cette maison – et de l'horrible monstre qui hantait ses nuits. Avec Nora, ils s'enfuiraient et vivraient heureux pour le restant de leurs jours. Une nouvelle ville. Une nouvelle maison. Et dans le jardin de leur nouvelle maison ? Rien d'autre que des lis jaunes, les fleurs préférées de sa sœur.

Il l'aime tant. Chaque fois que les gosses du quartier se moquent de son bégaiement – Ne-Ne-Ne-Ned, ricanent-ils, cruellement –, Nora prend sa défense. Elle s'est même déjà battue pour lui. Elle est aussi forte que n'importe quel garçon. Peut-être que, là où ils iraient, Ned aurait le droit d'épouser sa sœur ?

Mais, en attendant, il est toujours coincé dans cette maison. Prisonnier. Pris au piège. Étendu chaque nuit dans son lit, guettant le bruit qu'il prie pour ne pas entendre… mais qui survient toujours.

Toujours, toujours, toujours.

Le monstre.

2

Arrivé au bas de l'escalier, Ned tourne à droite. Sa main le guide toujours à travers la pénombre alors qu'il traverse la salle à manger, le coin détente avec son tapis beige à poils longs, jusqu'à la porte de la bibliothèque de son père, où il n'a pas le droit d'entrer – jamais.

Il se fige en entendant les gargouillis de la plinthe chauffante, suivis d'une série de claquements, comme de rapides coups de marteau. Puis le vacarme de l'eau s'engouffrant dans les vieilles canalisations rouillées. Rien d'autre. Pas de bruits de pas ou de voix dans la maison. Juste son propre cœur martelant sa poitrine à la fracasser.

Retourne au lit. Tu ne peux pas encore affronter le monstre. Quand tu seras plus grand, peut-être. Je t'en supplie, je t'en supplie, retourne dans ton lit.

Seulement, Ned ne veut plus écouter la voix qui résonne dans sa tête. Une autre voix lui parle à présent, beaucoup plus puissante. Beaucoup plus téméraire. Intrépide. Et elle lui ordonne de continuer. N'aie pas peur ! Tu n'es pas une poule mouillée !

Ned pénètre dans la pièce. Près de la fenêtre, un bureau en acajou faiblement éclairé par la lueur d'une petite pendule électrique dont les chiffres, comme sur un antique tableau d'affichage de scores, basculent l'un sur l'autre.

Le bureau est imposant, trop imposant pour cette pièce. Il est équipé de trois grands tiroirs du côté gauche.

Le seul tiroir important est celui du bas. Il est toujours fermé à clé.

Ned tend les deux bras au-dessus du bureau et attrape un vieux mug qui contient des stylos, des crayons, des gommes et des trombones. Il prend une grande respiration puis, comme s'il avait compté jusqu'à trois, il soulève le mug.

Elle est là. La clé. Au même endroit qu'il y a quelques semaines, lorsqu'il l'a trouvée. Parce que les petits garçons de sept ans sont capables de mettre la main sur à peu près tout, surtout ce qu'ils ne sont pas censés trouver.

Ned prend la clé, la tient entre le pouce et l'index puis l'insère dans la serrure du dernier tiroir.

Il la tourne légèrement vers la droite, jusqu'à ce que le petit clic se fasse entendre.

Alors, avec des gestes lents et méticuleux, sans faire le moindre bruit, Ned ouvre le tiroir.

Et sort le pistolet.

3

Olivia Sinclair se redresse si vite dans son lit qu'elle est prise d'un bref étourdissement. Sa première pensée, c'est que le chauffage s'est déclenché, et avec lui ce vacarme métallique dans les tuyaux qui fait presque trembler les murs de la maison.

C'est d'ailleurs pour cette raison qu'elle met toujours des bouchons d'oreille quand elle va au lit : pour pouvoir passer une nuit tranquille. Les bouchons d'oreille ont toujours été efficaces. Pas une seule fois elle ne se rappelle avoir été tirée de son sommeil.

Jusqu'à cet instant.

Si ce bruit ne vient pas des radiateurs et des canalisations, alors d'où ? C'est forcément quelque chose.

Olivia se tourne sur sa gauche pour vérifier l'heure. Le réveil sur la table de chevet indique 0 h 20.

Elle se tourne sur sa gauche et constate que la place à côté d'elle est vide. Elle est seule.

Olivia retire ses bouchons d'oreille et sort les jambes de sous les couvertures. Ses pieds nus trouvent aussitôt les pantoufles par terre. Elle allume la lampe lorsque, au même moment, un autre bruit la fait sursauter. Celui-ci, elle le reconnaît tout de suite : un cri atroce, terrifiant.

Nora !

Elle jaillit hors de la chambre, traverse le long couloir étroit en courant et se précipite dans la chambre de sa fille, dont la lumière est allumée.

En franchissant le seuil, ce n'est plus un étourdissement qui la saisit : c'est une violente nausée.

Partout, du sang. Par terre. Sur le lit. Une gerbe a éclaboussé le mur rose, entre des posters de Debbie Gibson et de Duran Duran.

Les yeux d'Olivia parcourent la chambre à la vitesse d'une balle de flipper. Elle respire profondément. L'odeur des coups de feu pèse encore dans l'air. En une fraction de seconde d'une horreur absolue, elle prend conscience de ce qui vient de se passer.

Et de ce qui se passait depuis plus d'un an.

Oh, mon Dieu ! Ma fille ! Mon trésor ! Ma fille innocente !

Nora se tient rencognée contre la tête de lit, en position fœtale, comme pour se faire la plus petite possible. Elle serre de toutes ses forces ses bras autour de ses genoux. Elle est nue. Elle sanglote. Elle regarde son frère.

À l'autre extrémité de la chambre, Ned se tient debout, en pyjama, pâle comme la neige d'hiver, immobile comme une statue. Il ne cille même pas.

Olivia aussi demeure pétrifiée l'espace d'une seconde. La seconde suivante, elle semble s'être brusquement rappelé qui elle est. Ce sont ses enfants.

Et elle est leur mère.

Olivia s'élance vers Ned, s'agenouille devant lui et l'enserre, le presse contre sa poitrine. Il se met à marmonner quelque chose, des mots qu'il répète encore et encore. Des mots qui ressemblent à : « C'était le monstre. »

— Chut, murmure-t-elle à son oreille. Tout va bien. Tout va bien, mon cœur…

En même temps, délicatement, elle lui retire l'arme des mains.

Puis, à pas lents, elle marche jusqu'à la porte de la chambre, et se retourne une fois encore. Elle voit sa fille. Son fils.

Et « le monstre », étendu au sol, mort.

Peu après, elle décroche le téléphone dans le couloir. Elle reste en suspens un long moment, le combiné à la main, puis compose le 911.

— Je m'appelle Olivia Sinclair, annonce-t-elle à l'opératrice. Je viens de tuer mon mari.

PREMIÈRE PARTIE

L'étrange affaire des O'Hara

1

Sans cesser de sourire, Ethan Breslow attrape la bouteille de Perrier-Jouët dans le seau à glace près du lit. C'est la première fois de sa vie qu'il se sent aussi heureux. Un tel bonheur est donc possible ? Il ne l'aurait jamais cru.

— Quel est le record du monde d'heures passées entièrement nus pendant une lune de miel ? plaisante-t-il.

Le drap suffit à peine à couvrir son mètre quatre-vingt-dix sculptural.

— Je ne sais pas exactement, répond son épouse. Après tout, c'est ma première lune de miel…

Abigail se redresse pour s'adosser à l'oreiller à côté d'Ethan. Ils viennent de faire l'amour avec une audace renouvelée, et elle reprend encore son souffle.

— … mais, au train où vont les choses, j'ai pris beaucoup trop de vêtements.

Les deux amoureux éclatent de rire. Ethan remplit les flûtes, tend la sienne à Abigail en fixant ses yeux d'un bleu velouté. La beauté de son apparence n'a d'égale – et tant pis pour le cliché – que sa beauté intérieure. Il n'a jamais rencontré de femme aussi aimante et bienveillante. D'un seul mot, elle a fait de lui l'homme le plus heureux de la planète. « Acceptez-vous de prendre pour époux Ethan Breslow ici présent ? — Oui. »

Il lève sa flûte pour porter un toast. Un rayon de soleil caribéen s'insinue entre les rideaux et fait étinceler les bulles de champagne.

— À Abby, la fille la plus merveilleuse du monde.

— Dans le genre « mec », tu ne t'en tires pas mal non plus. Même si pour toi je ne suis qu'une de ces « filles »...

Ils trinquent et boivent en silence en se plongeant dans la contemplation du paysage qui s'étend devant leur bungalow en bord de mer, dans le Governor's Club des îles Turques-et-Caïques. Tout est tellement parfait : les fragrances aromatiques des fleurs de coton sauvage qui s'attardent au-dessus de leur grand lit à baldaquin, la douce brise qui se faufile par les portes-fenêtres ouvertes du patio.

Sur une île d'un autre genre – Manhattan –, leur histoire d'amour a fait couler des tonneaux entiers d'encre dans les magazines *people.* Ethan Breslow, héritier du fonds d'investissement en capital-risque Breslow, jadis enfant terrible du monde de la nuit new-yorkaise, avait enfin grandi grâce à Abigail Michaels, une jeune pédiatre qui avait la tête sur les épaules.

Avant de la rencontrer, Ethan était célèbre pour son dilettantisme. Femmes, drogues et, même, professions. Il s'est essayé à ouvrir un club à SoHo, à lancer un magazine d'œnologie, à réaliser un documentaire sur Amy Winehouse. Mais il ne l'a jamais fait avec son cœur. Rien de tout ça. Au fond de lui, le seul endroit qui importe réellement, il n'avait pas la moindre idée de ce qu'il voulait faire de sa vie. Il était perdu.

Puis il avait trouvé Abby.

Il ne s'ennuyait jamais avec elle, elle était bourrée d'humour et avait une volonté de fer. Son engagement auprès des enfants avait bouleversé Ethan. Elle l'inspirait. Ethan avait cessé de jouer, il avait été pris en fac de droit à Columbia d'où il était ressorti diplômé. À la fin de sa première semaine de travail au sein du Fonds d'aide et de secours à l'enfance, il avait posé un genou à terre et demandé Abby en mariage.

À présent, c'était de jeunes mariés essayant d'avoir leur premier enfant. Et ils y mettaient vraiment du cœur. C'était devenu un sujet de plaisanterie entre eux. Aucun couple n'avait dû passer autant de temps au lit qu'eux depuis John et Yoko.

Ethan avale une dernière gorgée de Perrier-Jouët.

— Bon, tu en penses quoi ? demande-t-il. On range l'écriteau « Ne pas déranger » et on s'aventure un peu dehors ? Que dirais-tu d'une petite balade sur la plage ? Ou d'aller manger quelque part ?

Abby se blottit contre lui, encore plus près. Ses longs cheveux noisette cascadent sur le torse de son mari.

— On pourrait aussi rester ici et appeler le room-service, propose-t-elle. Après, je suis sûre qu'on aura un peu plus faim…

La perspective donne une idée intéressante à Ethan.

— Viens avec moi, dit-il en se glissant hors du lit à baldaquin.

— On va où ?

Abigail sourit, intriguée.

Ethan prend le seau à champagne et le cale sous son bras.

— Tu verras.

2

De prime abord, Abby reste perplexe. Nue avec Ethan dans la salle de bains de la suite, face à la cabine du sauna, elle pose une main sur sa hanche d'un air de dire : Tu n'es pas sérieux ? Faire l'amour là-dedans ?

Ethan tourne les choses de la bonne façon :

— Imagine que c'est un de tes cours de yoga bikram, mais en mieux.

La comparaison achève de la convaincre. Abby adore ses cours de yoga bikram à Manhattan. Rien ne la détend mieux après une longue journée de travail.

Rien… à part peut-être ça. Oui, cette petite expérience s'annonce prometteuse. Sûr qu'ils en riront encore pendant plusieurs années – un sacré souvenir de lune de miel et, à tous les coups, une excellente façon de brûler des calories !

— Après toi, ma chérie.

Ethan s'écarte et, avec une galanterie amusée, ouvre la porte à sa femme. Le Governor's Club est réputé pour ses salles de bains spectaculaires, avec leur douche en marbre à six jets et leur sauna japonais.

Ethan déroule sa serviette sur le banc en bois le long du mur du fond. Abby s'allonge pendant qu'il fait monter la température en versant de l'eau sur les pierres de lave dans le coin. Avec un grésillement, la vapeur commence à emplir la cabine.

Il s'agenouille ensuite sur le plancher en cèdre, devant Abby, et plonge la main dans le seau à glace. Quelques préliminaires s'imposent.

Un glaçon entre les lèvres, il se penche sur son épouse et se met à parcourir lentement son corps avec sa bouche. Le cube de glace frôle tout juste la peau, de la base de son cou à la courbure de ses seins, jusqu'à la pointe de ses orteils. Qui se recroquevillent de plaisir à son passage.

— C'est… délicieux, murmure Abby, les paupières closes.

À présent, elle sent toute la puissance de la chaleur du sauna, et la sueur commence à s'écouler de ses pores. C'est grisant. Elle est toute trempée.

— Viens en moi, gémit-elle.

Elle ouvre les yeux – et bondit brusquement du banc. Confuse, elle regarde fixement par-delà l'épaule d'Ethan.

— Qu'est-ce qu'il y a ? demande-t-il.

— Il y a quelqu'un dehors, Ethan ! Je viens de voir quelqu'un.

Ethan se retourne et regarde à travers le petit carreau de la porte, à peine plus grand qu'une fiche bristol. Il ne voit rien.

— Tu es sûre ?

Abby hoche la tête.

— Sûre. Quelqu'un est passé devant la porte, j'en suis certaine.

— Un homme ou une femme ?

— Je ne pourrais pas dire.

— C'est sûrement la femme de chambre.

— Avec l'écriteau « Ne pas déranger » sur la porte ?

— Elle a dû frapper et on ne l'a pas entendue.

Il sourit.

— Ça fait tellement longtemps que l'écriteau est sur la porte, elle devait se demander si on était encore en vie.

Abby se calme un peu. Ethan a certainement raison. Pourtant…

— Tu veux bien aller voir, juste pour être sûr ?

— Pas de problème.

Pour la faire rire, il prend le seau à champagne et le plaque sur son entrejambe.

— De quoi j'ai l'air ?

— Très drôle.

Abigail réussit à produire un sourire. Elle prend la serviette sur le banc et la lui tend. Il la noue autour de sa taille.

— Je reviens dans une seconde.

Il pose la main sur le bouton de la porte, le tourne. Rien.

— C'est coincé. Abby, ça ne s'ouvre pas.

3

— Comment ça, ça ne s'ouvre pas ?

En une fraction de seconde, le sourire d'Abby s'efface.

Ethan tire plus fort sur le bouton mais la porte du sauna ne bouge pas d'un pouce.

— On dirait que c'est verrouillé.

Pourtant, comme ils le voient bien tous les deux, le bouton n'est pas équipé d'une serrure.

— Le bois a dû jouer…

Il presse le visage sur le petit carreau pour mieux voir dans la salle de bains.

— Tu vois quelqu'un ?

— Non. Personne.

Il se met à frapper la porte du poing et à crier.

— Hé ! Il y a quelqu'un ?

Pas de réponse. Le silence. Un silence fâcheux. Un silence angoissant.

— Ça n'était pas la femme de chambre, conclut Abby.

Soudain, une explication jaillit dans son esprit.

— Si ça se trouve, on est en train de se faire cambrioler et ils nous ont enfermés dans le sauna !

— Possible, admet Ethan.

Il ne peut pas rejeter cette hypothèse. Bien sûr, étant le fils d'un milliardaire, se retrouver enfermé dans un sauna le dérange plus que se faire voler.

— On fait quoi ?

Abby commence à paniquer. Il le voit dans ses yeux, et ça l'effraie à son tour.

— On va commencer par couper le chauffage, répond-il en essuyant son front en nage.

Il presse le bouton OFF sur le panneau de contrôle. Puis il s'empare de la grande louche près des pierres de lave et la brandit devant Abby.

— Ensuite, on va faire ça…

Il coince le manche en bois de la louche dans le chambranle de la porte et, s'en servant comme d'une pince-monseigneur, pèse dessus de toutes ses forces.

— Ça vient ! crie-t-il.

La porte se met à vaciller sur ses gonds, à bouger lentement. En insistant encore un peu, Ethan va bien réussir à…

Crac !

Le manche se brise en deux comme une allumette, propulsant Ethan tête la première contre le mur. Quand Abby le voit se retourner, elle s'écrie :

— Tu saignes !

D'une entaille au-dessus de son œil droit s'écoule un filet de sang qui gagne sa joue. Et le filet s'élargit. En tant que médecin, Abby a vu le sang sous presque toutes ses formes et sait toujours comment réagir. Mais cette fois, c'est différent. Elle n'est pas dans son bureau à l'hôpital, elle n'a ni gaze ni bandages. Elle n'a rien. Et c'est Ethan qui saigne.

— Eh, ça va ! l'assure-t-il pour l'apaiser. Tout va bien. On va trouver une solution.

Elle n'en est pas convaincue. Leur petite expérience a commencé de façon très chaude et très sexy – maintenant, elle est chaude tout court. Violemment chaude. Chaque fois qu'Abby respire, elle sent ses poumons s'embraser sous la chaleur du sauna.

— Tu es sûr que le chauffage est éteint ?

Ethan n'en est pas du tout certain. Il a plutôt l'impression qu'il fait encore plus chaud dans la cabine. Comment est-ce possible ?

Il s'en fiche. Il a encore une carte à jouer : le tuyau dans le coin et la soupape d'arrêt d'urgence.

Il grimpe sur le banc et tourne la valve perpendiculairement au tuyau. Un sifflement bruyant emplit la cabine. Couvert par le soupir de soulagement d'Abby.

Non seulement la chaleur est retombée mais de l'air frais leur parvient par la grille de ventilation du plafond.

— Et voilà le travail, commente Ethan. Avec un peu de chance, on a déclenché une alarme quelque part. Même sans alarme, tout va bien. On a plein d'eau pour tenir, quelqu'un finira bien par venir.

À peine vient-il de prononcer ces mots qu'ils plissent le nez, reniflent l'atmosphère.

— C'est quoi cette odeur ?

— Je ne sais pas, dit Ethan.

La seule chose qu'il sait, c'est que ça n'est pas une odeur normale.

Abby tousse la première. Elle porte d'un geste désespéré ses mains à son cou. Sa gorge se rétrécit. Elle ne peut plus respirer.

Ethan essaie de l'aider mais, quelques secondes plus tard, lui non plus ne peut plus respirer.

Tout s'est passé si vite. Ils se regardent, leurs yeux sont rouges et ruissellent de larmes, leurs corps au supplice se convulsent. La situation ne peut pas être pire.

Et pourtant. Le pire reste à venir.

Ethan et Abby s'effondrent à genoux, le souffle coupé, quand ils voient des yeux à travers le petit carreau de la porte du sauna.

— Au secours ! articule douloureusement Ethan en tendant la main. Au secours !

Mais les yeux les regardent. Sans ciller, sans émotion. Ethan et Abby comprennent alors : c'est un meurtre. Et le meurtrier est en train d'assister à leur agonie.

4

Si je ne l'ai pas dit une fois, je ne l'ai pas dit cent fois. Il ne faut jamais se fier aux apparences.

Prenez la pièce où je me trouve, par exemple. À en juger par le raffinement du mobilier, les tapis persans voluptueux, les œuvres d'art aux cadres dorés qui ornent les murs, on pourrait se croire dans la maison-témoin d'un designer quelque part en banlieue.

Certainement pas dans un cabinet médical au cœur du Lower East Side de Manhattan.

Et puis il y a ce type assis face à moi.

Plus décontracté, il tomberait de sa chaise. Il porte un jean, un polo et des sandales Teva beiges. Pour rien au monde on n'imaginerait qu'il s'agit d'un psy.

Il y a encore une semaine, moi aussi j'étais décontracté. Rien n'aurait laissé supposer que j'étais sur le point de foutre en l'air onze ans d'une carrière prometteuse au FBI. Je le cachais bien. Du moins, c'est ce que je croyais.

Mais mon chef, Frank Walsh, était d'un autre avis. Bien sûr, c'est un euphémisme. D'une voix burinée par deux paquets de clopes quotidiens, il m'a infligé une série d'uppercuts verbaux à base de vociférations rauques, jusqu'au K.O. final. John, il faut que tu voies un psy.

C'est pourquoi j'ai accepté ce rendez-vous avec le très détendu Dr Adam Kline dans son cabinet déguisé en salle de séjour. Sa spécialité ? Les victimes de « stress émotionnel profond provoqué par un deuil personnel ou un traumatisme ».

Des gars comme moi, John O'Hara.

Tout ce que je sais, c'est que si ce type ne me laisse pas repartir avec une attestation de bonne santé mentale, je suis foutu pour le Bureau. *Kaputt.* Viré. *Sayonara*, connard !

Mais ce n'est même pas ça, le problème.

Le problème, c'est que je n'en ai rien à foutre.

— Alors c'est vous, le docteur Trauma ? dis-je en m'installant dans un fauteuil manifestement destiné à me faire oublier que je suis en réalité sur le divan.

Le Dr Kline hoche la tête avec un petit sourire, comme s'il ne s'attendait à rien d'autre de ma part que cette entrée en matière de joyeux drille. Sa riposte est immédiate :

— Et vous, si j'ai bien compris, vous êtes la Bombe à Retardement. Parfait, on commence ?

5

C'est ce qui s'appelle ne pas perdre de temps. Le Dr Kline attaque bille en tête.

— À quand remonte le décès de votre femme, Joe ?

Je remarque qu'il n'a posé sur ses genoux ni calepin ni crayon. Il n'écrit rien. Il ne fait qu'écouter. Ce genre d'approche me plaît bien, je dois dire.

— Elle a été tuée il y a deux ans.

— Dans quelles circonstances ?

Je le regarde, un peu déstabilisé.

— Vous n'avez pas lu mon dossier ?

— J'ai lu l'intégralité de votre dossier. Trois fois. Mais c'est vous que je veux entendre.

Une partie de moi me pousse à sauter de mon fauteuil et à lui coller une droite dans la gueule pour m'obliger à revivre le pire jour de mon existence. Mais une autre partie – la partie qui a encore un peu de jugeote – comprend qu'il me demande de faire quelque chose que je n'ai jamais cessé de faire de mon côté. Chaque jour. Impossible de lâcher prise.

Impossible d'oublier Susan.

Susan et moi étions tous les deux agents du FBI, même si, quand nous nous sommes rencontrés, je travaillais comme policier infiltré pour le NYPD. Je suis devenu agent spécial quelques années plus tard, et dans un tout autre service que celui de Susan : le contre-terrorisme. À quelques exceptions près, c'est la seule condition pour que le Bureau accepte les couples mariés.

Susan m'a donné deux garçons magnifiques et, pendant quelque temps, tout se passait de façon idyllique. Par la suite, beaucoup moins. Au bout de huit ans, nous avons divorcé. Je vous épargne les raisons, notamment parce qu'aucune n'était assez sérieuse pour justifier notre séparation.

L'ironie, c'est qu'il m'a fallu attendre de travailler sur une affaire de tueuse en série – catégorie veuve noire – et manquer mourir empoisonné de sa main pour que Susan et moi en prenions conscience. Nous nous sommes réconciliés et avons de nouveau formé une famille unie avec John Jr et Max. Jusqu'à cet après-midi d'il y a environ deux ans.

Je continue en expliquant au Dr Kline que, sur la route du supermarché, Susan a été percutée par un chauffard qui n'avait pas vu le stop. Sa voiture roulait à 90 km/h sur une section limitée à 50 km/h. Susan est morte sur le coup, l'autre conducteur s'en est tiré avec quelques égratignures. Circonstance aggravante, cet enfoiré était ivre au volant.

Un avocat ivre, en l'occurrence.

En refusant l'alcootest et en choisissant la prise de sang à l'hôpital, il a pu gagner quelques heures, le temps que son taux d'alcoolémie retombe sous la limite légale. Accusé d'homicide involontaire, il a écopé de la peine minimale.

Où est la justice là-dedans ? À vous de me le dire. Il a pu revoir ses enfants pendant que moi, j'essayais d'expliquer aux miens qu'ils ne reverraient plus jamais leur mère.

Le Dr Kline reste silencieux quelques secondes après la fin de mon récit. Son visage ne laisse rien paraître.

— Elle était partie acheter quoi ?

— Pardon ?

— Susan. Elle était partie acheter quoi, au supermarché ?

— J'ai compris. J'ai juste du mal à croire que c'est la première question qui vous traverse l'esprit après tout ce que je vous ai raconté. Quelle importance ça a ?

— Je n'ai pas dit que c'était important.

Je parviens à bredouiller :

— Du beurre. Susan voulait préparer des cookies pour les gosses mais elle n'avait plus de beurre. Quelle ironie, pas vrai ?

— Comment ça ?

— Peu importe.

— Non, allez-y. Expliquez-moi.

— C'était un agent du FBI. Elle aurait pu mourir des dizaines de fois dans l'exercice de ses fonctions.

Alors, c'est comme un déclic dans ma tête. Un truc qui s'allume – ou s'éteint. Je ne peux pas me contrôler, des mots de haine jaillissent de mes lèvres.

— Mais non, c'est un enculé d'ivrogne qui défonce sa voiture en rentrant de faire les courses !

Je m'arrête, le souffle court. J'ai l'impression que je viens de courir un marathon.

— Voilà. Vous êtes content ?

Le Dr Kline secoue la tête. Puis, d'une voix calme :

— Non, John. Je ne suis pas content. Je suis préoccupé. Et vous savez pourquoi ?

Bien sûr que je le sais. Pour la même raison que le Bureau m'a suspendu à titre provisoire. Et qu'à l'insistance de mon chef, Frank Walsh, je suis en train de me faire examiner le cerveau.

Stephen McMillan, l'avocat saoul qui a tué Susan, va sortir de prison dans moins d'une semaine.

— Vous pensez que je vais le tuer, pas vrai ?

Kline hausse les épaules, fait diversion.

— Disons que des gens qui tiennent beaucoup à vous s'inquiètent de ce que vous pourriez avoir en tête. Alors dites-moi, John… ont-ils de bonnes raisons de s'inquiéter ? Avez-vous l'intention de vous venger ?

6

Riverside, dans le Connecticut, se trouve à une heure de route du centre de Manhattan. Je laisse le Fangio qui est en moi prendre les commandes et arrive à la maison quarante minutes plus tard exactement. C'était tout ce que je voulais : rentrer chez moi et prendre mes gamins dans mes bras.

— Eh, p'pa, tu veux m'écraser ou quoi ? glousse Max qui s'entraînait à lancer sa balle de base-ball contre un filet installé sur la pelouse devant l'entrée.

Pour ses dix ans, le gosse a vraiment un geste percutant – toute fierté paternelle mise à part.

Je relâche finalement mon étreinte.

— Alors, ça y est, tu as préparé toutes tes affaires ?

Lui et son frère aîné, John Jr, sont en vacances depuis une semaine, et partent dès le lendemain matin en colonie pour un mois.

Max acquiesce.

— Ouais. Mamie m'a aidé à tout ranger. Elle a même écrit mon nom sur tous mes slips avec un marqueur… Bizarre, non ? Bah, peu importe.

Venant de mamie Judy, je ne me serais pas attendu à moins.

— Elle est avec papi ?

— Non. Ils sont allés faire des courses pour le dîner. Pour notre dernière soirée ensemble, papi voulait préparer des steaks.

À la mort de Susan, ses parents, Judy et Marshall, ont quitté la Floride, où ils coulaient une retraite paisible, pour venir vivre ici. Selon eux, je n'aurais jamais réussi à élever seul les garçons tout en continuant à travailler pour le FBI. Ils avaient raison. Et puis ils devaient sentir qu'être auprès de Max et John Jr les aiderait – ne serait-ce qu'un peu – à apaiser la douleur d'avoir perdu leur fille, leur unique enfant.

Depuis le jour de leur emménagement, ils ont eu une attitude constamment incroyable. Sans doute ne serai-je jamais capable de leur exprimer toute l'étendue de ma reconnaissance pour le temps qu'ils nous ont consacré, leur amour et leur sacrifice, mais j'ai au moins pu leur offrir une croisière de quatre semaines en Méditerranée pendant les vacances des garçons. Et je me félicite d'y avoir pensé tant que je touchais encore mon salaire du Bureau. Je n'aurais pas changé d'avis, mais Judy et Marshall auraient certainement refusé le cadeau. Ce sont des gens comme ça.

— Où est ton frère ?

Max roule des yeux sous sa casquette des Yankees.

— À ton avis ? En train de jouer à l'ordi. Le vrai *geek*…

Max retourne lancer contre le frappeur imaginaire des Red Sox et je rentre dans la maison où je grimpe directement à l'étage. Naturellement, la porte de la chambre de John Jr est fermée.

— Toc-toc !

Après m'être annoncé, je pousse la porte.

Effectivement, John Jr est à son bureau, devant son ordinateur. Dès qu'il me voit, il lève les mains de son clavier.

— Bon sang, p'pa, grogne-t-il, tu ne peux pas frapper pour de bon ? Le respect de la vie privée, tu connais ?

Je réprime un rire.

— Eh, bonhomme, tu as treize ans ! Tu me parleras quand tu commenceras à te raser.

Il frotte le duvet sur son menton et, avec un sourire :

— Ça pourrait bien arriver plus tôt que tu ne crois !

Il a raison : mon grand garçon pousse vite. Trop vite, peut-être.

John Jr avait onze ans à la mort de sa mère, un âge très compliqué. Contrairement à son frère, il était assez grand pour éprouver les mêmes sensations qu'un adulte : la souffrance absolue, l'angoisse, la conscience dévastatrice de la perte. Pourtant, c'était encore un enfant. C'était le plus injuste. Le deuil l'a obligé à mûrir d'une façon qu'aucun enfant ne devrait jamais connaître.

— Sur quoi tu bosses ?

— Je mets à jour ma page Facebook. On n'aura plus le droit de le faire au camp.

Oui, je sais. C'est une des raisons pour lesquelles je vous envoie là-bas, petit malin ! Plus de jeux vidéo, plus de smartphones, et ordinateurs interdits. Rien d'autre que le grand air et Mère Nature…

Je m'approche et jette un coup d'œil par-dessus son épaule à l'écran de son MacBook. John Jr bondit aussitôt et plaque les mains sur l'écran.

— Papa ! C'est privé !

Je n'ai jamais voulu être un de ces parents qui espionnent leurs enfants ou se connectent en secret à leur ordinateur pour vérifier qu'ils ne disent ou ne font rien qui leur soit interdit. Mais je sais aussi que rien n'est « privé » sur Internet.

— Tu sais, John, dès que tu écris quelque chose sur le Web, n'importe qui dans le monde peut le lire.

— Et alors ?

— Alors tu dois être prudent, c'est tout.

— Je suis prudent.

Il détourne le regard.

C'est dans des moments comme celui-ci que Susan me manque le plus. Elle saurait quoi dire et, tout aussi important, quoi ne pas dire.

— John, regarde-moi une seconde.

Lentement, il revient vers moi.

— Je te fais confiance. Mais tu dois me faire confiance, toi aussi. J'essaie juste de t'aider.

Il hoche la tête.

— Papa, je connais toutes les histoires de cinglés et de maniaques qui rôdent sur le Net. Je ne donne jamais d'infos personnelles ou ce genre de trucs.

— Bien.

Et nous en restons là.

C'est ce que je crois, en tout cas. En sortant de la chambre de John, je n'imagine pas, pas l'ombre d'un instant, qu'est sur le point de débuter l'une des affaires les plus énormes et les plus dingues de ma carrière.

Le temps de dire : « À table ! », et c'est parti.

7

— Vous savez comment les Italiens appellent les repas pris dehors ? demande Judy à ses deux petits-fils comme s'ils étaient assis derrière leur bureau en salle de classe et non à la table ronde de notre patio.

La mère de Susan a été institutrice pendant vingt-huit ans. Les vieilles habitudes sont décidément difficiles à perdre…

— Chérie, laisse-les donc un peu tranquilles, l'interrompt Marshall en s'attaquant à un épais contre-filet. L'école est finie.

Judy ignore plaisamment sa remarque. Ils sont mariés depuis plus longtemps qu'elle n'a été institutrice.

— *Al fresco*, reprend-elle. Ça veut dire en plein air.

Elle répète l'expression lentement, comme dans un de ces cours audio Berlitz.

— *Al-fres-co.*

— Eh, mais attends un peu ! intervient Marshall en décochant un clin d'œil aux garçons derrière ses lunettes à monture d'acier. Je le connais ! On a fait le Vietnam ensemble. Ce bon vieux Al Fresco. Un sacré numéro, celui-là !

Max et John Jr éclatent de rire. Ils ont toujours adoré les plaisanteries de leur grand-père. Même Judy lui accorde un sourire.

Et moi aussi, je souris. Ce que je vois, autour de cette table, c'est une famille qui a été dévastée par une tragédie mais, par je ne sais quel miracle, est parvenue à se ressaisir pour continuer à vivre.

Eh, O'Hara, ça ne te dirait pas de te ressaisir et de continuer à vivre, toi aussi ? Peut-être de reprendre du service ? Un semblant d'existence ? Oui ? Non ?

Quelques instants plus tard, Judy fait même quelque chose qu'elle ne faisait plus depuis la mort de sa fille : elle parle de la mort de quelqu'un d'autre. Pendant longtemps, prononcer simplement ce mot devant elle lui arrachait des larmes.

— J'ai appris une nouvelle terrible aux infos, ce matin. Ethan Breslow et la pédiatre qu'il venait tout juste d'épouser ont été assassinés pendant leur lune de miel.

Marshall secoue la tête.

— Je n'aurais jamais cru dire ça un jour, mais je suis triste pour son père.

— Attendez… c'est qui, Ethan Breslow ? demande John Jr.

— Le fils d'un homme très riche.

Marshall complète ma réponse :

— D'un homme très riche. Warner Breslow ressemble beaucoup à Donald Trump. En moins modeste…

Judy lui lance un regard réprobateur, même si elle n'est pas spécialement en désaccord avec son mari. L'ego démesuré de Warner Breslow est connu dans le monde entier. Il a même sa page Wikipédia.

— Ils ont arrêté le coupable ?

— Non, réplique Judy. Apparemment, il n'y a aucun témoin. Je crois qu'ils passaient leur lune de miel aux îles Turques-et-Caïques.

— Turques quoi ? s'exclame Max, sans s'apercevoir qu'il tend la perche pour que sa grand-mère reprenne le chemin de l'école.

— Turques-et-Caïques. Ce sont des îles dans les Caraïbes. Un petit ensemble d'archipels, en fait.

Tandis qu'elle commence sa leçon sur les Antilles britanniques, j'entends la sonnerie du téléphone. Je me lève mais Marshall me coiffe sur le poteau.

— Je le prends ! lance-t-il avant de disparaître dans la maison.

Moins de vingt secondes plus tard, il revient à la table avec une expression à la fois troublée et choquée. De la main, il couvre le combiné.

— Qui c'est ?

Il me regarde.

— C'est Warner Breslow. Il veut te parler.

8

« Coïncidence » n'est pas le bon mot. Je dirais plutôt carrément flippant.

Marshall me tend le téléphone et je vais m'isoler dans la maison. J'opte pour le cellier à côté de la cuisine. Je n'ai jamais rencontré Warner Breslow, ni même parlé avec lui. Jusqu'à maintenant.

— O'Hara à l'appareil.

Il se présente, s'excuse de me déranger chez moi. J'écoute attentivement chaque mot mais ce que j'entends vraiment – ce qui me frappe –, c'est sa voix. Quand je le voyais dans des interviews à la télévision, chaque parole proférée proclamait sa puissance de mâle alpha puissance dix. Un leader-né.

À présent, il paraît effondré, peut-être même vulnérable.

— Je présume que vous avez entendu ce qui est arrivé à mon fils et à sa femme.

— Oui. Je suis désolé.

Silence à l'autre bout du fil. Je voudrais dire autre chose, mais aucune formule adéquate ou utile ne me vient à l'esprit. Je ne connais pas cet homme et je ne connais pas encore la raison de son appel.

J'ai juste un pressentiment.

— Un ami commun m'a recommandé de vous contacter. Vous pensez que vous pouvez m'aider ?

— Ça dépend, en fait. De quoi avez-vous besoin ? Quel genre d'aide ?

— Je ne peux pas me permettre de faire aveuglément confiance à une bande de flics des tropiques. Je veux vous engager pour mener votre propre enquête, indépendamment de la police des îles Turques-et-Caïques.

— C'est une affaire plutôt délicate…

— C'est exactement pour ça que je fais appel à vous. Vous avez besoin que je récite votre CV ?

Non. Pas encore.

— Monsieur Breslow, je crains que les agents du FBI n'aient pas le droit de bosser au noir.

— Certes, mais les agents suspendus ?

Mentalement, je parcours à toute vitesse mon carnet d'adresses, à la recherche de cet ami commun du FBI. Car Breslow a forcément accès à quelqu'un du Bureau.

— Je suppose que je pourrais en parler à mon patron.

— Je l'ai fait pour vous.

— Vous connaissez Frank Walsh ?

— On est de vieux amis. Compte tenu des circonstances – les vôtres et les miennes –, il accepte de faire une exception. Le Bureau vous donne le feu vert.

Sans me laisser le temps de réagir, Breslow porte le coup fatal. Ravagé par le chagrin, peut-être, mais toujours l'âme d'un homme d'affaires. Et redoutable, avec ça.

— Deux cent cinquante mille dollars.

— Pardon ?

— Pour vos services, et le temps que vous me consacrerez. Plus les frais divers, naturellement. Vous le valez bien.

Comme je tarde à répondre, il me remet un coup de pression – ou est-ce cela qu'on appelle l'influence ?

— Corrigez-moi si je me trompe, John, mais vous êtes privé de solde le temps de votre suspension ?

— Vous avez bien appris votre leçon.

— Et vos garçons ? Ils apprennent bien leurs leçons, aussi ? Je veux dire, leurs résultats scolaires sont bons ?

— Pour l'instant, oui.

Ma voix se fait hésitante. Qu'est-ce qui lui prend, de mêler mes gamins à tout ça ?

— Pourquoi cette question ?

— Parce que je n'ai pas mentionné le bonus. Vous devez le connaître avant de me donner votre réponse. C'est ce que vous toucherez si votre travail me procure l'infime dose de réconfort que je suis capable de ressentir dans une telle situation : la justice.

Alors, Warner Breslow me laisse entrevoir ce que la justice vaut à ses yeux. Il me donne le montant précis du bonus.

Et vous pouvez me croire : cet homme sait conclure un marché.

9

À cinq mille kilomètres de là, au sixième étage de l'hôpital psychiatrique d'Eagle Mountain, à la périphérie de Los Angeles, Ned Sinclair, trente et un ans, est étendu sur son lit. Il compte les carreaux blancs du plafond pour la millionième fois, sans doute. C'est une habitude stupide qu'il a prise comme une façon de se préserver, de garder intacte sa santé mentale. Compter les carreaux, encore et encore, est le seul moyen qu'il a trouvé pour s'échapper de ce trou oublié de Dieu, de cet enfer.

Jusqu'à maintenant.

Ned entend les grincements des roues du chariot à médicaments sur le linoléum gris du couloir. C'est l'heure de ce que les infirmières appellent, par dérision, les petits digestifs – un assortiment de substances narcotiques permettant aux patients du secteur psychiatrique de passer des nuits paisibles et silencieuses, au moment où le personnel travaille en équipe réduite.

Une voix résonne à la porte.

— C'est tes médicaments, Ned. Et tu ne fais pas le con ce soir.

Ned ne se retourne pas pour voir l'infirmier. Il continue de compter : vingt-deux… vingt-trois…

Depuis son arrivée à Eagle Mountain quatre ans plus tôt, c'était la même infirmière qui faisait la tournée des médicaments les soirs de semaine. Elle se prénommait Roberta et se montrait aussi avenante et amicale que les murs de l'hôpital – elle était du reste bâtie comme eux. Avec ses collègues, elle maintenait une conversation minimale, et n'était pas du genre à bavarder avec les patients. Elle ne faisait rien de plus que ce pour quoi elle était payée : distribuer les médicaments. Rien de plus. Ce qui convenait parfaitement à Ned.

Mais deux semaines plus tôt, Roberta a été renvoyée. La rumeur disait qu'elle se faisait ses propres réserves de narcotiques. Méfiez-vous de l'eau qui dort…

C'est un infirmier qui la remplace désormais. Un type qui aime se faire appeler par son surnom : Hank. Enculé serait plus adapté. Il est bruyant, il est odieux, il est ignorant, il ne sait jamais la fermer. De toute évidence, le vivier de candidats pour l'équipe de nuit devait être à sec.

— Allez, Ned. Je sais que tu entends ma voix dans ton petit crâne de taré.

Hank pousse le chariot dans la chambre.

— Dis quelque chose. Parle-moi, mec.

Mais Ned n'a rien à dire.

Hank ne lâche pas l'affaire. Il déteste qu'on l'ignore. Il ne connaît que trop cette sensation : il l'expérimente tous les soirs dans les bars de L.A., quand il aborde les femmes avec la délicatesse d'une boule de démolition. Il jette un regard noir à Ned. Pour qui il se prend, cet enfoiré, à fermer sa gueule quand je lui parle ?

— Tu sais quoi ? Je me suis renseigné sur toi. J'ai découvert que tu étais un genre de génie des maths, un putain de prof de fac… Mais il t'est arrivé une merde. Quoi ? Tu as fait du mal à quelqu'un ? À toi-même ? C'est pour ça que tu as atterri au sixième étage ?

Le sixième étage d'Eagle Mountain est réservé aux PNA – jargon d'infirmier pour les « patients de nature agressive ». Ces patients ne doivent donc jamais – en aucune circonstance – avoir accès à des objets coupants ou susceptibles d'être aiguisés. Ils n'ont même pas le droit de se raser.

Ned reste silencieux.

— Oh, attends, attends… je me rappelle, maintenant. Ils m'ont dit que tu as pété les plombs quand ta sœur est morte.

Hank a un petit sourire cruel.

— Elle était bonne, Ned ? Je parie qu'elle était bonne, ta sœur. Nora, c'est ça ? Si elle était là, tu sais quoi ? Je lui fourrerais le cul direct. Mais Nora n'est pas là, forcément : elle est crevée. Son petit cul, c'est plus qu'un tas d'os !

Il ricane comme ces gosses d'Albany, il y a des années, qui se moquaient du bégaiement de Ned.

C'est à ce moment que Ned se retourne vers Hank. Et cette fois, il a quelque chose à lui dire.

10

— Je pourrais avoir mes pilules, s'il vous plaît ? demande Ned d'une voix calme.

Le torse bombé de Hank se raplatit comme un château gonflable à la fin de la kermesse de la paroisse. C'est tout ce que Ned a trouvé à répondre à ses piques, ses attaques, ses remarques cruelles ? Du vent. Le soi-disant gros bonnet de la fac n'est qu'une poule mouillée.

— Tu sais quoi ? Je crois que t'as rien dans le froc, répond Hank avec un petit rire méprisant tandis qu'il prend le gobelet en carton sur le plateau.

La veille, c'est Hank qui n'avait rien, mais plutôt dans le crâne. Il avait été appelé en remplacement d'Eduardo, l'infirmier chargé de distribuer les plateaux-repas à tous les patients. Eduardo s'était fait porter pâle – en raison, ironie du sort, d'une intoxication alimentaire, peut-être consécutive à une dégustation d'une des entrées servies par l'hôpital.

Dans la soirée, Hank a donc fait sa tournée en laissant un plateau devant chaque porte de chambre. Y compris au sixième étage. Sans réfléchir plus que ça. En oubliant, par conséquent, que les PNA ne doivent pas avoir le même dessert que les autres patients. Simple étourderie.

Mais parfois, la différence entre la vie et la mort peut être aussi simple que la différence entre une gaufre et un esquimau.

Planté sur un bâtonnet.

— Tiens, voilà, dit Hank en donnant le gobelet à Ned.

Ned tend la main mais ce n'est pas le gobelet qu'elle saisit. Avec la force d'un étau, elle se referme sur le poignet de Hank.

Ned propulse l'infirmier vers le lit d'un coup sec, comme s'il démarrait une tondeuse à gazon. En quelque sorte, c'est ce qu'il est en train de faire. Au travail, maintenant…

Ned lève l'autre main et, d'un geste furieux, plonge vers sa victime le bâtonnet d'esquimau qu'il a soigneusement taillé et aiguisé contre les parpaings du mur. Il frappe Hank en pleine poitrine, puis dans l'épaule, dans la joue, dans l'oreille, avant de replonger son arme dans le torse, encore et encore, dans un feu d'artifice de gerbes de sang.

Enfin, l'estocade : Ned frappe l'infirmier stupide dans le cou, déjà bouffi. En plein dans le mille ! Il tranche la carotide comme un vulgaire morceau de réglisse.

Ça va, Hank ? Tu tiens le coup ?

Apparemment pas. Il s'effondre, tente d'appeler à l'aide mais au lieu d'un cri, c'est le sang qui jaillit de sa gorge. L'homme qui ne savait pas se taire ne sait plus parler.

Ned se lève et regarde Hank se vider de son sang sur le sol. Il compte le temps que l'infirmier met à mourir. C'est un peu comme compter les carreaux au plafond, songe-t-il. Presque apaisant.

Maintenant, il faut partir.

Ned rassemble ses affaires, les rares que l'hôpital l'a autorisé à garder. Le moment est venu de prendre congé. Il passera devant l'équipe de nuit – réduite au strict minimum – aussi discrètement qu'une souris.

Ou qu'un petit garçon avec le pistolet de son père.

Mais avant de partir, il jette un dernier regard vers Hank, étendu par terre, mort. Jamais il ne saura pour quelle raison Ned l'a tué – de toute façon, il n'aurait pas compris. Peu importe qu'il ait été un sale fils de pute. Ned s'en fichait bien.

Ce qui a mis en branle une machine infernale au tréfonds du cerveau de Ned, c'est une chose qu'a faite Hank le jour même de sa prise de fonction à l'hôpital.

Une chose horrible. Affreuse…

Il lui a dit son vrai nom.

11

Une bouffée d'air me gifle lorsque je descends du jet privé de Warner Breslow à l'aéroport international de Providenciales, sur les îles Turques-et-Caïques. La température est de 36 °C, et le mercure grimpe.

En un clin d'œil, mon jean et mon polo se plaquent sur ma peau comme du velcro.

Le jet de Breslow, un Bombardier Global Express XRS, a une capacité d'accueil de dix-neuf passagers plus l'équipage mais, pour ce voyage, il embarquait à peine le minimum : un pilote, une hôtesse et moi. Le comble du surclassement, en somme.

À peine ai-je le temps de poser un pied sur le tarmac qu'un jeune homme s'avance vers moi. Il a la trentaine et porte un ensemble bermuda-chemisette en lin blanc.

— Bienvenue aux Turques-et-Caïques, monsieur O'Hara. Je m'appelle Kevin. Votre voyage s'est bien déroulé ?

Je serre la main de mon interlocuteur.

— Comme le pire cauchemar d'Al Gore ! À part ça, un vol plutôt bluffant…

Il sourit, mais je suis presque sûr qu'il n'a pas compris l'allusion. Avec les plaisanteries sur l'empreinte carbone, c'est toujours quitte ou double…

Je ne sais pas encore qui est Kevin mais je dois dire que, jusqu'à présent, tout se déroule dans la plus grande transparence. J'ai déjà pu parler à Frank Walsh, au Bureau, qui m'a confirmé qu'il validait mes prestations auprès de Breslow.

En revanche, il n'a pas jugé nécessaire de clarifier la nature exacte de sa relation avec le milliardaire. Connaître Frank, c'est connaître la limite au-delà de laquelle il vaut mieux ne pas le pousser. Je n'ai donc pas insisté.

Quant à Breslow, il avait déjà mis sur le coup un de ses avocats hors de prix, qui a sonné à ma porte le lendemain matin pour me donner un contrat signé. Il tenait seulement sur deux pages et, à l'évidence, était bien plus avantageux pour moi que pour mon employeur. Je n'avais pas demandé de trace écrite de notre accord mais Breslow avait été formel.

— Il ne faut jamais s'en tenir à la parole donnée, vous pouvez me croire, avait-il déclaré d'une voix lourde de sous-entendus.

Au contrat s'ajoutait une enveloppe scellée.

— Qu'est-ce qu'elle contient ?

— Vous verrez, avait répondu l'avocat en souriant. Ça pourrait se révéler utile.

Il avait raison.

Mon seul regret, le matin venu, avait été de ne pas pouvoir me joindre à Marshall et Judy pour déposer Max et John Jr à la colonie, dans les monts Berkshire. Après les avoir serrés contre moi, je leur ai promis que je viendrais les voir dans quinze jours, pour la journée de visite des parents.

Soucieux que je tienne ma promesse, Max me l'a fait répéter quatre fois – « sans croiser les doigts », a ajouté John Jr en roulant des yeux.

Ils me manquent déjà.

— Nous y allons ? me propose Kevin en indiquant d'un geste la limousine gris métallisé derrière lui.

Je marque un temps d'hésitation, et il comprend.

— Oh, pardon. Je pensais que vous saviez. Je fais partie de l'hôtel Gansevoort. M. Breslow s'est occupé de tout et vous logerez chez nous pendant la durée de votre séjour.

Je hoche la tête. Le Mystère de Kevin est résolu. Et de la meilleure des façons. J'ai découvert le Gansevoort dans les pages « Voyage » du *New York Times*, et c'est un lieu magnifique – l'excellence absolue. Même si je n'ai pas fait le voyage là pour me prélasser. Je passe déposer mes affaires, m'octroie une douche rapide et repars aussitôt en direction du Governor's Club pour commencer mon enquête.

Au début, Breslow pensait que je voudrais m'installer sur place – sur le lieu du crime – mais je lui ai expliqué que ce serait plus confortable pour moi d'aller m'installer quelque part dans le coin. Et par « confortable », je ne faisais pas allusion à la qualité du tissage des draps…

Il en irait tout autrement si je pouvais sortir mon insigne, mais je ne suis plus l'agent O'Hara, juste John O'Hara. Et même ça, pour le moment, je préfère que personne au Governor's Club ne le sache.

Même chose pour la police locale. Tôt ou tard, je rendrai une petite visite de politesse aux inspecteurs chargés de l'affaire et comparerai mes informations avec les leurs, s'ils sont d'accord. En attendant, je veux rester aussi incognito que possible.

Mais avant même de faire un pas en direction de la limousine, je vois une lueur jaillir dans le coin de mon champ de vision. Je me tourne et j'aperçois une berline blanche qui fonce dans notre direction – qui fonce vraiment. Si elle avait des ailes, elle décollerait.

Mais la seule question importante, c'est : a-t-elle des freins ?

La voiture ne fait pas mine de ralentir. On dirait même que, plus elle approche, plus elle accélère.

Enfin, dans une manœuvre tout droit sortie de l'école de conduite Starsky & Hutch, elle fait une embardée, ses roues arrière dérapent sur l'asphalte chaud du tarmac et elle pile juste devant nous.

Sur ses portières, l'inscription POLICE / ILES TURQUES-ET-CAIQUES.

Je jette un coup d'œil à Kevin, qui paraît prêt à se laisser aller dans son bermuda en lin.

— M. Breslow n'aurait pas en plus prévu une escorte, si ?

Kevin secoue la tête, perplexe.

Je secoue la tête, tout court.

Pour l'incognito, je repasserai. Apparemment, je vais faire la connaissance de la police un peu plus tôt que prévu.

J'ai déjà dit qu'il fait très chaud par ici ?

Bienvenue aux îles Turques-et-Caïques, O'Hara.

12

Le commissaire Joseph Eldridge, dont la juridiction comprend chaque centimètre carré des quelque quarante îles et récifs, s'allume un cigarillo. Assis derrière son secrétaire immaculé, il souffle un nuage de fumée et me fixe du regard comme s'il savait quelque chose que j'ignore.

Manifestement, c'est le cas. En l'occurrence, c'est même pour cette raison que j'ai été « escorté » directement de l'aéroport à son bureau.

Deux autres hommes se trouvent dans la pièce : le président de l'office de tourisme et le commissaire adjoint.

Je n'ai pas retenu leur nom mais ce n'est pas très grave. Ils ont pris place un peu à l'écart et ne manifestent aucune intention de parler. La conversation qui s'engage se déroule strictement entre Eldridge et moi.

— Je ne savais pas vraiment à quoi m'attendre de la part de M. Breslow, déclare-t-il. Sinon quc ç'allait être quelque chose – ou, devrais-je dire, quelqu'un.

La réputation et la fortune de Breslow l'ont précédé. Je souris.

— Bah, être quelqu'un présente des avantages, pas vrai ?

Eldridge se cale dans son fauteuil et laisse échapper un rire guttural. Il ressemble un peu à Denzel Washington, mais sa voix évoque beaucoup celle de James Earl Jones. L'un dans l'autre, il m'a l'air d'un type plutôt agréable.

Cela dit, il s'en faut d'un cheveu pour que je sois le bienvenu aux îles Turques-et-Caïques. Et je piétine cette fine ligne comme un funambule aux semelles de plomb…

— Quelles sont vos intentions, durant votre séjour ?

Si Eldridge a pressenti que Breslow ferait appel à un enquêteur et qu'il ait pensé à passer au peigne fin les plannings de chaque vol privé atterrissant à Providenciales jusqu'à en trouver un appartenant au milliardaire, je ferais mieux de ne pas jouer au plus malin avec lui. Toutes considérations personnelles mises à part, je suis un agent du FBI en « congé » du Bureau qui tente d'aider un homme ayant subi une terrible perte.

C'est ce que je lui explique. Et j'ajoute :

— Je suis ici simplement pour m'assurer qu'aucun détail n'est laissé de côté pendant l'enquête. Il n'y a aucun mal à ça, pas vrai ?

Eldridge acquiesce.

— Vous portez une arme ?

— Non.

— Le FBI est au courant de votre présence ?

— Oui.

— Vous travaillez seul ?

— Ça dépend.

— De quoi ?

— De votre envie de partager des informations avec moi. Pour commencer, quelles sont les premières pistes découvertes ? Vous avez des suspects ? Des résultats d'autopsie ?

Eldridge tapote son cigarillo sur un grand coquillage qui fait office de cendrier. L'heure du choix a sonné.

D'un côté, je pourrais lui être utile dans son enquête. Il est peu probable que l'un de ses hommes ait la même expérience et le même profil que moi. D'un autre côté, on vient tout juste de faire connaissance. Je suis à peu près aussi crédible que Ronald McDonald. Oh, pendant que j'y pense : mon patron vous a dit que je voyais un psy ?

Eldridge soutient longuement mon regard avant de jeter un coup d'œil aux deux hommes assis derrière lui. C'est la première fois qu'il semble s'apercevoir de leur présence.

Est-ce à cause de ce regard, ou l'avaient-ils déjà prévu ? Les deux hommes se lèvent brusquement et sortent du bureau comme s'ils venaient de se rappeler qu'ils sont garés en double file.

À présent, j'ai Eldridge pour moi tout seul.

À moins que ce ne soit l'inverse.

13

J'observe Eldridge, qui tire à nouveau sur son cigarillo. La fumée s'échappe de ses lèvres en dessinant une fine ligne parfaite.

— Agent O'Hara, quand vous êtes arrivé ici, qu'est-ce que vous avez remarqué ?

— Une horde de journalistes venus du monde entier, même du Moyen-Orient.

— Et ils vous ont paru comment ?

— Je dirais… affamés. Comme une meute de loups qui n'a rien mangé depuis quarante-huit heures. J'ai déjà vu ça par le passé…

Il sourit.

— Oui, exact. Alors, s'il vous plaît, ne vous vexez pas si je vous dis que je ne peux divulguer aucun détail de l'enquête en cours. C'est sans doute une raison qui en vaut une autre, mais j'aime croire que j'apprends des erreurs des autres.

Tout de suite, je saisis l'allusion : Aruba.

Tant de fuites et de désinformations ont émaillé l'affaire Natalee Holloway que les policiers d'Aruba avaient fini par ressembler à une bande de pieds nickelés. Eldridge a l'air déterminé à ne pas laisser le même cafouillage se produire sous ses ordres.

Reste que j'ai un travail à effectuer, et il en est conscient.

— Est-ce qu'au moins vous pouvez me garantir que toute votre division criminelle est sur le coup ? Tous vos inspecteurs ? Tous vos employés, jusqu'au dernier agent ?

J'ai pris soin de me renseigner sur les dispositifs policiers dans les îles. Alors que les inspecteurs du NYPD sont classés par grade, du premier au troisième, la division criminelle des Turques-et-Caïques comprend quatre échelons : inspecteur principal, sergent, caporal et agent.

Je ne serais pas surpris que le concierge se lance lui aussi à la recherche du tueur.

— Oui, vous pouvez rassurer M. Breslow : tous nos hommes sont monopolisés sur l'affaire. Y compris vous, maintenant. Je présume que vous allez vous rendre le plus tôt possible au Governor's Club ?

— Oui.

— Comme vous le savez, j'en suis sûr, le Governor's Club est une résidence privée. Ils peuvent vous accuser de violation de propriété privée si ça les amuse…

Je scrute Eldridge, tente de le percer à jour. En vain. Serait-il en train d'essayer de me mettre des bâtons dans les roues ?

— Vous pensez que c'est possible ? Je veux dire… ils pourraient considérer ma présence comme une intrusion par effraction ?

— C'est tout à fait envisageable. Ils accueillent une clientèle très haut de gamme, des gens haut placés, et ils mettent un point d'honneur à protéger la vie privée de leurs hôtes.

Je comprends brusquement à quoi joue Eldridge. Il essaie de me dire quelque chose à mots couverts. En off. Entre les lignes. Un message crypté.

En espérant que je serai assez malin pour comprendre.

— Oui, je vois ce que vous voulez dire. Je n'ai aucunement l'intention de vous mettre sur la sellette avec quelque chose d'aussi superflu qu'une violation de propriété privée. Vous seriez dans l'obligation de m'arrêter, n'est-ce pas ?

— Oui, j'en ai peur. Sans hésiter.

Je me lève et lui serre la main.

— Dans ce cas, je ferai de mon mieux pour vous éviter cette peine.

14

Je me sens comme un gamin qui vient de trouver une grille de décodage dans une pochette surprise. Assez finement, Eldridge est parvenu à me faire comprendre qu'il n'avait aucune piste et qu'il apprécierait mon aide, à condition qu'elle soit discrète. La direction du Governor's Club s'était apparemment montrée peu coopérative et, si elle ne pouvait pas l'empêcher d'interroger les membres du personnel, il en allait bien différemment avec les clients de l'hôtel – ces gens haut placés.

Quant à cette histoire d'arrestation pour violation de propriété privée, c'était la façon qu'Eldridge avait trouvée pour me suggérer d'entrer au Governor's en tant qu'hôte. Ils pourraient me percer à jour et me flanquer dehors, mais ce ne serait pas pour comportement illégal. Ils ne pourraient pas porter plainte.

Et c'est ainsi qu'après seulement une heure passée sur les îles Turques-et-Caïques je dois à nouveau changer mes plans.

— Chambre fumeur ou non-fumeur, monsieur O'Hara ? Les deux sont disponibles.

La ravissante et courtoise petite brune au guichet d'accueil du Governor's Club n'en laisse rien paraître, mais pas la peine d'être un génie ou un simple agent du FBI suspendu pour deviner qu'à la suite du meurtre de deux clients, l'hôtel a peut-être dû faire face à, oh, juste quelques annulations. Comment expliquer, sinon, que je puisse débarquer en plein mois de juin, le pic de la saison des lunes de miel, et obtenir une chambre ?

— Non-fumeur, s'il vous plaît.

— Très bien, monsieur O'Hara.

J'ai choisi un bungalow avec vue sur le jardin, le plus accessible de la résidence – ou, plus exactement, le moins cher : sept cent cinquante dollars la nuit. Une affaire ! Une chance que Breslow couvre toutes mes dépenses.

Après m'être rafraîchi sous la douche, j'enfile ma tenue de camouflage pour l'après-midi : maillot de bain, T-shirt et ambre solaire. Devenu un hôte du club parmi d'autres, je mets le cap sur la piscine, prêt à approcher la clientèle. Discrètement, bien sûr.

L'un de vous aurait-il remarqué quoi que ce soit de bizarre avant le meurtre d'Ethan et Abigail Breslow ?

Malheureusement, si c'était le cas, il ou elle ne se trouvait pas au bord de la piscine. Tant pis pour la discrétion : l'endroit était désert. À perte de vue, des chaises longues inoccupées.

Étape suivante : la plage, une merveilleuse bande de sable blanc dont la pente douce s'étend jusqu'à Grace Bay.

Quelques clients prenaient le soleil, disséminés sur le sable. Peu nombreux, et très éloignés les uns des autres. Pas la meilleure configuration pour entamer la conversation.

Plan D. Quand tout a foiré, se mettre à boire.

Je me glisse jusqu'au bar de la plage, une petite hutte où un barman solitaire contemple d'un air las une dizaine de tabourets vides. Après avoir commandé une Turk's Head, la bière locale, je réfléchis à une manœuvre d'approche.

Mais c'est moi qui me fais approcher.

Cinq minutes plus tard, un homme, dans les soixante-cinq ans, s'accoude au bar et commande un punch. Nous échangeons un salut, et je remarque que ses coups de soleil sont sur le point de se transformer en bronzage. Autrement dit, il est ici depuis sûrement plus que quelques jours.

J'avale une gorgée de Turk's Head, puis me tourne vers lui. J'ai déjà préparé mon accroche.

— Bon sang, c'est mort par ici, non ?

L'homme réprime un gloussement.

— C'est le cas de le dire…

Je me frappe le front, façon « où avais-je la tête ? ».

— Bon sang, c'est vrai. La gaffe ! Je viens d'arriver, mais j'ai appris ce qui s'est passé. Flippant, hein ? C'est pour ça qu'il n'y a personne, j'imagine.

— Ouais. Pas mal de gens ont fichu le camp dès que c'est arrivé. On peut les comprendre.

La voix de l'homme garde les traces d'un accent traînant du Texas, peut-être de l'Oklahoma. Sans doute un propriétaire d'entreprise ou un avocat. Pas un médecin. Les médecins ne portent pas des Rolex en or.

Je souris en le montrant du doigt.

— Mais vous, vous avez décidé de rester dans le coin. Comment ça se fait ?

— C'est un peu comme dans ce film, vous savez…

Il marque une pause, une seconde, son front se plisse jusqu'à ce que le titre lui revienne.

— … *Le Monde selon Garp.* Il y a cette scène où un avion percute la maison que Robin Williams s'apprête à acheter, et il l'achète quand même.

— Ah oui, je m'en souviens ! Quels sont les risques que ça se reproduise à nouveau, c'est ça ?

— Exactement.

— À propos, moi c'est John.

— Carter, dit-il en me serrant la main.

— Naturellement, tout le monde serait soulagé si l'assassin était arrêté. Vous savez où en est l'enquête ?

Le barman dépose un verre de punch devant Carter, qui retire immédiatement la rondelle d'orange et le minuscule parasol comme s'ils représentaient une menace à sa virilité.

— Je ne suis au courant de rien, lâche-t-il entre deux gorgées. Tout se déroule dans la plus grande discrétion… Évidemment, l'hôtel – ou plutôt l'île tout entière – préférerait éviter de faire encore la une des journaux.

— Et avant le meurtre ?

— Comment ça ?

Je hausse les épaules.

— Je ne sais pas.

On se calme, on se calme, O'Hara…

— Vous avez vu le couple parler à des gens en particulier ?

— Non. Je ne les ai vus qu'une seule fois. Il était assez tard, ils dînaient au restaurant de l'hôtel. Ils roucoulaient dans leur coin, sans se mêler à la clientèle.

Un coup d'épée dans l'eau avec mon nouvel ami Carter. Mais je remarque son front qui se plisse à nouveau. Cette fois, avec une intensité nouvelle.

— À quoi vous pensez ?

— Je viens juste de me rappeler quelque chose…

15

Dis-moi tout, Carter.

— À présent que j'y pense, en fait je les ai vus une autre fois…

Carter pose son verre, qui ruisselle sous la chaleur, et entreprend de me raconter qu'il a vu Ethan et Abigail Breslow se promener sur la plage au coucher du soleil. Ça devait être un jour ou deux avant leur meurtre. Un homme qui marchait dans la direction opposée s'est arrêté pour leur parler.

— Vous avez entendu leur conversation ?

Je m'efforce de garder le ton du bavardage badin.

— Non. Ils étaient au bord de l'eau et moi j'étais ici, avec ma femme, à boire des cocktails. Tous les trois avaient l'air souriants mais j'ai senti que Breslow et sa jeune épouse n'étaient pas à l'aise.

Il se penche légèrement vers moi.

— Et pas seulement parce que l'autre type portait un de ces slips de bain minuscules…

— Qu'est-ce qui vous fait dire qu'ils n'étaient pas à l'aise ?

— Leur attitude. J'ai un certain talent pour décrypter le langage corporel.

— Vous jouez au poker ?

— Ouaip. Poker et craps, mes deux vices. C'est même pour ça que je suis surpris d'avoir oublié ce type qui discutait avec eux. Je l'avais déjà vu… au casino. Ah, merde, je devrais en parler à la police, vous ne croyez pas ?

Je ne dis rien. Du moins, c'est ce que je crois. Mais Carter n'exagère pas : il parle couramment le langage corporel.

Il se penche encore, un peu plus près cette fois.

— Attendez un peu… Vous êtes flic, vous, non ?

— Quelque chose dans le genre.

Espérant ne pas avoir à développer, je m'empresse d'offrir à Carter un autre rhum – « Laissez tomber la rondelle », dis-je au barman. Mon interlocuteur n'insiste pas. Je lui demande de me décrire le type de la plage.

— Cheveux sombres, pas mal. La trentaine bien sonnée.

— Grand, petit ?

— Taille moyenne, je crois. À peu près comme le fils Breslow. Et, comme lui, assez baraqué.

— Un client de l'hôtel, vous pensez ?

— Je ne sais pas. Comme je vous ai dit, je l'avais déjà vu au casino.

— Lequel ?

Il y en a plusieurs dans l'île.

— Le Casablanca. J'étais assis à la même table de craps que Slip-de-Bain, sauf qu'il pariait sur la Don't Pass Line. Il misait gros, et il gagnait gros.

— Il donnait l'impression de connaître les croupiers ?

— Vous voulez dire… comme s'il trichait ?

— Non. Comme si c'était un habitué, un habitant de l'île.

— Oui, maintenant que vous le dites… En effet, les croupiers avaient l'air de le connaître. C'est bon signe, pas vrai ? Vous avez toutes les chances de le trouver là-bas.

Je vide d'un trait mon fond de Turk's Head. Pas mal, pour une bière du cru.

Je remercie Carter pour son aide et le temps qu'il m'a consacré. Au moment où je m'apprête à descendre du tabouret, je vois ses yeux s'écarquiller.

— Bordel, pas possible ! s'exclame-t-il en regardant par-dessus mon épaule.

Je me retourne.

— Quoi donc ?

— C'est lui… le gars ! Qui s'amène sur son jet-ski. Vous le voyez ? Juste là.

Je mets mes mains en visière au-dessus de mes yeux pour bloquer le soleil. Le type ressemble bien à la description de Carter, jusqu'au slip de bain – ou, comme l'appelait Susan, le hamac à banane.

— Vous êtes certain que c'est lui ?

— Est-ce que le pape est catholique ?

Je prends sa réponse pour un oui.

16

Je foule d'un pas rapide le sable de la plage de Grace Bay tout en repassant mentalement les nombreuses études et statistiques compulsées au fil des ans à propos des délinquants revenant sur les lieux de leurs méfaits.

Voleurs ? 12 %. Meurtriers ? Presque 20 %. Et 27 % si le meurtre a une dimension sexuelle.

Comme je ne veux pas que l'homme pense que je fonce droit sur lui, je m'arrête pour tremper mes orteils dans l'eau. À une vingtaine de mètres de là, il tire son jet-ski sur le sable pour le mettre à l'abri des vagues. Je m'approche d'un pas nonchalant.

— Besoin d'un coup de main ?

— Non merci, ça va, répond-il sans même me regarder.

Son accent n'est pas américain : Mr. Slip-de-Bain est en réalité Monsieur Slip-de-Bain. Un Français.

Deux autres jet-skis – des Yamaha WaveRunner – appartenant à l'hôtel sont garés côte à côte sur la plage, un peu plus loin.

— Dites, j'ai envie d'en prendre un pour une petite virée, demain. La location coûte combien, ici ?

Mais le jet-ski de Slip-de-Bain n'est pas un Yamaha : le sien, bleu roi, est un Kawasaki plutôt déglingué. Le sien ou pas, mais certainement pas la propriété du Governor's Club.

En d'autres termes, je joue à l'imbécile. Ma véritable question est : est-ce que vous êtes client de l'hôtel ?

— Je suis juste de passage, rétorque-t-il sèchement. Je ne connais pas leurs tarifs.

— Je demanderai au responsable, dis-je en regardant la petite cabane des activités nautiques, près du bar.

L'homme assis devant l'entrée, tout accaparé par des clients invisibles, a l'air de s'ennuyer encore plus mortellement que le barman. Rien de pire que deux meurtres dans une résidence vacances de luxe pour ruiner le petit commerce.

Soucieux d'entretenir la réputation des Français envers les étrangers, Slip-de-Bain tourne les talons et s'éloigne.

Attends un peu, mon gars ! Je n'en ai pas fini avec toi. En fait, j'ai à peine commencé…

Il s'engage sur le chemin qui mène à la piscine. Je le rattrape à mi-chemin.

— Pardon, mais j'ai une autre question à vous poser.

Il se retourne. Il ne pourrait avoir l'air plus incrédule.

Et merde. Qu'est-ce qu'il me veut, ce crétin de touriste américain ?

— Je suis un peu occupé, là.

— Moi aussi. J'essaie de résoudre une affaire de meurtre.

J'espérais le voir sursauter : rien. De l'air le plus détaché du monde, il commente simplement :

— Ah, les Breslow.

— Vous êtes au courant, hein ?

— Bien sûr. On ne parle plus que de ça, dans l'île.

— C'est bien de parler qu'il s'agit. J'ai appris que vous aviez eu une petite discussion sur cette plage avec les Breslow un jour ou deux avant qu'ils soient assassinés.

— Et après ?

— Vous les connaissiez ?

— Non.

— De quoi avez-vous parlé ?

Il remue les pieds.

— Vous êtes qui, au juste ?

— Pourquoi ? Vous me répondrez autre chose si je vous le dis ?

Slip-de-Bain me dévisage un moment. Je le dévisage à mon tour.

— De plongée en apnée.

— De plongée… ?

— Oui. Ils m'ont demandé des infos sur le Récif du Mort.

Son index pointe une direction vers la mer.

Je me retourne – et je comprends aussitôt que j'ai fait une erreur.

17

Dans le genre coup en traître, celui-là est plutôt réussi. En plein dans le ventre – violent, rapide. À l'image de ma chute.

Respire, O'Hara ! Respire !

Aucun risque : à genoux, recroquevillé sur moi-même en une pauvre boule, les jambes et les bras dans le sable.

Pendant ce temps, Slip-de-Bain a pris le départ d'un triathlon où il est le seul concurrent : il s'élance vers la plage, sprinte en direction de la mer. Sauf qu'il ne va pas nager, je le sais. Putain !

Je me force à me relever, l'aperçois qui traîne son jet-ski dans les vagues et me mets aussitôt à courir – dans la direction opposée.

Le responsable des activités nautiques n'a pas le temps de cligner de l'œil.

— Je vous les rapporte ! dis-je en m'emparant de clés de contact posées sur le comptoir.

Avec un peu de chance, il va agiter la main en me criant : « Amusez-vous bien ! »

Ben voyons…

— Eh, mec ! s'écrie-t-il tandis que je repars vers la plage.

Le show est lancé : je poursuis Slip-de-Bain, et Monsieur Jet-Ski me poursuit.

— Hé, toi ! Arrête tout de suite !

Du coin de l'œil, je vois alors débouler la cavalerie. Carter a jailli de son tabouret de bar et fonce dans notre direction tel le général Sherman écumant la Georgie. Pour un vieux, il sait encore courir.

Aussi vite que possible, je tire dans l'eau l'un des deux WaveRunner de l'hôtel et je vois Carter plaquer Monsieur Jet-Ski dans le sable. Bon Dieu, quel spectacle ! Cette plage n'a jamais rien vu de pareil.

Pendant que Carter explique rapidement la situation, j'essaie de me remettre à niveau sur les subtilités du pilotage d'un jet-ski. Ça fait facilement vingt ans que je n'en ai plus monté.

C'est comme une moto, pas vrai ?

Je mets le contact, presse le bouton du démarreur et mets pleins gaz. Puis je m'accroche comme un désespéré. Slip-de-Bain a une bonne longueur d'avance, mais il ne m'a pas encore semé.

— Fonce, mec ! hurle Carter.

Par James Bond, comment je fais pour me foutre dans ce genre de pétrin ?

18

Je suis à califourchon sur ma selle, chaque vague envoie mon jet-ski voler avant de retomber lourdement. Quand je franchis les crêtes écumeuses, je me prends des baquets d'eau dans la figure et le sel me brûle les yeux. L'aiguille du moteur est dans le rouge, mes mains et mes pieds vibrent tellement que je ne les sens presque plus.

Eh, on s'amuse, hein ? Pas moi. Peut-être Slip-de-Bain.

J'accélère dans le sillage du Français, et me demande où il m'emmène, et s'il en a la moindre idée. Une centaine de mètres nous séparent. Je fais tout pour réduire l'écart.

L'écart ne réduit pas.

À vrai dire, je perds même du terrain. Mais tant que je le vois, j'ai une chance de le rattraper. Il ne va pas pouvoir naviguer éternellement, il finira bien par remettre le cap sur le rivage. Je vois déjà la petite séance de course à pied qui m'attend…

Puis je vois autre chose.

Au loin, une série d'amas rocheux émergeant de l'eau. Comme les pions noirs d'une partie d'échecs déjà bien entamée.

Slip-de-Bain fonce vers eux.

Presque aussitôt, il disparaît.

Il connaît le terrain, et s'en sert à son avantage. J'ai l'impression de m'être fait avoir. Pourtant, ce n'est le moment ni de ralentir ni de réfléchir.

Le moteur toujours à fond, je reste dans son sillage, zigzague parmi ce dédale. Je suis trempé, épuisé et je navigue beaucoup trop près de ces rochers. Il n'y a pas d'airbag sur les jet-skis, si ?

Enfin, je sors de la zone et, à ma grande surprise, constate que j'ai rattrapé mon retard.

Slip-de-Bain n'est plus qu'à cinquante mètres, et il me jette des coups d'œil nerveux par-dessus l'épaule. Pour la première fois, je parviens à lâcher une main du guidon.

Et je lui fais signe.

Je commence à maîtriser mon bolide, je me sers de la houle pour me propulser encore plus vite. Je ne reste plus à distance : je le rattrape !

C'est alors qu'il tourne brusquement à droite.

Il part vers le rivage. Droit devant nous, j'aperçois une étendue de sable – la plage d'un autre hôtel. Une fois à terre, dans quelle direction Slip-de-Bain va-t-il courir ?

Mais je comprends qu'il n'a pas prévu de courir.

Je distingue tout à coup des bouées rouges qui dessinent un large cercle. Tout autour du périmètre, les têtes de plongeurs dont les tubas aux couleurs fluo remuent dans les vagues. Personne ne se trouve à l'intérieur du cercle.

Sauf Slip-de-Bain.

Et moi.

Il se remet à slalomer, comme si on était à nouveau parmi des rochers – sauf que je ne vois aucun rocher.

Trop tard.

Bam !

Une vague propulse mon jet-ski en l'air et je vois, sous moi, l'eau remplacée par une étendue de coraux et de rochers. D'où les bouées.

Mes genoux craquent lorsque j'atterris, et le jet-ski part violemment sur la droite.

J'essaie de me cramponner – en vain.

Je suis propulsé par-dessus le guidon, en vol plané, comme Charlie Brown quand il essaie de shooter dans un ballon.

C'est tout ce dont je me souviens.

19

La bonne nouvelle, c'est que je ne suis pas mort.

— Et vous voulez la mauvaise nouvelle ? me demande Joseph Eldridge. Parce que j'ai une mauvaise nouvelle.

Il se tient au pied de mon lit, et affiche une expression oscillant entre la pitié et l'agacement. Le commissaire ne s'attendait certainement pas à me revoir si vite, encore moins dans une chambre du centre médical de Grace Bay avec quelques côtes cassées et une légère commotion.

— Ce que je voudrais surtout, c'est des antidouleurs.

Je ne plaisante pas. Ma tête me lance atrocement. Tout mon corps me lance atrocement. Cligner de l'œil est une souffrance.

Eldridge m'annonce la mauvaise nouvelle. Ce n'est pas que Slip-de-Bain s'est enfui mais que son vrai nom est Pierre Simone, un petit escroc mouillé dans des histoires de tricherie au poker.

Mais rien de plus.

— Je ne lui confierais pas mes gosses à garder, admet le commissaire, mais ce n'est pas un tueur. Il n'est pas violent.

— Comment pouvez-vous en être sûr ?

Il croise les bras.

— Croyez-moi. Je le connais.

Je remarque une enveloppe kraft dans la main droite d'Eldridge – je ne suis pas encore prêt à m'en occuper. J'ai plutôt envie d'une autre explication qu'un simple « croyez-moi ».

Après tout, j'ai failli mourir à cause de ce Pierre Simone. Je vous écoute, monsieur le commissaire…

— Pourquoi il s'est enfui quand je l'ai approché ?

— À cause d'un mandat d'arrêt sur le territoire américain. Quelques chèques en bois à New York, je crois. Avec votre accent américain et les questions que vous lui avez posées, il a dû paniquer.

— Paniquer ?

— Vous savez certainement que les îles Turques-et-Caïques ont un accord d'extradition avec les États-Unis et la Grande-Bretagne ?

— Non seulement je le sais, mais j'ai l'intention d'en faire bon usage.

Ma remarque fait sourire Eldridge. Je lui lance un regard noir.

— Vous croyez que je plaisante ?

Il lève les mains.

— Non, pardon, ce n'est pas ça. Personne ne vous a encore rien dit, pas vrai ?

— Dit quoi ?

— Après votre accident, vous vous êtes évanoui. C'est Simone qui vous a ramené sur la plage et a demandé de l'aide. Il devait se sentir coupable.

— Attendez… donc, vous l'avez arrêté ?

Eldridge ricane.

— Il ne se sentait pas coupable à ce point-là ! Il a appelé une ambulance puis il s'est envolé. Comme je vous l'ai déjà dit, ce n'est pas un type violent.

Allongé dans ce lit, j'écoute le commissaire, mais c'est ce que je vois qui me met la puce à l'oreille. Eldridge a la même attitude que lors de notre première rencontre dans son bureau. Il en sait plus long que moi.

Je comprends tout à coup.

— Putain… c'est un de vos indics, pas vrai ?

Eldridge acquiesce.

— Simone nous a bien aidés sur plusieurs affaires depuis quelques années. En échange, je ferme parfois les yeux sur ses combines. Mais ce n'est pas pour ça que je suis sûr de son innocence dans le meurtre qui nous intéresse.

Et il me tend l'enveloppe kraft. Toute mon enquête est sur le point de basculer. Et le voyage aux îles Turques-et-Caïques de se révéler payant.

20

— Vous n'avez rien à déclarer ? demande le douanier à l'aéroport Kennedy.

Si. Je ne veux plus jamais revoir un jet-ski de ma vie. Ça vous va ?

Le pilote de Warner Breslow m'avait donné son numéro de téléphone pour que je l'appelle dès que je serais prêt à rentrer.

— Un coup de fil et je viens vous chercher.

Il pensait que je resterais plusieurs jours aux îles Turques-et-Caïques. Moi aussi.

Mais ça, c'était avant que j'ouvre l'enveloppe du commissaire Eldridge.

Le lendemain, à midi, j'atterris à New York. Et je prends le volant pour me rendre chez Breslow, à Greenwich, dans le quartier de Belle Haven. Les séquelles de mon accident ont disparu : je ne vois plus double, et les pépiements d'oiseaux qui tournaient dans mon crâne ont cessé. Quant à mes problèmes de côtes, j'ai décidé qu'ils se résoudraient si je parvenais à éviter les éternuements, le hoquet et les clubs de stand-up.

— Entrez, me dit Breslow en m'accueillant sur le perron.

Je ne suis pas surpris en constatant que la voix de Breslow – comme tout le reste chez lui – semble morose. L'éclat légendaire de ses cheveux argentés peignés en arrière n'est plus, l'étincelle dans son regard s'est éteinte. Ses yeux sont injectés de sang et soulignés de cernes sombres, signes qu'il a beaucoup pleuré et peu dormi. Ses joues sont creusées, ses épaules avachies.

Mais le plus impressionnant, c'est ce que je ne vois pas. Ce qui manque. Son cœur. Il lui a été arraché de la poitrine.

— Par ici, me dit-il après m'avoir serré la main.

Nous tournons à gauche après le Matisse, suivons un long couloir puis il m'emmène à droite après le Rothko vers ce qu'il appelle son coin lecture.

Sacré coin. La pièce, immense, est tapissée de livres du sol au plafond. Il ne manque plus qu'un assortiment de pâtisseries, du café et quelques *hipsters* pour en faire un Barnes & Noble.

Nous nous installons dans des fauteuils en cuir moelleux près de la fenêtre et Breslow me fixe du regard, dans l'attente de mon compte rendu. Comme il va de soi qu'il ne s'attendait pas à me revoir de sitôt, il ne prend pas la peine de me le dire. Il part du principe qu'il y a une bonne raison à mon retour prématuré, et il a raison.

J'attaque directement :

— Parlons un peu de nos ennemis…

Breslow hoche la tête. Les commissures de ses lèvres se redressent imperceptiblement, en un rictus qui doit être ce qui se rapproche le plus d'un sourire depuis une semaine.

— Vous n'êtes pas censé commencer par me demander si j'en ai ? C'est ce genre de dialogue qu'on entend au cinéma…

— Avec tout le respect que je vous dois, si on était au cinéma, vous seriez en train de caresser un chat. Et puis personne ne peut accumuler une fortune comme la vôtre sans endosser, de temps en temps, le rôle du méchant.

— Vous pensez que le meurtre de mon fils est un acte de vengeance, œil pour œil dent pour dent ?

J'ai entendu sa question mais c'est le ton de sa voix que je retiens. Aucune trace d'incrédulité. Je présume que l'idée lui a déjà traversé l'esprit.

— C'est une possibilité.

— Ou une probabilité ?

Je réplique sans hésiter :

— Une probabilité. À tel point que je vous recommande de cesser tout de suite d'enregistrer notre conversation.

Il ne me demande pas comment je le sais ni ce que je m'apprête à lui dire. Il se contente de se pencher vers le lampadaire entre nous et d'y presser un bouton, avant de lâcher :

— Je suppose que vous avez lu mon dossier.

21

En réalité, non. Je n'ai pas encore eu accès à son dossier au FBI.

Mais j'ai lu les journaux, en particulier ceux datant de quelques mois, à l'époque où sa société a racheté l'Allemezia Farmaceutici, une entreprise pharmaceutique italienne, dans des conditions plus bizarres et mystérieuses que n'importe quelle scène dans toute la filmographie de David Lynch.

Tout a commencé par une vidéo YouTube reprise sur le site du *Corriere della Sera.* Dans des couleurs sursaturées, on y voyait un Chinois affublé, en tout et pour tout, de couches et d'oreilles de lapin, gambader dans une suite de palace en compagnie de deux prostituées italiennes. Un peu plus tard, après un trio à faire rougir Rocco Siffredi, notre lascar se penchait sur le ventre d'une des filles pour s'enfiler une ligne de coke longue comme la Grande Muraille de Chine.

Bon, une soirée tranquille à Milan, peut-être. Sauf que l'homme en question n'était autre que Li Yichi, directeur général adjoint de Cheng Mie Pharmaceutical, le plus grand fabricant de médicaments du monde. Li se trouvait à Milan afin de finaliser l'achat, pour treize milliards d'euros, d'Allemezia Farmaceutici. Une transaction quasiment bouclée.

Vingt millions de vues sur YouTube plus tard, elle tombait à l'eau. Le conseil d'administration d'Allemezia rejetait l'offre de Cheng Mie en raison des répercussions de la vidéo sur leur image de marque.

Bien sûr, cette affaire laissait nombre de questions en suspens – à commencer par les raisons d'un comportement aussi inconscient de la part de Li. Et ce délire avec les couches, les oreilles de lapin, les escorts italiennes ? *Molto crado*, non ?

La question majeure concernait cependant la personne derrière la caméra – au sens propre comme au sens figuré. Le cadre chinois – marié, naturellement – avait-il été piégé ? Et par qui ? À qui profitait le crime ?

À Warner Breslow.

Une fois la Cheng Mie Pharmaceutical mise hors jeu, Allemezia a vu sa cote en Bourse piquer du nez et s'est mise désespérément en quête d'un nouveau soupirant. C'est là que Breslow entre en scène, et rafle la mise pour un milliard d'euros de moins que son concurrent. Joli rabais.

Pour autant, ce n'est pas ça qui m'est revenu en mémoire. Qui m'a poussé à me replonger sur Internet.

Ce sont les conséquences de cette affaire.

Le lendemain de l'officialisation du rachat d'Allemezia par Breslow, Li, la star de la vidéo, s'est pendu dans son bureau. Et son corps a été découvert par son père Li Kunlun, président de Cheng Mie Pharmaceutical.

— Je voudrais vous montrer quelque chose, dis-je à Breslow en ouvrant l'enveloppe.

Et j'en sors le rapport d'autopsie d'Ethan et Abigail.

22

— Comme spécifié dans la section « Toxicologie », des traces de cyclosarin, un neurotoxique, ont été trouvées dans l'organisme de votre fils et de sa femme. Après les avoir enfermés dans ce sauna, le tueur n'a pris aucun risque : il les a empoisonnés.

Breslow parcourt le rapport puis lève les yeux, plissés en une mince fente.

— Autrement dit, c'est pour cette raison que vous êtes devant moi et pas là-bas. Car nos recherches ne concernent plus les îles Turques-et-Caïques, n'est-ce pas ?

Je secoue la tête.

— Le cyclosarin ne s'achète pas exactement en pharmacie.

— Où, alors ?

— Tout dépend de vos contacts dans le monde de l'espionnage, et de ce qu'ils accepteront de vous dire officiellement ou en privé. Le seul pays à avoir produit du cyclosarin en quantités significatives est l'Irak. Après, le principal suspect sur la liste est…

— La Chine.

Breslow me l'ôte de la bouche. Il sait exactement où je veux en venir.

Selon les rumeurs, Cheng Mie Pharmaceutical a travaillé étroitement avec le gouvernement chinois pour produire des armes chimiques. Li Kunlun a d'ailleurs été officier dans les forces armées de son pays.

— Vous voulez dire qu'il me considère comme responsable de la mort de son fils, et qu'il tue le mien pour se venger ? Ça ne ressemble pas aux manières chinoises.

— Porter des couches et des oreilles de lapin non plus.

Breslow me le concède d'un petit mouvement de tête.

— Et maintenant ? Vous allez avoir du mal à l'interroger…

— Même si c'était possible, je ne le ferais pas tout de suite. J'ai besoin d'éléments pour établir un lien entre les faits et le mobile.

— Par exemple, des passeports chinois enregistrés à l'arrivée sur l'île ?

— Pour commencer, oui.

— Vous voulez que je passe un coup de fil à l'ambassade des États-Unis à Pékin ? Ça pourrait être utile…

— Vous connaissez qui, là-bas ?

— Tout le monde.

Ben voyons… Pourquoi ne suis-je pas surpris ?

Pour autant, je ne me sens pas prêt à jouer le rôle de l'agent suspendu du FBI responsable de la rupture des relations diplomatiques entre la Chine et les États-Unis. Du moins, pas encore.

— Non. Ne jouons pas cette carte tant que nous n'en savons pas plus.

Je mets un terme à notre entrevue en disant à Breslow que je le tiendrai informé. Puis il me raccompagne. Tandis qu'il me serre la main dans l'entrée, j'ai la nette impression que quelque chose lui trotte encore dans la tête – peut-être une question qui attend toujours sa réponse.

Effectivement.

— Je suis curieux que vous ne m'ayez pas posé la question, me dit-il.

— Laquelle ?

— Si c'est moi ou non qui ai engagé ces prostituées en Italie en leur confiant une caméra.

— Ça ne me regarde pas.

— Sauf si c'est à l'origine du meurtre de mon fils.

Je scrute Breslow en me demandant à quoi il joue. Il se confesse ? Il me jauge ? Ou est-ce autre chose ?

Peu importe, au fond. Si je ne lui ai pas posé cette question, c'est que je connais la réponse. Et je la connais grâce à ces romans à énigmes que je dévorais quand j'étais gamin. Il s'est trahi sans même s'en apercevoir.

Vous n'êtes pas aussi impénétrable que vous le croyez, Warner Breslow.

23

Je ne me rappelle pas la dernière fois que je me suis garé devant chez moi en sachant que personne ne m'y attendait. Qu'il s'agisse de Marshall, Judy, John Jr ou Max, il y a toujours eu une voix pour me répondre quand je franchissais le seuil en annonçant : « C'est moi, il y a quelqu'un ? »

Je n'ai pas vraiment réfléchi à l'idée de la solitude depuis qu'ils sont tous partis. Voilà qu'à présent je me retrouve tout seul, et c'est bizarre. Un peu triste, même. Et assez sinistre.

Je récupère le courrier avant d'entrer. Une fois dans la cuisine, je prends une Heineken light dans le frigo et passe en revue les enveloppes. Les garçons ont à peine eu le temps de déballer leurs affaires en colo, je ne m'attends donc pas à tomber sur leur écriture. Juste quelques factures, des publicités et…

C'est quoi, ça ?

Coincé entre le dernier numéro de *Sports Illustrated* et un catalogue de VPC, un petit paquet sous la forme d'une enveloppe kraft rembourrée. Mon adresse est écrite au feutre noir et l'enveloppe est fermée par du scotch – et pas un simple morceau : tout le rouleau y est passé.

Ce qu'elle contient ne risque pas de s'envoler.

Je suis tellement concentré sur le scotch que je ne remarque pas un autre détail. Le cachet de la poste indique Park City, Utah, mais il n'y a pas de mention d'expéditeur. Pas dans le coin supérieur gauche, ni derrière, ni nulle part.

Ah, génial… Les pensées parano, maintenant…

Certes, un agent du FBI a quelque raison d'être un peu… comment dire… effrayé en recevant au courrier un paquet mystérieux. Unabomber, ça vous dit quelque chose ? Ces enveloppes remplies d'anthrax envoyées après le 11 Septembre ? Depuis cette période, toute lettre reçue par moi ou par tout autre agent à son bureau doit être passée aux rayons X.

Mais je ne suis pas à mon bureau. Je suis chez moi, et je n'ai pas exactement ce genre de technologie accessible dans ma cave, à côté de mon vieil établi Black & Decker.

Je me lance…

Après avoir secoué le pli, comme un gamin agite un paquet cadeau le matin de Noël, j'attrape une paire de ciseaux et coupe l'une des extrémités de l'enveloppe. Jusque-là, tout va bien. Pas de poudre suspecte, et ce n'est sûrement pas une bombe.

En l'occurrence, c'est une bible.

Sérieux ? Une bible ?

Ma première pensée, c'est qu'un organisme caritatif religieux a décidé de passer à la vitesse supérieure dans le démarchage publicitaire.

Pourtant, l'enveloppe ne contient pas de lettre. Pas de requête. Juste la Sainte Bible.

Non, attendez : la Sainte Bible volée.

En l'ouvrant, je découvre tamponnée sur la page titre la mention PROPRIÉTÉ DU FRONTIER HOTEL, PARK CITY, UTAH.

Frontier Hotel ? Jamais entendu parler, encore moins testé. Et je suis à peu près sûr de ne connaître personne à Park City. Il y a des années de ça, je suis allé skier à Deer Valley, mais c'est tout – mon unique séjour.

J'avale une dernière gorgée de bière et m'apprête à passer à autre chose de plus urgent – prendre une deuxième bière, par exemple – quand un détail attire mon attention. Une des pages est cornée.

J'ouvre le livre.

Et presque aussitôt, je mets la maison sens dessus dessous.

24

Ce n'est pas à cause de ce que j'ai lu.

C'est à cause de ce que je n'ai pas pu lire.

La page cornée est un passage de l'Ancien Testament, le cantique de Moïse, tiré du Deutéronome. Plusieurs phrases en sont coupées – littéralement : il y a un trou au milieu du texte, entre les versets 32 :34 et 32 :36.

À quoi correspond le verset 32 :35 ?

Peut-être m'en souviendrais-je si j'avais été un peu plus concentré pendant le catéchisme, quand j'étais enfant de chœur à la Saint Augustine's Church. Mais je restais au fond de la classe, l'œil rivé sur la pendule et comptant les minutes jusqu'à ce qu'on serve les cookies et l'orangeade.

Donc, je pars en quête d'une réponse. Et j'écume la maison, pièce après pièce.

Je sais qu'il y a une bible quelque part. Et une belle, en plus : reliée en cuir, dorée sur tranche. Elle appartenait à Susan, John Jr en a lu un passage à son enterrement. Je me souviens encore de son courage en retenant ses larmes pour terminer sa lecture.

— Maman n'aurait pas aimé que je pleure, m'avait-il expliqué par la suite.

Je commence par regarder dans sa chambre. La bibliothèque à côté de son bureau me semble trop évidente – quel gosse de treize ans range ses affaires à l'endroit où on s'y attend ? Je passe rapidement en revue les étagères, inspecte le placard… Puis la petite table de chevet. Avant de regarder sous son lit.

La chambre de Max ? Je sors dans le couloir et m'y rends pour accomplir le même genre d'inspection. Je vérifie partout avec l'impression d'être un de ces parents dans ces shows télé de journée qui saccagent la chambre de leur enfant pour y trouver sa planque à herbe. Bien sûr, Max n'a que dix ans. Il n'a même pas caché un *Playboy.*

Ni une bible.

Je continue ma fouille, déterminé à mettre la main dessus. Curieuse situation, à y bien réfléchir : quelqu'un essaie de me dire quelque chose mais fait son malin.

Son malin, vraiment ? Tout dépend du message.

Je m'attaque ensuite à la chambre d'amis, plus connue sous le nom de « chambre de Judy et Marshall ». Je redescends, vais voir dans le cellier. Puis je me rappelle enfin. Bon sang !

C'est moi qui l'ai.

J'ai rangé la bible dans une boîte avec toutes les affaires de Susan, que j'ai glissée sous notre lit. Du côté où elle dormait. Le Dr Kline s'éclaterait bien avec ce genre de détail, pas vrai ?

Je file dans ma chambre, ressors la boîte et chausse mes œillères émotionnelles. Je ne veux pas me faire happer par les autres objets, les souvenirs. Tout ce fatras qui appelle les larmes, les sanglots.

Par chance, la bible est en haut de la pile. Inutile d'explorer le contenu de la boîte. Je m'assieds sur le lit et cherche le Deutéronome. Arrivé au cantique de Moïse, je parcours la page du bout de l'index et m'arrête au passage coupé. Verset 32 :35. Je lis une fois, deux fois.

> C'est à moi qu'appartient la vengeance,
> c'est moi qui leur donnerai ce qu'ils méritent
> Quand leur pied trébuchera !
> Car le jour de leur malheur est proche
> Et ce qui les attend ne tardera pas.

Je relis le passage plusieurs fois, bien que ce ne soit pas nécessaire. J'espère peut-être trouver une signification cachée, une autre interprétation possible.

Il n'y en a pas.

Par quelque bout que je le prenne, ce message est une menace. Adressée à moi. Quelqu'un en a après moi.

Je crois que j'ai besoin de cette autre bière.

25

Assis au volant de sa Chevrolet Malibu volée, Ned Sinclair observe de l'autre côté de la rue John O'Hara qui retourne chez lui.

Il le voit ramasser le courrier. Il le voit entrer.

Bientôt le soleil se couchera et, à l'abri de l'obscurité, Ned fera ce pour quoi il est venu ici. Ce qu'il meurt d'envie de faire.

Les vitres de la Malibu sont baissées et il entend le bruit saccadé de l'arrosage automatique sur une pelouse voisine. Les jets d'eau décrivent un cercle lent et régulier.

Clic, clic, clic, clic…

Le même bruit, encore et encore. Inlassable. Monotone.

Pour Ned, une musique céleste. Un concerto de Brahms.

Ses souvenirs de l'époque où il enseignait les mathématiques à l'UCLA sont tellement diffus qu'ils surgissent comme des flashs, brefs et lointains. Le peu qu'il revoit est toujours identique : des équations. Des équations partout. Ces beaux assemblages de nombres remplissant chaque centimètre carré du tableau noir, une ligne après l'autre.

Et lui faisant les cent pas devant eux, une craie à la main. Il ne leur laisse pas de répit. Sitôt résolue une équation, il passe à la suivante, et à la suivante.

L'une après l'autre elles tombent, victimes de son génie.

Peu après 21 heures, alors que le ciel s'est vidé des dernières lueurs du jour, Ned descend de voiture. Il referme doucement la portière derrière lui, jette un coup d'œil à droite puis à gauche pour s'assurer qu'il est bien seul, que personne ne l'observe. Les trottoirs sont déserts, aucun signe de voiture à l'approche. Quelques lumières brillent au loin sous les porches, rien de plus. Ned est presque invisible.

Comme s'il n'était pas là.

Lentement, il traverse la parcelle gazonnée des O'Hara et se faufile sur le côté, là où une allée sinue entre une clôture en bois et des hydrangeas. Au passage, il regarde à travers une baie vitrée pour vérifier que la maison est bien vide, mais il est quasiment certain qu'O'Hara est seul.

Ned est resté garé devant la maison toute la journée. Il n'a vu personne en sortir ou y rentrer. Exactement comme il le souhaitait.

Tout s'enchaîne à merveille. À la perfection. Comme il l'avait imaginé durant tous ces jours et toutes ces nuits à l'hôpital.

En approchant de l'arrière-cour, il entend quelques notes de musique. Il reconnaît tout de suite la chanson. Comment pourrait-il en être autrement? Son père écoutait Sinatra en boucle.

« The Best Is Yet to Come » ? « Strangers in the Night » ?

Ned sourit. Non.

Le titre de la chanson est « Call Me Irresponsible ».

Dans l'arrière-cour, une bonne surprise attend Ned. Il n'aura même pas besoin d'entrer dans la maison. O'Hara est assis dehors, dans le patio. Il boit une bière.

Ned monte quelques marches dans sa direction, il émerge de la pénombre pour avancer dans le halo lumineux d'un réverbère.

— Vous êtes John O'Hara ? demande-t-il.

Il sait qu'il s'agit bien de lui, mais il veut en être certain. Comme dans une équation. Vérifiez toujours vos calculs. Puis vérifiez-les encore. Il ne doit pas y avoir d'erreur.

O'Hara sursaute et se redresse dans son fauteuil. Il plaque une main en visière au-dessus de ses yeux pour bien voir l'intrus. Ned Sinclair plonge dans ses pupilles.

— Ouais, dit O'Hara. Vous êtes qui ?

Ned sort un pistolet de son coupe-vent. Dans sa paume, le métal poli de la crosse est semblable à un magnifique morceau de craie.

— Je suis Ned, dit-il en pointant le canon sur le crâne d'O'Hara. Et vous êtes mort.

Alors, il presse la détente et tue John O'Hara.

DEUXIÈME PARTIE

Un nom qui en dit long

26

Les mots tournent en boucle dans la tête de l'agent spécial Sarah Brubaker. « Il y en a une autre et vous ne la trouverez jamais, a dit ce cinglé. La pauvre petite… Elle n'en a plus pour très longtemps. Elle va mourir, comme toutes les autres. Elle est sans doute déjà morte. »

L'agent Brubaker glisse la main sous son chemisier trempé de sueur. Elle coupe les bretelles de son soutien-gorge à l'aide d'un canif suisse, puis elle le dégrafe par-devant et le fait glisser sous son chemisier pour le fourrer, avec le couteau, dans sa poche de pantalon.

— Qu'est-ce que tu fous ? lui demande Doug Trout, le chef de la police de Tallahassee.

— Passe-moi deux élastiques, s'il te plaît, lui demande Sarah sans relever sa question – ni son regard furtif en direction de ses seins moulés par le tissu.

Ouais. Elle sait exactement ce qu'elle fait.

Trout disparaît dans la réserve, à quelques mètres de là, pendant que Sarah relève ses cheveux auburn mi-longs. Elle entend les secondes s'égrener dans sa tête.

À l'exception de deux flics, les bureaux du centre opérationnel du terminal principal de l'aéroport régional de Tallahassee ont été vidés. Strictement RPA : Réservé au Personnel Accrédité.

Le seul individu non accrédité présent sur les lieux est menotté à une chaise dans une pièce située de l'autre côté de la porte. Une petite salle de réunion sans fenêtre. Une cellule de prison provisoire.

Depuis sept mois, une ordure nommée Travis Kingslip terrorise la péninsule de la Floride : dans un rayon de cent soixante kilomètres autour de Tallahassee, il a kidnappé, violé et assassiné cinq jeunes filles.

Depuis qu'on lui a confié l'enquête, après la quatrième disparition, Sarah a consacré chaque minute de son temps à essayer de découvrir l'identité du meurtrier tout en guettant son faux pas, l'erreur qu'il finirait par commettre. Elle ne s'est jamais produite.

C'est un pauvre crétin qui l'a faite pour lui. Un junkie.

Après avoir remarqué un homme qui passait par la fenêtre du sous-sol d'une petite maison de style ranch à Lamont, modeste bourgade à quarante-cinq kilomètres de l'aéroport, un voisin a prévenu la police.

Quand les agents sont arrivés sur place, ils ont arrêté le cambrioleur mais ils ont aussi réalisé une percée décisive dans l'enquête sur les meurtres.

La chambre de Kingslip était tapissée de photos tirées sur imprimante montrant, en gros plan, des seins de filles mineures sous tous les angles possibles et imaginables. Toutes étaient cadrées de façon à laisser les visages hors champ – autant essayer d'identifier des mannequins.

Au minimum, les flics venaient de tomber sur le repaire d'un pédophile. Mais Sarah les a rejoints et a reconnu, sur un des clichés, un grain de beauté en forme de haricot que les parents d'une disparue lui avaient décrit.

Une heure plus tard, Sarah et la moitié des forces de police de Tallahassee déboulaient sur le tarmac de l'aéroport par 39 °C. Et Kingslip, un bagagiste, avouait sur-le-champ en ajoutant : « Vous n'aviez qu'à me le demander. »

Mais à peine lui avait-on lu ses droits qu'il éclatait de rire. Le genre de rire tordu, dément, que Sarah avait entendu trop souvent au cours d'une carrière passée à traquer les tueurs en série.

Celui de Kingslip était certainement le pire.

« Il y en a une autre et vous ne la trouverez jamais. La pauvre petite… Elle n'en a plus pour très longtemps. Elle va mourir, comme toutes les autres. Elle est sans doute déjà morte. »

Le chef de la police réapparaît avec deux élastiques et un air perplexe.

— Tiens.

Sarah prend les élastiques et se fait deux nattes. Trout l'observe et hoche la tête. Il comprend.

— Je ne t'accompagne pas, hein ?

Mais sa question est purement rhétorique. Il connaît assez Sarah, depuis qu'elle est arrivée de Quantico, pour être certain d'une chose. De deux choses, plutôt.

Sarah Brubaker est la personne la plus déterminée qu'il ait jamais rencontrée.

Et Travis Kingslip lui appartient.

27

Sarah referme la porte derrière elle et prend une chaise à roulettes. Elle la pousse jusqu'en face de Kingslip et s'assied. Leurs genoux se touchent presque. Elle n'a pas envie d'être si près de lui mais c'est nécessaire. C'est même, en réalité, une question de vie ou de mort.

Il porte une salopette bleue deux fois trop large et pue la cigarette, la sueur et le kérosène. Les mèches de cheveux qui dépassent de sa casquette de routier ressemblent à des morceaux de cordelette noire trempés dans de la graisse. Ses dents rappellent des berlingots moisis.

Aussitôt, il baisse les yeux sur ses seins. Ce n'est pas un coup d'œil rapide : il reste littéralement bouche bée. Nul besoin pour lui de préciser ce qu'il a envie de faire à Sarah : son regard sombre, glacial, déshumanisé ne laisse planer aucun doute.

Jusqu'ici tout va bien, songe-t-elle.

Pas de temps à perdre en bavardages pour briser la glace. Ou pour gagner sa confiance. Il faut qu'elle lui tape dans l'œil, et c'est la façon la plus rapide et la plus sordide. Désolée, Gloria Steinem !

Kingslip remue les chaînes à ses pieds et à ses mains.

— Si tu me retirais ces menottes, ma jolie ? Je promets que je ne te mordrai pas. Allez, quoi ! Tu me les vires, hein ?

— Je vais y réfléchir. Mais d'abord, tu dois me rendre un service.

Les paroles de Kingslip, sur le tarmac, résonnent encore dans la tête de Sarah. Une phrase en particulier : « La pauvre petite… Elle n'en a plus pour très longtemps. »

Il la cache quelque part, forcément. Il l'a laissée pour morte ? Il l'a blessée ? Tuée ?

Sarah entend les minutes s'égrener de plus en plus fort, mais elle sait qu'elle ne peut pas précipiter l'opération. Elle sait qu'elle a une seule chance : elle doit la provoquer au bon moment.

— Où est-elle, Travis ?

Sa voix est calme mais ferme.

— Dis-le-moi. Dis-moi la vérité.

— Je ne te le dirai jaaaa-maaais ! chantonne Kingslip d'une voix glaçante.

— Elle est à côté de chez toi ?

Il ne quitte pas des yeux ses seins.

— T'es mignonne, toi, tu sais ?

Sarah le sait, oui. Toute sa vie, ç'a été à la fois une chance et un fardeau, surtout pour sa carrière. En cet instant précis, elle espère que c'est une chance.

— Elle est près de chez toi, Travis ? répète-t-elle.

Chaque centimètre carré de sa maison de Lamont a été passé au peigne fin. Aucune pièce secrète, pas de grenier caché ou de puits creusé dans la cave, rien dans le congélateur… Pour le Buffalo Bill du *Silence des agneaux*, on repassera.

Kingslip ne répond rien. Sarah s'en passe. Elle l'observe plus qu'elle ne l'écoute. Un tressaillement, un frémissement, un clignement de paupières – quelque chose finira bien par trahir ses pensées.

Elle continue. Elle n'a pas le choix.

— Elle est dans le coin ? Dans le secteur de l'aéroport ?

Bingo !

Son sourcil. Au moment où elle prononçait le mot « aéroport », le sourcil droit s'est haussé. Pendant une fraction de seconde, et d'un quart de millimètre, mais le signe ne lui a pas échappé. Limpide.

Sarah se penche encore plus près. La puanteur de Kingslip lui donne envie de vomir.

— Elle est dans le secteur de l'aéroport, pas vrai, Travis ? Je peux y aller à pied ou je dois prendre la voiture ?

Il chantonne à nouveau :

— Je ne te le dirai jaaaa-maaais…

Il vient pourtant de le faire. Cette fois, c'est sur « voiture » que son sourcil l'a trahi.

Mais elle a déjà fouillé le parking sans trouver sa voiture – le seul véhicule enregistré à son nom dans la base de données des immatriculations du comté de Jefferson.

À moins qu'il ne s'agisse pas de sa voiture.

— Elle est dans une voiture, Travis ? Enfermée dans la voiture de quelqu'un d'autre ? De qui ?

Tout à coup, il ressemble au débutant à la table de poker qui se demande pourquoi tout le monde lit dans son jeu. Comment elle sait ? Qu'est-ce qu'elle sait d'autre ?

— Tu ne la trouveras jamais.

Sa voix se fait cassante, brusquement. Tout à coup, il ne l'aime plus trop, cette flic. Mais ça va : il reste à Sarah une dernière intuition à confirmer.

— Pourquoi je ne la trouverai jamais ?

— Parce que. C'est comme ça.

— Ce n'est pas une raison. Pourquoi tu en es si sûr ?

— Pour rien.

— Allez, Travis, quoi ! Tu es plus malin que ça…

— Tu l'as dit, raille-t-il avec un mouvement arrogant du menton.

Le sourire de Sarah s'évanouit. À elle de jouer avec ses nerfs.

— Non, tu n'es pas malin du tout. Tu t'es fait prendre comme le dernier des abrutis, pas vrai ?

— Va te faire foutre !

— Ça oui, mais pas par toi.

Elle baisse les yeux sur ses seins.

— Tu veux ma photo ? Tu as envie de les voir de près, pas vrai ? De les sentir…

Kingslip s'agite sur son siège. Il secoue les menottes à ses chevilles et à ses poignets, la chaise et la table vibrent comme sous l'effet d'un tremblement de terre. La violente colère qu'il éprouve envers Sarah entre en collision avec le désir pervers qu'elle a réveillé en lui.

— Va te faire foutre !

Il crie à présent.

— Pourquoi je ne peux pas la trouver, Travis ?

— VA TE FAIRE FOUTRE !

— Pourquoi ? Dis-moi pourquoi !

— PARCE QU'IL Y EN A TROP, SALE PUTE ! TU CROIS QUE T'AS TOUT PIGÉ, MAIS T'EN ES LOIN !

Sarah saute de sa chaise et bondit hors de la pièce.

Son intuition était juste.

28

— Suivez-moi ! Allez, allez !

Sarah interpelle tous les flics qu'elle croise en courant dans le couloir du centre opérationnel, dans les escaliers, jusqu'à la zone de retrait des bagages. Lorsqu'elle franchit les doubles portes de l'aéroport et s'engouffre dans la fournaise, personne, pas même Trout, ne sait où elle va.

Mais le chef de la police la suit quand même en jouant des coudes parmi la foule composée en grande partie de touristes, aussi vite que le lui permet sa carrure d'ancien défenseur des Florida State.

Neuf ou dix flics ont emboîté le pas à Sarah quand elle traverse la file de taxis et de limousines à l'entrée du terminal.

Les voitures freinent brusquement, les conducteurs klaxonnent. Les passants regardent la scène ou s'écartent pour céder le passage.

— Putain de merde..., s'exclame le gardien du parking d'Avis, un gamin qui paraît à peine en âge de conduire.

Son bureau est envahi par un groupe de policiers. À leur tête, une jolie femme qui… eh oui… semble ne pas porter de soutien-gorge.

— Les coffres ! crie Sarah en lui montrant son insigne. Ouvrez tous les coffres de vos voitures !

— Quoi ? bredouille le gardien, tétanisé. Je ne peux pas faire un truc pareil…

Sarah le bouscule et va décrocher un grand panneau auquel sont accrochées les clés des voitures de location. Elle le secoue pour faire tomber les clés devant le guichet.

Trout arrive à son tour.

— Vous deux, restez ici ! aboie-t-il en désignant deux agents. Vérifiez tous les coffres. Les autres, vous me suivez !

Sarah est déjà passée au parking de l'agence Hertz. Elle a récupéré d'autres clés et commence à ouvrir tous les coffres qu'elle trouve autour d'elle.

— Qu'est-ce qu'on cherche ? lui demande un des agents.

Elle ne perd pas de temps à répondre. Autrement dit : « Vous comprendrez quand vous le trouverez. » Une petite fille enfermée dans un coffre, sans doute ligotée et bâillonnée.

Mon Dieu… et vivante ? Pitié, faites qu'elle soit vivante !

Aussitôt, Sarah essaie d'effacer de son esprit la vision de la petite fille. Ne jamais s'attacher à la victime, comme elle l'a appris. Ça fait perdre de vue l'essentiel.

La leçon est douloureuse. Même après sept ans à ce poste, Sarah ne l'a pas complètement retenue.

Clac ! Clac ! Clac !

Sur toute la rangée des véhicules – Économie, Familiale, Luxe, 4 x 4 –, les coffres commencent à s'ouvrir.

Les flics s'activent à travers tout le parking, les employés des agences de location aussi, pressant frénétiquement sur leurs bipeurs.

Clac ! Clac ! Clac !

Sarah court de voiture en voiture, cherche, cherche, cherche encore. Une rangée, puis l'autre, puis l'autre. Vide… vide… vide.

— Putain, putain !

Tout le monde s'y met à présent : policiers, employés, jusqu'aux clients des loueurs. Un homme d'affaires en costume beige dont la veste s'orne d'une large tache de sueur bondit de coffre en coffre.

C'est le chaos, mais dans le bon sens du terme. Toutes les pièces du puzzle s'emboîtent l'une après l'autre.

— On vérifie chaque voiture ! Toutes les voitures ! crie Sarah avant de se précipiter dans le parking voisin où se trouve la flotte d'une petite agence locale, Sunshine Rentals.

C'est à cet instant qu'elle aperçoit quelque chose du coin de l'œil.

Une pièce du puzzle ne colle pas.

29

Dans la marée des gens occupés à une seule tâche, c'est le courant contraire.

Un homme, un mécanicien, s'éloigne de la scène en jetant des coups d'œil par-dessus son épaule – il glisse, furtif, plus qu'il ne marche. Manifestement, il s'efforce de paraître invisible mais, avec la salopette jaune de Sunshine Rentals, c'est un sacré pari.

Sarah se reprend : elle était sur le point de l'interpeller.

Au lieu de quoi elle le prend en filature, protégée par l'agitation autour d'elle. Si ce type a plus de points communs avec Travis Kingslip qu'une simple salopette, le plus important est de voir où il se rend.

Soudain, Sarah entend qu'on l'appelle.

— Eh !

Elle se retourne et voit Trout, à une vingtaine de mètres, qui la regarde d'un air perplexe.

Elle pose l'index sur ses lèvres puis lui montre le mécanicien. Ce dernier se dirige au fond du parking, du côté de la station de lavage et de réparation des voitures.

Trout hoche la tête et part sur la gauche de Sarah pour prendre l'homme en tenaille.

Derrière eux, d'autres voitures ont encore leur coffre fermé, et deux autres parkings appartenant à d'autres agences de location restent à explorer. Mais, en avançant un peu plus, Sarah se concentre sur une Chrysler Sebring blanche garée près d'un mur en parpaings. Le coupé est surélevé, un cric calé sous sa roue avant gauche – à la place du pneu, en l'occurrence.

Le mécanicien se dirige vers le véhicule.

Sarah et Trout échangent un regard. Ce gars pourrait aussi bien s'assurer qu'aucune voiture n'est oubliée dans la fouille, mais quelque chose dans sa démarche, et la façon dont il regarde derrière lui, contredit cette éventualité. S'il essaie d'aider quelqu'un, pense Sarah, c'est d'abord lui-même.

Gaffe, maintenant… Rester près mais pas trop. Le suivre comme une ombre, mais une ombre de fin de journée…

Le mécanicien, taille moyenne et physique décharné, arrive devant la Chrysler blanche. Mais ce n'est pas le coffre qui l'intéresse. Il ouvre la portière côté conducteur et se penche à l'intérieur. Il tourne le dos à Sarah, qui ne peut rien voir.

Contrairement à Trout.

— Flingue ! hurle-t-il.

Sarah dégaine son arme au moment où le mécanicien pivote, le canon de son arme braqué directement sur elle. Une fraction de seconde avant que l'un des deux ne tire. C'est alors que…

Bam !

Trout s'élance dans les airs et propulse tout le poids et toute l'envergure de son corps de footballeur contre le mécanicien. À pleine vitesse, il plaque l'homme qui heurte l'asphalte avant d'avoir pu presser la détente.

Le bruit de la chute est terrible – un craquement d'os broyés. Le mécanicien est le plus amoché des deux hommes : aplati, la tête en sang, une incisive envolée.

Mais il n'a pas lâché son pistolet.

Emporté par son élan, Trout a atterri un peu plus loin, en vol plané, sur le dos. Il roule aussitôt et, allongé sur le ventre, braque son SIG-Sauer P229, prêt à faire feu.

Trop tard. Le mécanicien le tient en joue.

Blam !

Pendant une seconde, l'homme reste immobile, le doigt figé sur la détente. Le seul mouvement provient du sang qui gicle de son cou.

Sarah tire une seconde fois et le mécanicien lâche enfin son arme. Elle tombe par terre. Il la suit de peu.

Travis Kingslip avait un complice.

Sarah passe devant l'homme sans prendre la peine de vérifier son pouls. Elle sait reconnaître un cadavre au premier coup d'œil.

— Merci, dit Trout en la rejoignant devant la Sebring. Tu m'as flanqué la frousse.

— Non. Merci à toi.

Trout se baisse à l'intérieur de la voiture et presse le bouton dans le coin gauche du tableau de bord pour ouvrir le coffre.

Clac !

Elle est là. Comme Sarah l'a imaginée avant de s'exhorter à garder ses distances émotionnelles. Je n'apprendrai donc jamais ? Est-ce que je le veux vraiment, d'ailleurs ?

Étendue sur le tapis du coffre, attachée et bâillonnée, une enfant de treize ans dont la disparition a été signalée le matin même. La chaleur du soleil a pratiquement transformé le coffre en four, et la fille est à peine consciente des suites d'une suffocation.

Mais elle est en vie.

Elle va s'en tirer. Peut-être parce que, justement, Sarah en a fait une affaire personnelle.

30

L'écriteau « NE PAS DÉRANGER » reste un peu plus longtemps accroché à la poignée de porte de la chambre d'hôtel de Sarah, ce matin-là. Un peu de détente, un peu de détente…

Après avoir bien dormi, Sarah sort courir dix kilomètres dans les rues de Tallahassee, s'offre une longue douche à son retour puis s'attable avec joie devant l'omelette au fromage la plus scandaleusement savoureuse proposée par le roomservice. Grâce au bacon et aux toasts qui l'accompagnent, elle reprend toutes les calories qu'elle a brûlées la veille.

Elle regarde CNN pendant une minute maximum avant de zapper sur VH1 Classic pour visionner quelques clips. Elle ne se rappelle pas la dernière fois que ça lui est arrivé.

Elle ne connaît pas – ni n'aime – la plupart des musiques qui passent, mais peu importe. Elle pousse quand même le volume, et plus encore quand passe le clip de « November Rain », de Guns N' Roses. Cette chanson-là, elle l'adore. Elle lui rappelle son adolescence à Roanoke, Virginie. À l'époque, il n'y avait pas trente-six possibilités : soit les filles tombaient amoureuses du guitariste, Slash, soit elles le trouvaient crade. Sarah faisait partie du premier groupe, sans l'ombre d'un doute.

Quant au reste de sa journée, il suit un plan très simple : pas de plan.

Peut-être aller s'allonger au bord de la piscine avec un bon livre. Sarah a une préférence pour les biographies et trimballe avec elle depuis longtemps un volume consacré au dessinateur Charles Schulz qu'elle n'a jamais le temps de commencer. Ce serait l'occasion.

Vingt-quatre heures rien que pour elle.

Une journée consacrée à sa santé mentale, qu'elle reporte depuis trop longtemps. Alors bien sûr, l'arrestation de Travis Kingslip implique une montagne de paperasses à remplir, mais elle n'a pas l'intention de s'en occuper tout de suite. Aucun risque.

Demain, l'agent Brubaker retournera travailler à Quantico. Aujourd'hui, Sarah Brubaker sèche les cours.

Et c'est une impression fantastique. Qui la suit jusqu'à ce qu'elle étende son drap de bain sur la chaise longue, s'allonge au bord de la piscine et ouvre sa biographie de Schulz à la première page.

Car alors, son téléphone se met à sonner.

Oh non… Pitié, non…

Ce n'est pas son téléphone personnel. Celui-là, elle pourrait facilement l'ignorer. C'est le téléphone satellite à communication cryptée dont elle se sert pour son travail. Propriété du FBI.

À l'autre bout du fil, son patron, Dan Driesen. Et il n'appelle pas pour dire bonjour. Il lui a déjà envoyé un e-mail pour la féliciter de la résolution de l'affaire Kingslip. C'est autre chose…

— Sarah, il faut que tu reviennes pour un briefing. Vite. Aujourd'hui.

Dans la vie, Driesen est du genre patient, accommodant. Lancé sur certains sujets – par exemple la bureaucratie gouvernementale, la pêche à la mouche ou les voitures de collection –, il peut même tenir le crachoir jusqu'à endormir son auditoire. Mais au téléphone, c'est un télégramme parlant.

— Le ViCAP[1] recense trois meurtres exécutés dans trois États différents. Tout laisse penser à un tueur en série itinérant.

— Sur quelle période ?

— Deux semaines.

— C'est rapide.

— Super rapide.

— Trois meurtres ?

— Ouais.

— Trois États distincts ?

— Pour l'instant, oui.

— Quel rapport entre eux ?

— Les victimes. Elles ont toutes le même nom : O'Hara. Jamais entendu un truc aussi dingue.

1. Pour Violent Criminal Apprehension Program : base de données recensant les crimes violents commis sur le territoire américain.

31

Les sandwichs sont un signe qui ne trompe pas.

Sarah a participé à d'innombrables réunions avec Dan Driesen et jamais elles n'étaient accompagnées de quoi que ce soit de comestible. Ni muffins, ni bagels, ni cookies ni rien d'autre à grignoter. Sûrement pas de sandwichs. Ce n'est pas le style Driesen. Vous voulez des viennoiseries pendant vos réunions ? Allez bosser pour Oprah !

Et pourtant, ils sont là : des sandwichs empilés au milieu de la table.

Après avoir attrapé le premier vol retour de Tallahassee, jeté sa valise dans son bureau et sprinté vers la salle de réunion à quelques secondes du début du briefing de Driesen, c'est la première chose que Sarah remarque. L'assiette de sandwichs. Jamais une assiette anglaise n'a véhiculé autant de significations cachées.

Pas vraiment la réunion habituelle.

Plus exactement : ce n'est pas Driesen qui est à la manœuvre. Il a mis les petits plats dans les grands pour quelqu'un d'autre.

Sarah ne va pas tarder à le savoir. Driesen n'est pas encore arrivé.

En attendant, elle reçoit les félicitations des collègues déjà présents pour son action à Tallahassee. Il y a là quelques agents et une majorité d'analystes. L'UAC, Unité d'analyse comportementale, se consacre en priorité à la collecte et à l'interprétation des informations. À chaque agent sur le terrain correspondent trois analystes à Quantico.

— Alors, c'est quoi le topo ? demande Ty Agosta, le psychiatre de l'unité.

Agosta est sans doute le dernier homme sur terre à porter régulièrement des vestes en velours côtelé avec des coudières. Et à en faire sa tenue de travail.

— J'espérais que tu savais ?

— Driesen vient de passer une heure enfermé dans son bureau, répond Agosta. C'est tout ce que je sais.

— Avec qui ?

D'un signe de tête, il montre la porte. Avec eux.

Sarah se retourne et voit Dan Driesen entrer dans la salle à grandes enjambées – sa démarche caractéristique. Il est suivi de trois hommes en costume foncé arborant un badge « visiteur » et la posture rigide généralement observée par les porteurs de holster.

L'un d'eux rappelle vaguement quelqu'un à Sarah. Elle l'a déjà vu avant mais n'arrive pas à mettre un nom sur son visage. Peu importe : nul doute que Driesen va présenter les trois hommes à l'assistance.

Il n'en fait rien. Il commence directement la réunion. Les trois inconnus, comme s'ils étaient là en simples observateurs, s'asseyent sur les chaises alignées le long des cloisons.

Non sans avoir pris chacun un sandwich.

— Nevada, Arizona et Utah, dit Driesen tandis que les spots du plafond s'éteignent progressivement grâce à Stan, le technicien audio-vidéo chargé de diffuser les données de la présentation sur tous les moniteurs de la salle.

Derrière Driesen, le plus grand des écrans plats s'illumine. Les détails du résumé de la situation qu'il a brossé le matin même au téléphone avec Sarah apparaissent sous forme de liste à puces.

Trois États différents.

Trois victimes masculines.

En deux semaines.

Chacune porte le même nom et le même prénom.

L'écran s'efface tandis que le dernier point s'affiche en majuscules derrière Driesen.

LE TUEUR S'ATTAQUE AUX JOHN O'HARA

32

— Bon sang… Des John O'Hara, il doit y en avoir des centaines, lâche Eric Ladum, analyste technique assis devant Sarah.

Comme chaque fois qu'il n'est plus devant son clavier d'ordinateur, il triture un stylo pour s'occuper les doigts.

— Plutôt des milliers, corrige Driesen. À vue de nez.

Sarah se tourne vers le Gang des Trois. Assis le long du mur, ils n'ont encore rien dit. Et les présentations n'ont toujours pas été faites. Mais Sarah vient de comprendre la raison de leur présence. Elle sait qui ils sont.

Driesen reprend son exposé en donnant le détail des enquêtes en cours sur les deux premières victimes. Elles ont été abattues de deux balles de .38, une dans la tête, une dans la poitrine. Aucun suspect, aucune piste sérieuse, et des cadavres « propres » – c'est-à-dire sans traces – empreintes ou autres indices.

— Le troisième O'Hara est moniteur de ski et vit à Park City, dans l'Utah. Il a été trouvé hier matin dans le patio derrière sa maison.

Les photos de la scène de crime apparaissent à l'écran. L'homme est étendu dans une mare de sang séché, visage – ou plutôt ce qu'il en reste – tourné vers le ciel. À en juger par les éclaboussures, le coup a été tiré à bout portant. Cercueil fermé, certainement.

Au cours de sa première année dans l'Unité, Sarah avait l'habitude de détourner le visage pendant quelques secondes chaque fois que le spectacle sanguinolent des tueurs en série défilait sur les moniteurs. Un réflexe de dégoût, mais aussi un mécanisme d'adaptation. La façon dont son esprit réagissait à un spectacle aussi perturbant, aussi hors norme.

Maintenant, Sarah se contente de ciller – mais est-ce mieux ?

— Dans la poche droite de la parka de la victime, on a trouvé un exemplaire d'*Ulysse*, de James Joyce.

Driesen marque une pause, dans l'attente d'éventuelles questions. Eric Ladum, qui continue de faire tournoyer son stylo entre ses doigts, ne se fait pas prier.

— Tu penses que c'est le tueur qui l'a mis ?

Driesen hoche la tête.

— Oui.

— Il y a des marques ? Des passages surlignés ? Ou des mots ?

— Non. Chaque page est intacte. Pas même une page cornée.

— Attends, une seconde, intervient Sarah. La victime s'appelle bien O'Hara, pas vrai ? Pour les Irlandais, *Ulysse* est quasiment une seconde Bible…

— Exact. Mais cet O'Hara-là vit dans l'Utah et le livre provient de Bakersfield, en Californie. D'une bibliothèque.

— Il a été emprunté ?

— Non, ce serait trop beau.

— On a appelé la bibliothèque pour vérifier que…

Driesen coupe Sarah :

— Oui. La bibliothécaire a noté qu'un exemplaire avait disparu.

— Depuis quand ?

— Depuis…

— Félicitations !

La voix qui les coupe appartient à l'un des membres du Gang des Trois. Celui que Sarah a reconnu sans pouvoir le nommer. Un seul mot suffit à traduire un mélange d'impatience, d'arrogance et de sarcasme.

Tout le monde se retourne et l'homme se lève.

— Non seulement nous savons que c'est le même type qui a commis les trois meurtres, mais maintenant on peut aussi le coincer pour vol de livre. Bravo, les gars ! C'est parfait !

Ty Agosta se penche, pose les coudières de sa veste sur la table. Il ne voit pas quel mal il y aurait à poser une question :

— Pardon mais qui êtes-vous ?

C'est comme s'il n'avait jamais ouvert la bouche. Comme s'il n'avait jamais été dans la salle. Son intervention est tout simplement ignorée.

— Écoutez, déclare l'invité mystère, le tueur essaie peut-être de nous dire quelque chose, ou pas. Ce que j'attends de vous, c'est que vous me disiez comment vous comptez vous y prendre pour choper ce taré.

À cet instant, deux alarmes se déclenchent dans le cerveau de Sarah.

La première lui donne le nom de l'inconnu. Jason Hawthorne. Directeur adjoint du Secret Service. Il ne représente pas son patron, ni même le patron de son patron, le secrétaire du Département de la sécurité intérieure.

Jason Hawthorne et ses acolytes mangeurs de sandwichs représentent le patron de tout le monde.

Le président.

C'est la seconde alarme qui résonne dans la tête de Sarah.

Le beau-frère du président se nomme John O'Hara.

33

— Sarah, dans mon bureau? demande Driesen sitôt la réunion terminée.

Il est en train de serrer la main de Hawthorne, et leur échange est loin de respirer l'admiration mutuelle.

— Bien sûr, répond Sarah comme si ce n'était pas important.

Mais c'est très important.

Il existe deux types de réunions à l'UAC. Toutes deux sont classées «Confidentiel», mais une seule, comme celle qui vient de se tenir, est sans filtre. Comme les Lucky Strike. Et les propos que Driesen y tient peuvent faire tousser.

Une fois Hawthorne parti, Sarah suit Driesen. Ils passent devant sa secrétaire Allison et s'enferment dans son bureau d'angle, dont la fenêtre donne sur un vaste terrain d'entraînement des Marines.

— Ferme la porte, dit-il en s'installant à sa table.

Elle obtempère et s'assied face à lui. Il l'observe un moment. Soudain, contre toute attente, il laisse échapper un rire.

Sarah l'imite.

Il n'y a rien de drôle à cette affaire de tueur en série et au fait que trois innocents sont déjà morts, mais, parfois, éclater de rire au cœur de la bataille est la seule façon de préserver sa santé mentale. Dans le cas présent, la plaisanterie tacite porte sur le président. Et tout spécialement sur la pensée qui a dû éclore dans le tréfonds de son esprit – en off, naturellement – lorsqu'il a entendu parler pour la première fois du tueur d'O'Hara.

Si tu veux, mec, je t'apporte ma prochaine victime sur un plateau. Prends-la, c'est cadeau !

John O'Hara, le beau-frère du président, est un boulet de première catégorie. Quand il ne se fait pas surprendre ivre mort par des caméras de chaînes *people* à la sortie d'un bar de Manhattan à 3 heures du matin, il illumine de sa présence – à peu près au même moment – un téléachat sur le câble pour vendre « des housses de couette et des taies d'oreiller présidentielles ». « Les mêmes qu'on trouve à la Maison Blanche, dans la chambre Lincoln ! »

Sans doute parce qu'il les a volées.

Une honte vivante, format XXL. Une manne inépuisable pour tous les satiristes des *late shows*.

— Tu penses que tout part de lui ? demande Sarah. Je n'arrive pas à imaginer que…

Driesen hausse les épaules.

— Ça ne tient pas la route. En même temps, dégommer des gens qui portent le même nom ne correspond pas vraiment à un comportement « logique », pas vrai ?

— Mais choisir ce nom précisément…

— Je sais. Et Hawthorne, tu as vu, est déjà passé au stade d'alerte maximale. Il a placé le beau-frère sous surveillance dès hier soir.

— O'Hara sait pourquoi?

Sarah pressent la réponse.

— Non. C'est l'autre aspect délicat de l'affaire. Cette info ne peut pas être rendue publique, et avec la grande gueule d'O'Hara… On ne peut pas se permettre qu'un vent de panique souffle sur le pays et sur tous les crétins qui ont le malheur de s'appeler O'Hara. En tout cas, pas pour le moment.

— C'est ce qui explique la présence de Hawthorne plutôt que de Samuelson?

Driesen sourit d'un air de dire «Bien vu». Il apprécie que sa jeune enquêtrice ait déjà le flair pour reconnaître les implications politiques d'une affaire. Cliff Samuelson, le patron de Hawthorne, dirige le Secret Service.

— Je n'ai pas demandé, mais on peut le supposer, oui. Ils veulent tenir le président au maximum en dehors de tout ça.

— J'imagine le gros titre que ça ferait : «LE PRÉSIDENT PROTÈGE SON BEAU-FRÈRE MAIS PAS LES AUTRES O'HARA.»

— Inutile de dire qu'on ne doit jamais lire ça à la une.

— Pourtant, arrivera bien le moment où…

— Où on devra rendre publics les meurtres, et où on pourra crier l'info sur les toits? Oui. Mais entre le premier et le troisième meurtre, il y a plus de quarante O'Hara sur la carte que ce cinglé n'a pas tués.

Ce que je veux dire, c'est qu'on ne peut pas faire semblant de pouvoir les protéger tous.

— Alors, en attendant ?

— C'est ton boulot, et la tâche est rude.

Sarah incline la tête.

— Mon boulot ?

— Tu ne crois pas que je t'ai fait venir pour te parler de mes projets de pêche à la mouche ce week-end, si ? Tu pars demain matin.

Sarah n'a pas besoin de lui demander où il l'envoie. Règle numéro un du flic aux trousses d'un tueur en série ? Partir du cadavre encore tiède.

— Il paraît que Park City est sympa en cette saison…, lâche-t-elle, impassible.

Driesen sourit.

— Écoute, je sais que tu rentres à peine de Floride et que ta valise est dans ton bureau. Alors, ce soir, c'est quartier libre, OK ? Mais pas question de retourner chez toi pour lancer des lessives.

— D'accord. Pas de lessives, répond-elle avec un petit rire.

— Je suis sérieux. Sors, va t'amuser, lâche-toi ! Tu en as foutrement besoin…

Un point pour lui.

— Des suggestions ?

— Non, mais tu vas bien trouver quelque chose.

34

Sarah sonne une deuxième fois à la porte du penthouse de Ted. Seule dans l'entrée des Résidences Piermont, au centre-ville de Fairfax, elle se demande pourquoi il ne répond pas. Elle sait qu'il est là.

Quelques minutes plus tôt, elle l'a appelé de chez elle, quatre étages plus bas, en prenant garde de composer *67 pour masquer son numéro.

Réflexion faite, tout ça est assez drôle. Mieux vaut en rire. La dernière fois qu'elle a appelé un garçon – et raccroché dès qu'il a répondu –, c'était sans doute au lycée. À l'époque, elle écoutait Bananarama sur son baladeur Sony et portait des jeans Guess délavés.

À présent, elle écoute Ted de l'autre côté de la porte, habillée d'un long imperméable bleu marine. Et rien d'autre en dessous. Nue comme un ver.

Me lâcher? Sortir, m'amuser? Si seulement Driesen me voyait en ce moment… Hum… non, finalement, ce n'est pas une bonne idée.

Et Ted qui n'ouvre toujours pas.

Allez, chéri, je commence à sentir un courant d'air sous mon imper… Sans compter que j'ai un peu la honte, là…

Après tout, ils ne sortent ensemble que depuis cinq mois. Deux mois de plus que la dernière histoire de Sarah, et trois mois de plus que celle d'avant.

Avec Ted, les choses semblent différentes. Et mieux. Beaucoup mieux. Il est avocat à D.C., très réputé, « avec une force de travail qui ferait presque oublier le montant de ses honoraires », comme l'écrit le journaliste du *Washington Post* dans le portrait qu'il lui a consacré. Il connaît mieux que personne les contraintes des heures supplémentaires imposées par une carrière professionnelle exigeante. Certes, il a peut-être une ou deux photos de lui en trop dans son appartement – des portraits virils qui le montrent domptant les flots d'un torrent furieux à bord d'un raft ou dévalant les pistes des Back Bowls de Vail – mais Sarah est prête à lui pardonner ces signes de vanité. Ce n'est pas un homme possessif : il n'a pas besoin de la posséder. Et c'est bien – très bien.

Bien sûr, le fait qu'il soit une vraie bombe est un bonus.

Sarah presse l'oreille contre la porte. Elle jurerait qu'elle entend de la musique, mais le volume n'est pas assez fort pour couvrir le bruit de la sonnette.

Alors, elle comprend. C'est juste un pressentiment, mais ses derniers pressentiments étaient plutôt bons. Sarah se retourne et, de la main, palpe le placard de la lance à incendie fixé au mur face à la porte de Ted. Elle cherche une petite boîte aimantée.

Définition de la confiance dans une relation amoureuse naissante ? Quand il vous dit où il cache sa clé de secours.

Peut-être qu'après ce soir elle lui dira où elle a caché la sienne.

35

Sarah pénètre dans l'appartement, reste immobile dans l'entrée, le temps de déterminer d'où vient la musique. De la chambre de Ted, au bout du couloir.

Elle est loin d'être une experte en jazz mais, après quelques pas, elle reconnaît le saxophone baryton de Gerry Mulligan. Ted l'idolâtre et écoute presque religieusement tous ses disques, surtout les captations de concert. Carnegie Hall, Glasgow, Village Vanguard…

« Mully est un dieu », répète-t-il souvent à Sarah, en général après leur seconde bouteille de bordeaux, qu'ils dégustent blottis l'un contre l'autre dans le canapé.

Quelques pas plus tard, Sarah perçoit autre chose : le bruit de l'eau qui coule. C'est bien ce qu'elle pensait.

Elle entre dans la chambre de Ted pour constater qu'effectivement la porte de la salle d'eau est fermée. Il prend sa douche. Un peu de vapeur s'échappe même sous la porte.

Elle sourit. Parfait. Elle est impatiente de voir la tête qu'il fera.

Sarah doit encore se décider : quand retirer l'imperméable ?

Elle ouvre discrètement la porte, se glisse sur la pointe des pieds dans la salle d'eau. La pièce est remplie d'une vapeur plus épaisse que le fog de San Francisco. Ted aime prendre des douches très chaudes.

Plus tard, Sarah en est sûre, il lui dira en riant qu'elle a encore fait monter la température…

Et voilà : plus rien ! Je n'en reviens pas, de faire un truc pareil…

L'imperméable tombe sur le carrelage et Sarah ouvre la porte de la cabine remplie de vapeur. Elle écarte les bras comme pour dire : « Je suis là ! »

Surprise, mon chéri !

Ça ne rate pas : Ted est surpris. Incroyablement surpris.

Et la femme qui l'accompagne aussi.

36

Sarah met quelques secondes à mesurer la signification de ce qu'elle voit – une poignée de secondes interminables, un supplice humiliant qui semble durer une éternité.

Tout ça est bien réel, pas vrai ? Et je suis complètement à poil…

— Sarah, attends ! lance Ted.

Mais elle n'a pas l'intention d'attendre. Qui en serait capable ? Elle ramasse son imperméable et le plaque vivement contre sa poitrine avant de bondir hors de la salle d'eau. Un bonheur n'arrivant jamais seul, elle glisse sur le carrelage humide, manque de tomber et se tord la cheville.

— Va te faire foutre, Ted !

Elle traverse en claudiquant la chambre, réduite à un espace flou où son œil perçoit quelques indices qui lui ont précédemment échappé : la forme creusée de non pas un mais deux oreillers, le lit défait, les deux verres de vin sur la table de chevet. C'était du bordeaux, espèce de salaud ? Comment a-t-elle fait pour ne rien voir ?

Elle sait déjà pourquoi. Parce qu'elle avait confiance en lui.

Une partie d'elle-même a envie de faire demi-tour et de s'expliquer avec Ted maintenant, devant « l'autre femme », quelle qu'elle soit.

Mais cette partie ne fait pas le poids face à la douleur insoutenable qu'elle ressent. Au terme de ces quelques secondes passées devant la douche, paralysée, elle s'est abandonnée à ses instincts. Et ses instincts lui disaient de s'enfuir. Fous le camp ! Dégage ! Sors ! Elle n'a pas pu s'en empêcher.

Et c'est encore plus cuisant.

Au travail, elle parvient toujours à avoir le courage, les tripes, les couilles de tenir bon quelle que soit la situation. Mais là, sans son insigne, sans rien du tout, elle ne peut que s'enfuir. Elle se sent impuissante, ridicule, honteuse.

— Sarah, arrête ! S'il te plaît !

Ted lui court après tout en nouant une serviette autour de sa taille. Il est trempé.

Sarah s'immobilise dans l'entrée. Elle n'a pas envie d'une scène hors de l'appartement, *a fortiori* devant un voisin. Et puis elle serre toujours contre elle son imperméable.

— Tourne-toi ! dit-elle.

Ted cligne des paupières, incrédule.

— Quoi ?

Elle baisse les yeux sur son corps. Hors de question qu'il la voie nue, plus maintenant. Plus jamais.

Il comprend.

— Oh…

Sarah enfile l'imperméable pendant que Ted lui tourne le dos.

— Je voudrais juste t'expliquer…, lance-t-il pardessus son épaule.

— M'expliquer ? Qu'est-ce qu'il y a à expliquer ? Tu as fait une grave erreur, et moi une plus grave encore en pensant que tu n'étais pas comme tous ces dragueurs…

Il fait volte-face.

— Je ne suis pas un dragueur, Sarah. Et d'abord, qu'est-ce que tu fous ici ? Tu aurais dû me dire que tu rentrais…

— Pourquoi ? Pour te permettre de continuer à me mentir ?

— Techniquement parlant, je ne t'ai jamais menti.

— On n'est pas au tribunal, Ted. Et là, tu n'es pas avocat.

— Je pourrais te faire la même remarque.

— Qu'est-ce que tu veux dire ?

— Je veux dire que tu n'arrêtes jamais d'être celle que tu es.

— C'est ça, le problème ? Mon boulot ? Tu aurais dû me prévenir que ça te gênait de sortir avec un agent du FBI.

— Je ne voyais pas ça comme un problème.

— Et la fille dans la douche, elle fait quoi, elle ?

Il ne veut pas répondre, mais Sarah ne le lâche pas du regard jusqu'à ce qu'il cède.

— Elle travaille dans mon cabinet.

— Comme avocate ?

Sarah connaît la réponse.

— Assistante juridique, articule Ted d'une voix piteuse.

— Donc, elle travaille pour toi. Tu la supervises.

— Oh, tu es psy, maintenant ? Parfait ! rétorque-t-il, vexé. Bientôt tu vas m'expliquer que je me sentais menacé par toi…

— C'est le cas ?

— Tu sais quoi ? Je te cours après pour te demander pardon mais, merde, je n'ai rien à me faire pardonner !

— Je vois ça. Je comprends, Ted. Crois-moi, je comprends vraiment.

— Je suis un mec, Sarah. Un mec n'a pas envie de sortir avec une fille qui…

Il s'arrête net.

— Quoi ? Vas-y, va au bout de ta phrase ! Tu vois bien, je peux tout encaisser.

— À ton avis, lâche-t-il, quel effet ça me fait de me dire que ma petite copine formée au FBI peut me casser la gueule ?

Sarah secoue la tête.

— Alors, *primo*, c'est ex-petite amie, puisque c'est apparemment comme ça que tu me considérais. Et *deuzio*, pour ce qui est de l'effet… eh bien, je ne sais pas. Sans doute quelque chose comme ça…

Elle serre le poing et envoie Ted au tapis d'une droite si violente qu'il percute le mur et fait tomber une photo encadrée de lui sur sa Harley-Davidson. Le verre du cadre vole en éclats.

Sans un mot, Sarah se tourne alors et sort calmement de l'appartement. Elle a fait ce qu'elle devait faire.

Non, une dernière chose – elle n'y résiste pas. Elle revient vers Ted, toujours au sol, qui se masse la mâchoire.

— Alors ? Ça te fait quel effet, qu'une fille te casse la gueule ? Et je ne suis même pas baraquée, Ted !

37

C'est peut-être une simple coïncidence ou bien une histoire de karma mais, le lendemain après-midi, la chanson qui passe dans les écouteurs de l'iPod de Sarah tandis que l'avion entame sa descente vers Salt Lake City est « A Change Would Do You Good[1] » de Sheryl Crow.

Sarah n'a plus qu'à l'espérer. Croiser les doigts. Les orteils aussi. Mais le pire, c'est qu'elle déteste la façon dont elle a rompu avec Ted. Elle déteste ça. C'était une situation humiliante, horrible. Et triste. Elle s'était crue amoureuse de lui.

Le trajet de l'aéroport à Park City est un bon point de départ. Une grand-route dégagée, les montagnes dressées à l'horizon – c'est comme une profonde respiration pendant quarante minutes. Et comme il y a toujours quelque chose de bizarre à mettre un cabriolet sur une note de frais, Sarah profite au maximum de sa Chevrolet Camaro 2SS.

1. « Un peu de changement te ferait le plus grand bien. »

Parfois, c'est tout simplement bon de tendre la main vers le ciel à 110 km/h pour sentir l'air tiède fouetter la pointe de ses doigts.

Plus vite qu'elle l'aurait cru possible, elle arrive à Park City et se retrouve au poste de police.

— Agent Brubaker, mon nom est Steve Hummel. Ravi de vous rencontrer.

Le chef en personne est venu l'accueillir à l'entrée du bâtiment, et non une secrétaire ou un simple assistant. C'est toujours rassurant. L'annonce d'une bonne relation de travail.

À l'évidence, Hummel est un type simple, ce qui cadre assez bien avec cette ville qui pourrait accueillir le siège régional du Vieux Campeur. L'été, Park City est le paradis du randonneur et l'hiver celui du skieur – si on met de côté les deux semaines de janvier où le Festival de Sundance transforme la station en parade hollywoodienne sans âme.

Hummel a beau avoir soigneusement boutonné son uniforme, Sarah n'a aucun mal à imaginer son allure quand il n'est pas de service. Avec son visage tanné et cuivré, ses cheveux ébouriffés poivre et sel, il doit porter un jean, une chemise à carreaux et, à la main, une bière fraîche sans doute achetée à un petit producteur local.

— Venez, on va dans mon bureau. On vous attendait.

À mi-chemin, ils sont interceptés par un bellâtre mâcheur de chewing-gum qui, « par hasard », passait par là – impatient d'être présenté, sans aucun doute. Hummel s'y colle.

— Agent Brubaker, voici l'inspecteur Nate Penzick.

Penzick bombe le torse et tend la main.

— Bienvenue à Park City.

Sa voix est tout sauf accueillante. Sarah comprend tout de suite qu'il s'agit du policier chargé de l'affaire O'Hara.

C'est une réaction fréquente lorsqu'elle débarque dans une ville pour une affaire : les policiers n'ont pas envie de se faire expliquer le métier par un agent fédéral. Pourtant, Sarah n'en a jamais eu l'intention. Mais tous les inspecteurs Penzick partagent le même préjugé, collant comme un sparadrap : les agents du FBI sont des emmerdeurs.

— Merci, enchantée, répond Sarah, avec un sourire, choisissant d'ignorer le ton de Penzick et sa poignée de main à mi-chemin entre Bruce Lee et G.I. Joe.

La meilleure arme, c'est la politesse. Elle l'a toujours pensé. Même si, en cet instant précis, après la nuit qu'elle vient de passer, elle a besoin de puiser dans ses réserves de volonté pour ne pas attraper ce type par son revers de veste bien amidonné et lui expliquer que « macho de base » ne figure pas sur sa liste de Noël. Alors tes coups de menton, tu les gardes pour toi, compris ?

Penzick plisse les yeux.

— Le chef n'a pas voulu nous dire grand-chose sur ce qui vous amène, mais j'imagine que c'est lié au meurtre d'O'Hara ?

— Exact.

Inutile de lui mentir.

Penzick mastique si violemment son chewing-gum qu'on entendrait sa mâchoire craquer. Si le chef Hummel est aussi détendu qu'un dimanche après-midi, ce spécimen ressemble plutôt aux heures de pointe d'un lundi matin.

— Alors pourquoi tous ces mystères ? Je veux dire, on joue dans la même équipe, pas vrai ?

Sarah jette un coup d'œil vers Hummel. Son froncement de sourcils montre qu'il regrette déjà d'avoir fait les présentations.

— Allez, quoi, sérieux ? Qu'est-ce que le gouvernement essaie d'étouffer, cette fois ?

Hummel finit par s'interposer.

— Si vous voulez bien excuser Nate… Il n'est plus le même depuis la diffusion d'*X-Files*…

Cassé.

— Très drôle, chef !

Mais il avait saisi l'allusion. La ferme, cow-boy. Il se campe devant Sarah et, du ton le plus poli qu'il est capable de contrefaire :

— Je suis impatient de travailler avec vous, agent Brubaker.

— Ne te bile pas, Nate ! intervient Hummel en consultant sa montre. Je serais surpris que l'agent Brubaker soit encore à Park City dans une heure.

Sarah se tourne vers lui. Première nouvelle. Quoi ? Je viens tout juste d'arriver, où vous voulez m'envoyer ?

Hummel n'éprouve pas le besoin de s'expliquer – en tout cas, pas devant son jeune inspecteur.

— Comme je vous le disais tout à l'heure : allons dans mon bureau.

38

À en juger par le comportement de Hummel sitôt la porte refermée derrière lui, Sarah se dit que sa remarque sur son départ dans l'heure devait être une plaisanterie. Ou alors, ce gars souffre d'un sérieux problème de perte de mémoire immédiate. Bref, elle se sent totalement perdue – mais intriguée.

Hummel ne se lance dans aucune explication. Il va directement ouvrir le tiroir de son bureau et en sort, outre deux gants jetables en latex, un sachet à indice contenant l'exemplaire de poche d'*Ulysse*.

— Je suppose que vous avez envie d'y jeter un coup d'œil.

Sarah enfile les gants et feuillette l'ouvrage. Exactement conforme à la description : exemplaire de bibliothèque sans trace de surlignage, sans notes griffonnées en marge. « Pas même une page cornée », pour reprendre les termes de Driesen.

Hummel s'assied derrière son bureau et s'étire sur la chaise, mains jointes derrière la tête.

— Je me rappelle l'avoir lu à la fac. Bon sang… à peine si j'ai compris le résumé.

— Je sais, oui, répond Sarah. Pas exactement un bouquin de plage, hein ?

— Cela dit, je suis à peu près certain d'un truc.

— Quoi ?

— Il n'appartient pas à la victime.

— D'accord. Comment vous le savez ?

— Je connaissais John O'Hara. Un de ces types dont on dit : les gars rêvent de lui ressembler et les filles d'être dans ses bras. C'était un sacré mec. Mais s'il y a bien quelque chose qu'il n'était pas…

Hummel marque un temps d'arrêt, comme s'il cherchait le bon terme ou la formule la moins péjorative.

— Disons que la seule chose que j'aie jamais vu John lire, c'était un menu de restaurant.

— Il y a toujours une première fois.

— Pas avec un bouquin de neuf cents pages farci de dialecte irlandais plus difficile à lire qu'une feuille de papier de verre… Classique ou pas classique. John n'était pas un fan de James Joyce. Même pas de Stephen King !

Sarah hoche la tête. Ça se tient.

Comme Hummel, elle aussi a lu *Ulysse* quand elle était étudiante. Dix bonnes années auparavant. Ce matin, avant de partir pour l'aéroport, elle l'a téléchargé sur son Kindle et s'est plongée dedans peu après le décollage. Elle a agité le drapeau blanc quelque part au-dessus du Kansas et s'est réfugiée dans son iPod.

Le tueur n'aurait pas pu laisser un bouquin de Patricia Cornwell, plutôt ?

— Si on accepte l'idée que c'est le tueur qui l'a laissé, vous avez la moindre idée de ce que ça pourrait signifier ? demande Hummel.

— Pas encore. Et vous ?

Il sourit.

— C'est drôle que vous me posiez la question. À vrai dire, je crois savoir.

39

Hummel n'a pas oublié la réflexion qu'il a faite à Penzick. Il prend juste son temps avant de s'expliquer.

— Dans tout le pays, chaque ville enregistre ses affaires criminelles dans le ViCAP. Presque chaque ville, en tout cas. Pas toutes les villes, hein ?

— Exact, répond Sarah. En général, parce que leurs statistiques sont négligeables : trop faibles ou inexistantes. Ce qui est une bonne chose.

— Donc, même si un meurtre avait lieu dans une de ces petites villes, la police locale pourrait très bien ne pas avoir le réflexe de le signaler au ViCAP. Pas tout de suite, du moins.

— Je suis sûre que ça s'est déjà passé. Plus d'une fois, sans doute.

— Je me suis dit la même chose. Bien sûr, comment en avoir le cœur net ? La seule façon, ce serait de surveiller chaque ville en permanence.

— Et c'est justement pour cette raison que le ViCAP a été créé, à l'origine. Pour que personne n'ait besoin de tout vérifier. Maintenant, comme vous dites, il y a toujours des crimes qui passent entre les mailles du filet.

— Sauf si vous savez exactement où chercher…

Hummel brandit l'exemplaire d'*Ulysse*.

Sarah ne voit pas où il veut en venir.

— Comment ça ?

— Vous êtes déjà allée à Bloom, dans le Wisconsin ?

À présent elle voit. Le héros du roman de Joyce se nomme Leopold Bloom.

— Il y a un John O'Hara qui vit là-bas ? À Bloom ?

— Oui. Mais le lieu n'a peut-être aucun rapport avec un personnage. Tenez, pourquoi pas Joyce, Washington ?

— C'est une vraie ville ?

— Oui. Et on y trouve même deux O'Hara.

Sarah réfléchit aux implications en dodelinant de la tête.

— Donc, le tueur, après trois victimes dans trois villes différentes, décide de nous jeter un os à ronger en nous révélant le lieu de son prochain meurtre.

— Ou de son dernier meurtre en date. Ce sont des petites villes…

— Contrairement à… disons, Dublin, Ohio.

Hummel pointe l'index vers elle comme un présentateur de jeu télévisé indiquant au candidat qu'il a la bonne réponse.

— Tout juste ! Une ville d'une bonne taille, qui transmet systématiquement ses affaires criminelles au ViCAP. Comme trois John O'Hara y habitent, j'ai quand même passé quelques coups de fil.

— Attendez… vous avez déjà appelé les flics ?

— Ouais.

— Vous n'avez tout de même pas…

Hummel lève les mains, visiblement amusé.

— Ne vous inquiétez pas. Je ne leur ai pas demandé s'ils avaient des cadavres d'O'Hara sur les bras. Juste des meurtres ces dernières vingt-quatre heures.

— Et alors ?

— Non. Ni à Dublin, ni à Joyce, ni à Bloom.

Sarah scrute Hummel. Elle se sent déçue. Il a vingt sur vingt en théorie mais zéro en résultats. Pourquoi il me raconte tout ça ? Il y a forcément une raison. Une bonne, j'espère.

— Il y a d'autres villes ?

Elle se rappelle que l'épouse de Bloom, dans le roman, se prénomme Molly.

— Molly dans le Nebraska, par exemple ? Ou dans le Wyoming ?

— Non. J'ai juste trouvé un Bloomfield dans le Nouveau-Mexique.

Sarah fronce les sourcils.

— Tiré par les cheveux, vous ne trouvez pas ?

— Ouais, bon, c'était plus une blague qu'autre chose… Mais comme j'y ai trouvé un John O'Hara, j'ai téléphoné et je suis tombé sur le chef de la police, Cooper Millwood. Le dernier meurtre en ville remonte à dix-sept ans. Mais il m'a dit que c'était marrant que j'appelle…

— Marrant ?

— Pas à se taper sur les cuisses. Millwood venait de parler avec son cousin, le shérif d'une ville voisine, Candle Lake. Là-bas, cela fait vingt-quatre ans qu'ils n'ont pas eu de meurtre. Et voilà que ce matin, on leur a signalé une disparition.

Sarah se redresse.

— Sans déconner ?

— Sacrée coïncidence, pas vrai ? John O'Hara, habitant à Candle Lake, n'a plus donné signe de vie depuis plus de vingt-quatre heures.

Hummel avait raison. Sarah ne fait que passer. Règle numéro un du flic aux trousses d'un tueur en série ? Toujours partir du cadavre encore tiède.

Adieu Park City, bonjour Candle Lake.

Tout ça grâce à la règle numéro deux : si possible, avoir de la chance.

40

En ce dimanche après-midi, le hall d'embarquement B20, encastré dans un coin du terminal Delta Air Lines de l'aéroport Kennedy, est bondé de candidats au tourisme. Tous attendent – encore, et encore – de pouvoir s'envoler pour Rome. Leur vol a été retardé une première fois de deux heures, auxquelles s'est ajoutée une heure supplémentaire.

Les esprits s'échauffent, tandis que les batteries des portables faiblissent. Tous les connecteurs de la borne de rechargement du terminal sont pris d'assaut, offrant le spectacle d'une spaghetti-party de cordons de smartphones et de lecteurs MP3. Un fanatique du kilowatt a même apporté sa propre borne pour permettre aux cinq membres de sa famille de connecter leur iPad.

Sans doute les deux seuls passagers à ne pas souffrir le moins du monde de ces retards sont Scott et Annabelle Pierce, deux jeunes mariés qui roucoulent à la terrasse du Starbucks situé à un jet de pierre du hall.

C'est justement dans un Starbucks que tout a commencé pour ces deux drogués de la caféine. Celui sur la 57e Rue Est, entre Lexington Avenue et Park Avenue, à Manhattan – à ne pas confondre avec le Starbucks qui occupe le coin opposé, côté nord.

Annabelle avait pris ce qu'elle croyait être son grand *chai latte* avec double ration de mousse avant de se rendre compte qu'il s'agissait du grand cappuccino light extra-chaud commandé par Scott.

— J'essaie le vôtre si vous essayez le mien, avait proposé le garçon.

Le sourire d'Annabelle s'était accompagné d'une légère rougeur.

— Ça marche !

Ç'avait été le coup de foudre à la première gorgée. Quelques minutes plus tard, ils s'étaient échangé leur numéro de téléphone – avant d'échanger, deux ans plus tard, leurs vœux.

Et c'est ainsi qu'on les retrouve, jeunes, amoureux, béats, au départ de leur lune de miel romaine. Qu'est-ce que ça peut bien faire, quelques heures de retard ?

— Allez, on les regarde encore ! s'exclame Annabelle, encore rayonnante de la cérémonie et de la réception organisée au Jardin botanique de New York. Reprends depuis le début !

Ils ont reçu des milliards de cadeaux, ridiculement chers pour la plupart, grâce aux amis de leurs parents fortunés. Mais, pour le moment, leur plus beau cadeau est un petit appareil photo numérique. Déjà utilisé, qui plus est.

Oui, mais de quelle façon !

Le témoin de Scott, Phil Burnham – Phil B pour les intimes –, a inauguré son Canon PowerShot en prenant des photos pendant toute la durée du mariage. Après la réception, il a noué du bolduc autour de l'appareil et l'a donné à Scott et Annabelle au moment où ils montaient dans la limousine. Bien pensé !

Et timing parfait. En attendant que le photographe officiel, après des semaines et des semaines de travail, leur envoie ses albums à couverture soyeuse remplis d'élégants tirages en noir et blanc, Scott et Annabelle, serrés derrière l'écran numérique de dix centimètres en diagonale, peuvent déjà revivre cette journée mémorable, encore et encore.

Du moins, jusqu'à ce que tout vole en l'air : leur table, leurs cartes d'embarquement, leurs deux cafés. Qui s'écrasent et giclent par terre.

— Oh, bon sang ! s'écrie la silhouette maladroite qui a trébuché contre le sac de voyage posé contre une chaise. Pardon !

— Ce n'est rien, lui assure Scott en relevant la table pendant qu'Annabelle vérifie que son pantacourt blanc n'est pas taché.

— Ah, et j'ai aussi renversé vos cafés. Attendez, je vais vous en reprendre…

— Vraiment, ce n'est rien, ne vous embêtez pas.

— Non, j'insiste. C'est la moindre des choses.

Annabelle et Scott – le portrait craché de Colin Hanks, le fils de Tom Hanks – s'interrogent du regard, comme pour se dire : « Qu'est-ce qu'on fait, maintenant ? » L'une des plus jolies particularités de leur couple, selon leurs amis, c'est qu'ils sont capables d'avoir de longues discussions sans prononcer la moindre parole.

Scott lève un sourcil. Annabelle plisse les lèvres. Tous deux acquiescent.

— Bon, si vous insistez, merci, consent poliment le jeune marié.

— Non, merci à vous. Dites-moi ce que vous prenez.

Scott lui répond, sans se rendre compte que lui et sa ravissante épouse sont sur le point d'apprendre l'une des leçons cruciales de leur existence.

Ne jamais se faire offrir un café par un tueur en série.

41

— Et voilà, on la refait ! Un grand *chai latte* avec double mousse et un grand cappuccino light extra-chaud !

En un clin d'œil, la situation embarrassante s'est transformée en rencontre charmante. Une métamorphose en douceur.

— Mais je dois vous poser la question : comment réussissez-vous à boire un café aussi bouillant ?

— J'imagine que j'ai un seuil de tolérance à la douleur très élevé, répond Scott avec un rire en prenant son cappuccino.

En guise de preuve, il en avale aussitôt une large rasade et sourit.

Ô ironie…

— Et le vôtre, mademoiselle ? Vous avez assez de mousse ?

— Voyons ça…

Elle retire le couvercle de son gobelet et avale une gorgée de *chai latte.* Puis dresse le pouce.

— Super !

— Tu es sûre, chérie ? demande Scott, pince-sans-rire.

La lèvre supérieure d'Annabelle s'orne d'une petite moustache mousseuse. Elle ressemble à une publicité pour le lait.

— Excusez-moi une seconde, dit Scott.

Et, se baissant vers sa femme, il efface la moustache d'un baiser.

Annabelle rit en rougissant.

— Je l'aurais parié ! Vous venez de vous marier, n'est-ce pas ? Je le sens… J'ai raison ?

— Exact, admet Scott. Ça date d'hier soir.

— Et, avec un peu de chance, on s'envolera pour notre lune de miel avant notre premier anniversaire de mariage, ajoute Annabelle avec un sourire ironique.

— Vous prenez le même avion ? demande Scott. Vous allez à Rome, vous aussi ?

— Oui. S'il décolle un jour…

— Attendez !

Annabelle tend le cou pour apercevoir la zone d'embarquement.

— Je n'y crois pas ! Enfin, on part !

Effectivement, le vol Delta Air Lines 6589 à destination de Rome est sur le départ.

— Eh bien, dans ce cas, je vous retrouve à bord. Je file m'acheter des chewing-gums – mes oreilles n'arrêtent pas de se boucher quand je prends l'avion.

— J'ai le même problème, répond Scott. Et encore merci pour les cafés.

— Tout le plaisir est pour moi.

Tout le plaisir, je vous assure…

Scott et Annabelle ramassent leur sac de voyage puis, sans lâcher leur gobelet de café, rejoignent la file d'attente. Après quelques gorgées, ils se tournent l'un vers l'autre. Scott plisse les paupières. Annabelle fronce le nez. Ils tirent la langue.

— Je sais…, dit Scott en baissant les yeux sur son cappuccino light extra-chaud. Le tien aussi a un goût bizarre, non ?

— Pas au début. Sans doute à cause de la mousse. Mais maintenant…

— On les jette.

— On ne peut pas ! Pas ici…

Annabelle regarde par-dessus son épaule. Elle a toujours été très stricte sur les bonnes manières.

Scott comprend : du coin de l'œil, il aperçoit la silhouette derrière eux, à côté d'un distributeur automatique de chewing-gums.

— On s'en débarrassera dans l'avion, murmure-t-il.

— Bonne idée.

Une voix résonne dans le haut-parleur à l'entrée de la salle : « Dernier appel pour l'embarquement du vol 6589 à destination de Rome. »

Annabelle s'accroche au bras de Scott.

— Qu'est-ce que tu veux qu'on fasse une fois qu'on sera arrivés ?

— Tu veux dire, après avoir inauguré le lit ?

Elle lui donne un coup de coude dans les côtes.

— Oui, après ça.

— Je ne sais pas. Peut-être aller inaugurer le Colisée ?

Annabelle n'a pas le temps pour un nouveau coup de coude : elle pousse un cri. Scott est plié en deux, une gerbe de vomi jaillit de ses lèvres. On dirait une scène de *L'Exorciste.* Sauf que le vomi n'est pas vert mais écarlate. Car c'est son sang qu'il crache – des litres et des litres.

— Chéri, qu'est-ce…

Annabelle ne va pas plus loin : elle s'écroule par terre, son pantacourt blanc souillé de son propre vomi.

Impuissants, ils se regardent. Ils ne parlent pas. Ils en sont incapables. Ils sont en train de mourir. Et c'est rapide. Incroyablement rapide.

Dans un dernier souffle, Scott parvient à se retourner – une paire d'yeux se vrille dans les siens.

Et alors, l'ami ? Toujours aussi élevé, ton seuil de tolérance à la douleur ?

Les yeux se plissent dans un grand sourire.

Sogni d'oro, les jeunes mariés du vol 6589 ! *Arrivederci !*

42

— Eh bien, mais qui voilà ! lance le Dr Kline lorsque je pénètre dans son bureau, au cœur de Manhattan. Vous êtes vivant !

Non qu'il ait pu me croire mort – pourquoi penserait-il une chose pareille ? Mais c'est sa façon de me titiller après lui avoir fait faux bond lors de notre précédente session. Il me rappelle mon vieil entraîneur de foot, au lycée, qui s'écriait « Trop aimable de vous joindre à nous, monsieur O'Hara ! » quand j'arrivais à l'entraînement avec une ou deux secondes de retard.

La seule différence, c'est que la suite, chez Kline, ne risque pas d'être : « Pour la peine, vingt pompes ! » Du moins j'espère.

Je m'assieds sur le « canapé », en face de lui.

— Vous avez parlé à Frank Walsh, non ?

Mon chef au Bureau remplit désormais la fonction de mère pour moi. J'ai l'impression d'être un de ces gosses au jardin d'enfants, sur la veste duquel on aurait épinglé le message : « Cher docteur Kline, excusez le petit Johnny de n'avoir pas pu assister à votre précédente séance psychiatrique : il essayait d'attraper un méchant aux îles Turques-et-Caïques. »

— Oui. Walsh m'a expliqué votre travail pour Warner Breslow. Puis il m'a demandé d'oublier tout ce qu'il venait de me dire.

Frank Walsh tout craché.

— Officiellement, le FBI ne s'occupe pas de cette affaire. D'où sa remarque.

— Je comprends, aucun problème. Vous savez, ce bureau est encore plus sûr que Las Vegas : tout ce qui se passe ici, même quand c'est légal, reste ici.

— À une exception notable, dis-je.

Kline sourit.

— Vous avez raison, tout à fait raison. Si vous m'annoncez votre décision de tuer quelqu'un.

Ce type est le maître des transitions.

— Je vais vous faciliter le travail. Frank avait raison. À partir du moment où j'ai accepté de m'occuper de cette cause, je n'ai plus pensé une seule fois à Stephen McMillan. Sincèrement.

— Tant mieux.

Tant mieux, oui. Ça ne veut pas dire que je n'ai plus envie de tuer le salopard qui a foutu en l'air ma famille. Seulement que je ne pense plus jour et nuit à la façon dont je vais m'y prendre.

Chaque chose en son temps, O'Hara. Chaque chose en son temps…

Je remarque que, contrairement à nos précédentes séances, Kline tient un bloc-notes sur ses genoux. Il est en train de griffonner quelque chose.

— Je peux vous demander ce que vous écrivez ?

— Absolument. Je note un détail à propos de ce que vous venez de dire. Un mot, pour être exact.

— Lequel ?

— Vous avez parlé de « cause », à propos du meurtre d'Ethan Breslow et de sa jeune épouse. Je trouve ça intéressant.

Je n'étais même pas conscient d'avoir prononcé ce mot.

— C'est un genre de… lapsus freudien ?

Kline a un petit rire.

— Freud était un coureur et un alcoolique qui avait des problèmes avec sa maman.

OK, mais quels sentiments vous éprouvez vraiment à son égard, doc ?

— Bon, mettons de côté Sigmund, dis-je. Qu'est-ce que ça peut faire que je parle de cause ?

— Ça souligne votre motivation. Pourquoi vous avez choisi de gagner votre vie de cette façon. Le rôle que votre métier joue dans votre existence.

Je dégaine ma moue sceptique.

— Tout ça dans un seul mot ?

— Les causes sont toujours des affaires personnelles, John. Si vous faites de chaque affaire une question personnelle, que va-t-il se passer quand vous serez confronté à une situation réellement personnelle ? Par exemple, face à l'homme responsable de la mort de votre femme ?

Je croise les bras.

— Je me retrouve dans votre cabinet, voilà ce qui va se passer. Je comprends où vous voulez en venir, mais peut-être que c'est justement la raison pour laquelle je suis si bon dans mon métier. Je prends tout comme une affaire personnelle.

Kline se penche vers moi, ses yeux se verrouillent dans les miens.

— Autrement dit, vous n'êtes plus bon à rien si vous n'avez plus de métier. Ou, pire : si vous vous retrouvez derrière les barreaux.

Hummm…

Je déteste quand, dans une conversation, les gens qui admettent le propos d'un contradicteur disent « touché ». Mais, s'il y a un moment où je pourrais le dire, c'est bien celui-ci. Kline ne dit rien que je ne sache déjà, au plus profond de moi. Mais je serais incapable de le mettre en lumière de cette façon – à supposer que j'en aie envie.

Tout à coup, ce n'est plus Kline que je vois. Je lui renvoie peut-être son regard, mais ce sont mes gosses que je vois. Combien ils ont vraiment besoin de moi.

Et comme j'ai fait preuve d'égoïsme.

Ils n'ont peut-être pas déjà vécu assez d'horreurs ? Suis-je à ce point aveugle ? Stupide ?

Je suis resté tellement obsédé par l'idée de venger la mort de leur mère que j'ai oublié de célébrer sa vie avec nos enfants – notre vie. Quelle erreur immense. Colossale.

— Doc, ça ne vous dérange pas si on arrête là pour aujourd'hui ?

Je m'attends à le voir surpris, peut-être même un peu agacé : après lui avoir posé un lapin lors de notre précédent rendez-vous, voilà que j'essaie d'abréger notre séance du jour. Je suis à peine resté assis.

Au lieu de ça, Kline se contente de sourire. Il sait reconnaître quand il y a un progrès.

— Allez faire ce que vous avez à faire, répond-il.

43

Edward Barliss, le directeur de Camp Wilderlocke, me regarde comme si je débarquais de Mars. Pire : comme si j'étais un parent de l'enfer.

Après trois heures de route non-stop depuis Manhattan jusqu'à Great Barrington, Massachusetts, je suis entré sans prévenir dans son petit bureau où flotte une odeur de pin, au milieu d'un complexe de vacances de cinquante acres.

Sans prévenir, j'insiste.

— Monsieur O'Hara, qu'est-ce que vous faites ici ?

— Je viens voir mes garçons.

— Le jour de visite des familles est prévu la semaine prochaine.

J'en suis bien conscient. Tout comme je suis conscient d'enfreindre le règlement de la colonie, règlement qu'Edward Barliss et ses collègues « wilderlockiens » prennent très au sérieux. Outre l'interdiction d'utiliser des gadgets électroniques – à laquelle je souscris totalement –, les enfants n'ont pas le droit d'appeler chez eux avant le dixième jour de leur séjour de quatre semaines. Règle que je n'approuve qu'à contrecœur.

— Je sais que ce n'est pas le jour des visites, je suis désolé. Mais ça ne peut pas attendre. Je dois les voir.

— Il y a une urgence familiale? Quelqu'un vient de mourir?

— Non. Personne n'est mort.

— Mais c'est une urgence?

— On peut dire ça comme ça, oui.

— Un problème de santé?

Il me fixe du regard, dans l'attente de ma réponse. Je soutiens son regard. J'ai la vision d'une chemise à carreaux rouges, d'un short de randonneur… Et je me demande combien de temps va durer son petit jeu de questions-réponses. Un coup d'œil à ce bureau immaculé – les piles de dossiers bien parallèles, les épingles alignées sur le tableau d'affichage – suffit pour comprendre que Barliss est un homme parfaitement organisé, qui sait tenir ses affaires. En tant qu'invité surprise, je me sens aussi bienvenu qu'une punaise dans une de ses cabanes.

Et attends, mon gars, je ne t'ai pas tout dit! Prépare-toi…

S'il n'aime pas l'idée que je vienne voir Max et John Jr, il va détester ce que j'ai prévu pour eux.

Inutile de tourner autour du pot : je balance tout.

— Vous voulez faire quoi? s'enquiert-il.

Il n'en revient pas. Comme si je venais d'annoncer à un gosse que le Père Noël, les cloches de Pâques et la Petite Souris n'existent pas tout en piochant dans ses bonbons d'Halloween.

— Essayez de voir ça comme une sortie pédagogique expresse. Je vous promets de vous les ramener dans quelques heures.

— Monsieur O'Hara, j'ai bien peur que…

Je ne le laisse pas aller plus loin. Barliss incarne exactement ce qu'un père de famille attend d'un homme à qui il confie ses enfants… jusqu'à un certain point. Au bout du compte, c'est un directeur de camp de vacances, pas un dictateur, et je n'ai pas fait toute cette route pour simplement enclencher la marche arrière et rentrer chez moi. À période extrême, mesures extrêmes. Il est temps de chambouler un peu ses épingles.

— Peur ? N'ayez pas peur, Ed. Le fait que je sorte tout juste d'une consultation chez le psy que mon patron au FBI m'oblige à voir parce qu'il redoute que je pète les plombs et que je m'en prenne à quelqu'un ne doit en aucune façon vous mettre mal à l'aise. Si c'est quand même le cas, soyez assuré qu'on m'a retiré mon arme – du moins celle que le FBI m'a octroyée. Et maintenant, quelqu'un pourrait aller chercher mes gosses ?

Pauvre homme. Avec des gestes d'une lenteur extrême, il attrape un de ces talkies-walkies à courte portée et demande à quelques moniteurs de partir à la recherche de Max et John Jr. Le tout en gardant un œil sur moi, à l'affût du moindre faux mouvement.

Deux minutes plus tard, la porte du bureau s'ouvre sur mes gamins. Ils ont le teint cuivré, ils sont en sueur, leur T-shirt et leur short laissent apparaître des éraflures sur leurs genoux, des traces de terre sur leur cou et leurs coudes. Bref, l'allure et l'odeur de gosses en camp de vacances.

Le visage de Max s'illumine ; il est content de me voir. John Jr ? Pas vraiment. Sa première question fait écho à celle de Barliss.

— Papa, qu'est-ce que tu fabriques ici ?

— Il faut que je vous emmène quelque part. À un endroit que vous devez voir.

— Tout de suite ?

— Oui, tout de suite. Ça ne sera pas long, je vous promets. Vous serez de retour pour le dîner.

John Jr me lance le regard d'un garçon de treize ans gêné de partager mon ADN.

— Tu es fou ?

— Non, je suis ton père. Allez, en route.

44

Au bout de dix minutes dans la voiture, les garçons sortent le drapeau blanc et renoncent à me demander où je les emmène. À force de leur répéter « Je vous expliquerai une fois sur place », je me faisais l'effet d'un disque rayé.

Vingt minutes plus tard, nous arrivons enfin à destination.

— Un hôtel ? Tu nous emmènes dans un hôtel ? geint John Jr en déchiffrant l'enseigne de l'Auberge des Poètes à Lenox, Massachusetts.

— D'abord, ce n'est pas un hôtel, c'est une auberge, rectifié-je d'une voix docte en indiquant le majestueux édifice de style victorien, avec tourelles et porche filant. Ensuite, oui, c'est ici que je voulais vous emmener.

— Tu as dit que nous serions au camp pour le dîner, maugrée Max d'un air boudeur. Ce soir, il y a de la pizza au pepperoni, ma préférée !

— Ne t'inquiète pas. On ne va pas passer la nuit ici.

Je mets le point mort et me retourne vers la banquette arrière. On dirait deux petits tas inertes. Maussade 1 et Maussade 2.

— Hé, les gars, faites-moi confiance, c'est tout ce que je vous demande ! Vous pouvez ? S'il vous plaît ?

Ils me suivent jusque dans le hall en traînant les pieds, puis je leur dis de m'attendre pendant que je vais parler au gérant, Milton, installé derrière son guichet. Avant de quitter Manhattan, je lui ai téléphoné et lui ai posé seulement deux questions : « La chambre Robert Frost est-elle libre ? » et « Ça vous dérange si je vous l'emprunte pour quelques minutes ? ».

« Elle est disponible, a répondu Milton à la première question, avant d'ajouter : Faites, je vous en prie. » Ce qu'on appelle l'hospitalité. Milton était aussi agréable que lors de notre première rencontre – quinze ans plus tôt.

— Allez, on y va ! dis-je aux garçons après avoir récupéré la clé.

Oui, une vraie clé. Pas une carte magnétique, et pas de voyant rouge clignotant quand on s'y reprend à sept fois pour essayer d'ouvrir.

Nous grimpons les trois volées de marches jusqu'au dernier étage où se trouve la chambre Robert Frost. Les tapis dans le couloir sont usés, la peinture s'écaille un peu au niveau des moulures, mais l'ensemble respire le confort plus que la décrépitude. Comme dans mon souvenir.

— Tu es déjà venu ici, papa ? m'interroge Max, quelque peu essoufflé d'avoir dû gravir les marches deux par deux pour suivre le rythme de son grand frère et de son père.

— Oui, dis-je en ouvrant la porte de la chambre. Une fois.

Nous entrons. John Jr balaie d'un regard circulaire le lit à baldaquin, les rideaux violets – bien loin de sa cabane du camp.

— Alors pourquoi on revient ? grogne-t-il.

— Parce que je vous le dois, les gars. Et ça commence ici…

45

Nous nous tenons au milieu de la chambre, à mi-chemin entre le lit et l'immense cheminée au manteau en merisier. Max et John Jr, côte à côte, me scrutent du regard. En cet instant, je me souviens avec précision d'eux bébés, blottis dans les bras de Susan.

Je prends une inspiration profonde, puis j'exhale.

— Quand votre maman est morte, j'ai arrêté de vous parler d'elle. Je me suis dit que, sinon, elle vous manquerait encore plus. Mais c'était une erreur. En fait, c'est à moi qu'elle aurait encore le plus manqué. J'ai compris aujourd'hui que, même si elle nous a quittés, elle reste tout de même votre mère, et elle le restera toujours. Rien ne pourra jamais changer ça. Ne plus vous parler d'elle, ne plus partager avec vous les histoires et les souvenirs que j'ai de notre relation, c'est vous priver de quelque chose d'essentiel. Et je ne veux pas agir ainsi – plus maintenant. C'est pour cette raison qu'on est ici.

Le regard de Max se fait plus perplexe. Je sais que mon discours est très chargé pour un petit garçon de dix ans, mais il n'aura pas toujours cet âge.

— Je ne comprends pas, papa.

John Jr lui pousse l'épaule.

— Il nous dit qu'il est venu ici avec maman.

Je souris. Les souvenirs affluent en moi.

— Il y a quinze ans de cela, votre mère et moi étions assis devant cette cheminée, et nous buvions du champagne. Dehors, il y avait trente centimètres de neige. C'est à ce moment que j'ai fait la chose la plus intelligente de ma vie. Je l'ai demandée en mariage.

— Vraiment ? s'exclame Max. Ici, dans cette chambre ?

— Ouais, vraiment. Et je peux même vous le prouver.

Je m'approche du placard, à côté d'une commode, et ouvre les portes.

— Venez voir.

Ils entrent dans le placard et regardent. Sur la tringle, quelques cintres.

— C'est vide, remarque John Jr.

— C'est ce que vous croyez.

Je soulève Max et le juche sur mes épaules.

— Tu vois la toute dernière planche au niveau du plafond ? Pousse-la.

Max tend les bras vers la planche qui ferme la partie arrière du placard.

— Eh, ouah ! lâche-t-il lorsqu'elle cède sous la pression de ses doigts.

— Maintenant, glisse ta main et fouille tout au bout à gauche.

Il tâtonne un moment, se décourage trop vite.

— Je ne sens rien. Qu'est-ce que je devrais trouver ?

— Continue de chercher. C'est petit mais je suis certain que c'est encore là.

Je termine à peine ma phrase qu'il touche le gros lot.

— Je l'ai !

Il crie presque d'excitation.

Je le descends de mes épaules. Il se tourne vers nous, ouvre la paume. À l'exception de la couche de poussière, il est tel que je l'avais laissé voilà quinze ans. Le bouchon de la bouteille de champagne que Susan et moi avions partagée cette nuit-là.

John Jr se penche pour examiner le bouchon de plus près. Il ne dit pas un mot.

— Vous arrivez à lire ?

Max prend le bouchon entre son pouce et son index et le fait tourner légèrement jusqu'à tomber sur l'inscription au feutre noir : « 14 janvier 1998 – ELLE A DIT OUI ! »

Puis il remarque autre chose.

— Et ça, c'est l'écriture de maman, non ?

Je hoche la tête. Il lit à voix haute :

— « Salut les enfants ! »

Il reste bouche bée. Il n'en croit pas ses yeux.

— C'était son idée. Elle pensait qu'un jour on viendrait avec nos enfants ici et qu'on serait contents de leur montrer ça.

Je regarde John Jr, qui n'a toujours pas parlé. Et il ne peut pas. Il est trop occupé à ignorer la larme qui vient de tomber de son œil droit. Il l'a essuyée si vite que je suis le seul à l'avoir vue – son petit frère n'a rien remarqué.

Sans un mot, je tends les bras vers lui et le serre contre moi. De toutes mes forces. Il me serre encore plus fort. C'est la première fois.

— Et là, papa, intervient Max, qu'est-ce qu'on fait du bouchon ? On peut le garder ?

Je n'y ai même pas réfléchi.

— Bien sûr. Vous y faites bien attention, vous deux, OK ?

— Ou alors, on le remet en place ? suggère John Jr d'une voix douce.

Il se mordille la lèvre inférieure.

— Ton frère a une bonne idée, mon gars, dis-je à Max. Il y a quelque chose de réconfortant à se dire que le bouchon restera toujours là, tu ne crois pas ? Ça nous fera comme un super souvenir qu'on gardera toujours en nous.

Je vois le visage de Max s'illuminer. Maintenant, c'est à mon tour de pleurer.

— Ouais ! Un peu comme maman, pas vrai ?

46

Fidèle à ma promesse, je ramène Max et son frère au camp juste à temps pour la soirée pizza. J'aurais dû en prendre une tranche : à mi-chemin du retour, je meurs de faim. Qui aurait cru que cette catharsis m'ouvrirait l'appétit ?

Le salut ne tarde pas à arriver sous la forme d'un restaurant en bordure de la Taconic State Parkway : Le 7ᵉ Ciel. Un écriteau en vitrine porte l'inscription : OUVERT AUSSI AUX PÉCHEURS ! Sympa.

Plutôt qu'un de leurs box en skaï bleu, je mets le cap sur le comptoir et commande la formule « Tu ne minciras point » : cheeseburger, frites et milk-shake extra épais au chocolat.

— Ça arrive ! annonce la serveuse, une blonde aguerrie dont la perruque mériterait un petit réajustement, pour dire les choses poliment.

Elle s'éloigne d'un pas traînant. Je sors mon smartphone et vérifie ma boîte mail. Rien d'urgent. Sauf, peut-être, le décès d'un oncle qui, apparemment, vivait au Nigeria et m'a légué trente-cinq millions de dollars.

À peine retourné dans ma poche, le téléphone se met à sonner. Au numéro qui s'affiche à l'écran ne correspond aucun nom, mais je le reconnais : c'est celui du commissaire Eldridge, aux îles Turques-et-Caïques.

— Salut, Joe, dis-je.

Nous sommes passés aux prénoms. La dernière fois qu'on s'est parlé, il m'a donné du « Johnny ». Je lui demandais combien de passeports chinois étaient passés à l'aéroport international Providenciales ces dernières semaines.

Il m'appelle pour me donner la réponse.

— Sept.

Un milliard de Chinois sur la planète et seulement sept aux îles Turques-et-Caïques. Curieusement, ça me semble assez cohérent.

— Il y en a un qui sort du lot ?

— Comme dirait votre Sarah Palin : Et comment !

Trois couples chinois sont arrivés à trois jours distincts, et chacun a déclaré aux douanes un hôtel qui est bien celui auquel ils sont descendus. Eldridge a vérifié.

— Évidemment, remarque le commissaire, le tueur n'était pas obligé de prendre une chambre dans le même hôtel qu'Ethan et Abigail Breslow. Mais devinez qui l'a fait ?

Exact : le candidat n° 7.

— Qui est-ce ?

— Il s'appelle Huang Li. Il est descendu au Governor's Club deux jours avant les meurtres.

— Et il est parti quand ?

— Deux jours plus tard.

— On sait autre chose ?

— Pas vraiment. Un maître nageur se rappelle l'avoir vu, mais rien de plus. Je dois être très discret dans mes interrogatoires, si vous voyez ce que je veux dire.

— Je vais faire des recherches de mon côté, voir ce que je peux trouver sur ce type.

— Espérons que ce sera plus que moi. Naturellement, avec cette histoire, je suppose que tout le monde sait où les Breslow passaient leur lune de miel, n'est-ce pas ?

Je ne réponds pas. En fait, je l'ai à peine entendu. Il pourrait aussi bien être le rôle de l'adulte dans la BD *Charlie Brown.*

— John ? Vous êtes là ?

Bien sûr, que je suis là. Mais, du coin de l'œil, je viens de voir quelque chose qui me fait prendre conscience que je devrais me trouver ailleurs.

— Joe, je vous rappelle.

— Tout va bien ?

— Je ne suis pas sûr.

47

Le légiste ne prend même pas la peine de lever la tête de son déjeuner.

— Vous êtes un ami de Larry, c'est ça ?

Pour être tout à fait honnête, je ne connais pas plus Larry qu'Adam ou le Père Noël, mais je connais la femme qui travaille avec Larry à la Joint Terrorism Task Force de la Port Authority de New York, et dont le frère, qui bosse au laboratoire médical du NYPD, est l'ami d'un employé du Bureau du médecin légiste du Queens – lequel est assis devant moi, une canette de jus de pêche light dans une main et un sandwich seigle-jambon à moitié entamé dans l'autre.

Quelque chose comme six degrés de séparation avec un O'Hara à la recherche d'un tuyau.

Tout a commencé par deux mots apparus à la télé surplombant le comptoir du 7e Ciel.

Un journaliste de CNN se tenait devant l'aéroport Kennedy. Le son était coupé mais un titre déroulant en majuscules blanches produisait l'effet d'une bombe – du moins pour moi : DEUX JEUNES MARIÉS ASSASSINÉS.

Après avoir raccroché au nez de Joe, j'ai immédiatement contacté d'anciens collègues du NYPD qui me devaient une faveur. J'avais besoin de détails. Besoin d'accéder au dossier.

Peut-être la mort de ces tourtereaux si peu de temps après les Breslow n'était-elle qu'une coïncidence mais, en apprenant les détails sordides de leur agonie dans le terminal de Delta Airlines, j'étais enclin à penser le contraire.

Le plus dur serait d'obtenir des confirmations. Rapidement.

Le légiste – officiellement, l'adjoint du médecin légiste en chef – n'en a strictement rien à faire mais, dans son petit bureau du Queens, il finit par lever les yeux vers moi. Son nom est Dimitri Papenziekas, c'est un Grec qui s'efforce d'imiter sa conception du « vrai New-Yorkais ».

— Putain, mec ! Je ne suis pas Superman, m'informe-t-il.

Et moi je ne suis pas le Frelon Vert. Maintenant que les choses sont claires…

— Dans combien de temps il vous faut ça ? C'est tout ce que j'ai besoin de savoir.

Le temps qu'il lui sera nécessaire pour identifier des traces de cyclosarin dans l'organisme des victimes.

— Demain après-midi, propose-t-il.

— Et pourquoi pas ce soir ?

Et pourquoi pas va te faire foutre ? me répond son expression – avec un fort accent grec.

Dimitri avale une bouchée de sandwich et dodeline de la tête, songeur, tout en mastiquant.

— Entendu, demain matin.

Puis, agitant l'index :

— Pas la peine de m'appeler dans quelques heures pour me demander où ça en est. Ou je prends vraiment mon temps.

— Pas de risque : ce n'est pas mon genre. Je déteste ces mecs-là. Des vrais connards…

Je bénis le ciel pour sa remarque : je l'aurais certainement appelé. Ç'aurait été une idée lumineuse, hein, O'Hara ? Comme lâcher une caisse dans un ascenseur bondé…

Bon, le lendemain matin : je fais avec. Inutile de lui mettre la pression. Et puis « qui » est plus important que « quand » comme dans « Qui risque d'apprendre que Dimitri m'a rendu ce service ? ». Personne, j'espère. J'ai besoin d'en être sûr.

— Bon, ça reste entre vous et moi, compris ?

— Comme disait Tiger Woods à sa rencontre d'un soir…

Il éclate de rire, me laissant me demander si ça signifie oui ou non. Puis il me confirme que je n'ai aucune raison d'être inquiet. Personne n'en saura rien.

— Merci.

— Ce n'est rien. Les amis de Larry sont mes amis.

Et contre toute attente, Dimitri ajoute avec un clin d'œil :

— Si jamais un jour vous rencontrez vraiment Larry, vous pourrez le lui dire.

48

IL EST URGENT D'ATTENDRE.

C'est ce qui résume ma pensée tandis que je rejoins Riverside, chez moi, avec en ligne de mire une nuit entre parenthèses, suspendue au bon vouloir d'un médecin légiste grec amateur de sandwichs qui n'aime pas être bousculé.

En attendant, il serait bon que je mette à jour Warner Breslow sur les progrès de mon enquête. Je compose le numéro de son bureau et sa secrétaire m'annonce qu'il est sorti.

— Mais attendez, s'empresse-t-elle d'ajouter, je bascule votre appel sur son portable.

De toute évidence, je suis prioritaire dans l'agenda de Breslow.

— Vous avez trouvé quoi ?

La question est directe. Pas de bavardage poli. Pas même un bonjour !

Je passe en revue tout ce que j'ai découvert sur ce que j'appelle « notre piste chinoise », et je précise que j'attends une vérification d'antécédents pour le possesseur d'un passeport chinois qui a séjourné au Governor's Club.

Ce dont je ne parle pas, c'est de mon excursion au Bureau du médecin légiste du Queens et de la connexion possible – ou pas – entre le meurtre d'Ethan et Abigail et la mort de ce couple en lune de miel à l'aéroport. Ça ne sert à rien, tant que je n'ai pas ma réponse au sujet du cyclosarin.

— Vous êtes sûr que vous ne voulez pas que je passe un coup de fil à mes amis de l'ambassade à Pékin ? Pour accélérer cette vérification, par exemple ?

L'impatience perceptible dans la voix de Breslow n'est pas tant dirigée vers moi que vers la notion même d'attente, une activité pour laquelle les milliardaires semblent n'avoir aucune prédisposition. Ma seule option est de clarifier le but de cette attente.

— Avec tout le respect dû à vos amis de l'ambassade, le genre de vérification dont nous parlons ici ne s'obtient pas exactement de façon officielle.

— Comme vous voudrez. Rappelez-moi dès que vous avez du nouveau.

— Sans faute.

Je raccroche, vais chercher une bière dans le frigo et passe rapidement en revue le courrier. Pas de Seconde Venue d'une Bible ou autre mystérieux colis. Factures, brochures et une seule « vraie » lettre : en l'occurrence, une carte postale envoyée par Marshall et Judy depuis leur croisière en Méditerranée. La photo représente Malte. Au dos, Judy a écrit un bref essai sur l'histoire de l'île. Naturellement. La seule phrase sans rapport avec Malte est le post-scriptum : « N'oublie pas d'arroser mes plantes ! »

Mince…

Ma cannette à la main, je sors dans le jardin et allume le jet automatique. Mieux vaut tard que jamais : les plantations de Judy sont dans un piteux état. Les parterres de pétunias et de bégonias piquent du nez.

J'attends une minute pour m'assurer que le jet est bien réglé puis j'arrose tout le jardin et vais m'installer sur une chaise longue. Au moment d'étirer les jambes, je me rends compte que c'est la première fois depuis des jours que je trouve un moment pour me détendre. Je prends une profonde respiration, ferme les paupières. Ce n'est peut-être pas si terrible que ça, d'avoir un peu de temps à tuer.

Soudain, j'ouvre les yeux.

— John O'Hara ? dit une voix derrière moi.

49

Une mauvaise impression déferle en moi bien avant que je tourne la tête. Quand je vois qui a parlé, l'impression empire.

— Putain, qu'est-ce que vous foutez ici ?

Pas exactement un accueil courtois, mais difficile de faire autrement. Quand on s'écrase le pouce avec un marteau, on crie. Quand on marche pieds nus sur un tesson de verre, on saigne. Et quand on tombe nez à nez, dans son propre jardin, avec l'avocat de l'homme qui a tué sa femme ?

On est fou de rage.

— J'ai essayé la sonnerie à l'entrée, m'explique Harold Cornish, mais elle doit être cassée…

— Je note de la réparer.

Perpétuellement bronzé et impeccablement coiffé, Cornish arbore un costume trois-pièces avec une cravate nouée en Windsor. On est fin juin, la température avoisine les 30 °C, et rien en lui ne suggère un début de sudation. Hallucinant. Aussi glacial hors du tribunal qu'à l'intérieur.

Je le hais.

Et c'est vraiment ça qui me rend dingue. Car, au fond de moi, je sais que je suis complètement irrationnel.

Je ne le hais pas parce qu'il défend McMillan. C'est la règle, j'ai compris. Même les pires salauds que la terre ait portés méritent un avocat.

Non, je déteste Cornish parce que c'est un bon avocat. Alors qu'il risquait un maximum de dix ans de prison, voire davantage, McMillan a écopé du minimum : trois ans. Grâce à Cornish.

— Vous ne me devez rien, et surtout pas de faveur, mais je suis venu vous proposer quelque chose. Comme vous le savez, mon client va sortir de prison dans quelques jours…

Je hoche la tête. Rien de plus. Je ne vais pas laisser filtrer que la libération prochaine de McMillan m'obsède au point de me faire frôler l'autodestruction.

— Eh bien, voilà de quoi il s'agit. M. McMillan désire vivement vous présenter ses excuses.

Aussitôt, il lève les mains.

— Avant de réagir, laissez-moi terminer !

J'objecte d'une voix calme :

— J'ai réagi ?

— Non, en effet, et je vous en sais gré. Je sais que mon client s'est excusé auprès de vous et de votre famille pendant le procès mais, après avoir purgé sa peine, il veut vous demander pardon en personne. Et en privé. Acceptez-vous d'y réfléchir ?

Aussitôt, je pense au Dr Kline, aux progrès immenses accomplis grâce à lui. J'entends même sa voix dans ma tête qui m'exhorte à rester calme, à contrôler mes émotions. Oubliée, la Bombe à Retardement.

Mais c'est plus fort que moi. Cornish a allumé la mèche et rien ne peut m'arrêter. Je me lève, marche droit sur lui et m'arrête quand mes pieds touchent les siens. Puis, à pleins poumons, je lui réponds :

— DITES À VOTRE PUTAIN DE CLIENT D'ALLER SE FAIRE FOUTRE !

Cornish cligne lentement des yeux, recule d'un pas et, avec un hochement de tête :

— Je comprends.

Qu'il comprenne vraiment ou pas, je n'en sais rien et je m'en fiche. Il se retourne et disparaît sans rien ajouter.

J'attends qu'il ait disparu de l'autre côté de la maison. Je tiens toujours une demi-bière et la vide d'une longue gorgée.

Avant d'ajouter une autre tâche à ma liste des activités du jour : enlever les bris de verre du patio.

VLAM !

Je lance la bouteille contre la façade avec une telle force que je manque me démettre l'épaule.

Apparemment, mes progrès avec le Dr Kline ne sont pas aussi immenses que ça.

Le chemin est encore long, très long.

TROISIÈME PARTIE

Premier rendez-vous

50

— Vous devez être l'agent Brubaker ? tente le policier qui accueille Sarah devant le bureau du shérif de Candle Lake, au Nouveau-Mexique.

— Oui.

Et tu dois encore être au lycée, songe Sarah en serrant la main du jeune homme. Sérieux, j'ai de la nourriture dans mon frigo qui est plus vieille que toi.

— Le shérif Insley m'a sollicité pour vous accompagner au lac dès votre arrivée. Il est là-bas. Vous êtes prête à partir ?

— C'est là que vous cherchez John O'Hara ?

— Ouais. La femme d'O'Hara pensait qu'il était allé pêcher ou se biturer, et comme personne ne l'a vu dans les bars de la ville…

Se biturer ? Sarah jette un rapide coup d'œil au policier, en se demandant s'il sort de *Shérif, fais-moi peur*. Il ne le remarque pas.

— Pardon, je n'ai pas bien saisi votre nom ?

— Peter. Peter Knoll.

Elle monte dans la voiture de patrouille garée le long du trottoir, une Chevrolet Tahoe. Elle n'a pas le temps de boucler sa ceinture qu'il a déjà sorti le gyrophare et démarré, toutes sirènes hurlantes. Ah, les garçons et leurs joujoux…

— Qu'est-ce que vous pouvez me dire au sujet de John O'Hara ? l'interroge-t-elle une fois qu'ils sont sortis de la ville. À part qu'il aime pêcher et boire ?

Knoll réfléchit quelques secondes en pianotant sur le volant.

— C'est un plombier à la retraite, ça je le sais. Deux enfants, sauf que ce ne sont plus des enfants. Ils sont grands maintenant, et ils sont tous les deux partis vivre ailleurs.

Sarah glisse ses cheveux derrière ses oreilles. Les vitres sont baissées et le vent s'engouffre dans l'habitacle de la Tahoe. La climatisation de Dieu.

— Est-ce qu'il s'intéresse aux livres ? Il lit beaucoup ?

— Pas que je sache.

— À quand remonte la disparition ?

— Sa femme nous a appelés ce matin. Officiellement, ça ne faisait pas vingt-quatre heures depuis qu'elle l'avait vu pour la dernière fois, mais on ne va pas chipoter. Comme dit mon oncle : chipoter, ça fait toujours chier.

— Votre oncle est un sage.

Pendant les kilomètres suivants, les maisons commencent à se clairsemer et Sarah finit par ne plus rien voir que des arbres et, de temps en temps, un animal mort sur le bas-côté. À un moment donné, Knoll tourne sur la gauche et s'engage dans une route anonyme, qui se transforme bientôt en un chemin de terre et de gravier.

— L'entrée principale se trouve à une ou deux minutes par la route, mais je prends un raccourci vers les larmes.

— Les quoi ?

— C'est la partie du lac la plus poissonneuse. Seuls les gars du coin la connaissent. Si O'Hara est parti pêcher, il est forcément là. Le shérif Insley fouille le secteur avec un autre policier.

— C'est une grande zone de recherche ?

— Ouais, avec plein de petits recoins. La plupart sont en forme de larmes. D'où leur surnom.

Le chemin n'est plus qu'un mince ruban à travers le bois. Enfin, ils arrivent à une petite clairière à usage de parking, où se trouvent déjà deux voitures de police. Knoll se gare juste à côté et coupe le moteur.

— Je vais prévenir le shérif par radio que vous êtes arrivée.

Mais avant, il ne peut pas s'empêcher de poser la question qui le taraude :

— Pourquoi vous êtes ici, d'ailleurs ? Si ça ne vous dérange pas que je vous le demande.

— Pour vous aider à trouver John O'Hara, répond Sarah.

Ce qui n'est assurément pas un mensonge.

Les autres questions inévitables lui sont épargnées par le son de voix à l'approche. Pas la peine d'utiliser la radio : le shérif Insley se dirige vers eux.

Sarah sort de la voiture et les présentations sont rapidement faites. Brandon Vicks, le policier qui accompagne le shérif, n'a pas l'air plus âgé que Knoll. En additionnant leur âge, aucun d'eux n'entre dans la catégorie « senior ».

— Quelles nouvelles du porté disparu ? demande Sarah.

Insley retire son chapeau et se gratte un front constellé de taches de rousseur.

— John O'Hara n'est plus porté disparu, lâche-t-il d'une voix grasseyante. Et ça n'est pas joli à voir…

51

Le shérif Dick Insley a l'apparence, la voix, les manières – bref, l'aura – d'un vétéran aguerri, mais les vingt et un ans qui séparent les deux affaires de meurtres de Candle Lake se font sentir. Sarah a presque l'impression de voir les rouages tourner dans sa tête tandis qu'il se dirige vers sa voiture pour y prendre un kit de relevé d'indices.

Elle lui emboîte le pas et le convainc d'une voix calme que la première chose à faire est lui montrer le corps.

Le chemin qui descend vers le lac sinue au flanc d'une colline abrupte où, par endroits, une corde a été tendue en guise de main courante. Le résultat du choix vestimentaire de Sarah ne tarde pas à tomber : jean, bonne idée, chaussures de cross, très bonne idée.

— On y est presque, annonce Insley qui ouvre la voie.

Sarah a pris une curieuse habitude – plus une manie, d'ailleurs. Chaque fois qu'elle arrive sur une scène de crime avec un cadavre, son esprit concocte les gros titres du journal. La une de la presse locale.

Elle ne peut pas s'en empêcher : c'est un réflexe mental. Un réflexe bizarre, elle l'a toujours pensé. Ce qui explique sans doute qu'elle n'en ait jamais parlé à personne.

Encore une centaine de mètres et le chemin s'arrête au bord de l'eau, devant une de ces criques arrondies – les larmes – que lui a décrites Knoll. La crique est bordée d'une épaisse broussaille qui masque presque entièrement l'autre partie du lac.

John O'Hara avait sa petite mare poissonneuse pour lui tout seul.

Jusqu'à ce qu'il ne soit plus tout seul.

Son corps imposant est étendu par terre, bras et jambes écartés. Comme font les enfants pour imprimer leur silhouette dans la neige. Sauf qu'ici, le sang remplace la neige. Beaucoup, beaucoup de sang. On lui a tiré dans le torse et – à bout portant – dans le crâne. En gros, une copie exacte des photos examinées par Sarah lors de son premier briefing à Quantico.

Le tueur d'O'Hara est cohérent. Prévisible d'une façon perverse. Même nom de victime, même style d'exécution.

— Bon Dieu, comment je vais raconter ça à Marsha ? grommelle Insley comme s'il venait de s'apercevoir d'une nouvelle tâche dans sa liste post-meurtre : annoncer la nouvelle à l'épouse de John O'Hara.

Sarah cligne des yeux, son esprit affiche la une potentielle de la *Candle Lake Gazette* – quel que soit le nom de la feuille de chou du coin.

SCÈNE D'EFFROI AUX LARMES.

52

Une lueur orange commence à couvrir le lac et à s'insinuer entre les hauts pins. Le soleil se couche et il faut s'activer tant qu'il reste un peu de lumière. À commencer par isoler les empreintes du tueur.

En enfilant une paire de gants en latex, Sarah se concentre sur le cadavre d'O'Hara. Un exemplaire d'*Ulysse* – un petit cadeau d'adieu du tueur – l'a amenée jusqu'ici. En aurait-il laissé un autre ?

— Est-ce que le corps de la victime a été manipulé ? demande-t-elle à Insley et à ses jeunes équipiers.

Ce n'est pas tant une question qu'une supplication. Par pitié, dites-moi que personne n'a été assez stupide pour parasiter une scène de crime !

— Non. On n'a même pas vérifié son portefeuille.

Traduction : Candle Lake, Nouveau-Mexique, est une petite ville. Une communauté étroite. Tout le monde se connaît. Par conséquent, pas la peine de chercher à identifier John O'Hara.

Sarah entreprend de fouiller délicatement chaque poche des vêtements de la victime. Elle n'a pas besoin de le déshabiller – une fouille plus approfondie sera effectuée à la morgue – mais elle ne peut s'empêcher de penser que ce qu'elle cherche – quoi que ce soit – ne sera pas trop difficile à trouver.

Car le tueur veut qu'elle le découvre, n'est-ce pas? Ce détail qui ne colle pas avec le reste. C'est un jeu, comme dans ces magazines pour enfants : « Trouve la différence entre ces deux images… »

Elle continue de fouiller tandis que les ombres s'allongent autour d'elle.

À mesure qu'elle s'affaire, elle se dit que soit John O'Hara était du genre à voyager léger, soit quelqu'un lui a déjà fait les poches.

Vérifier son identité grâce à son portefeuille? Aucune trace de portefeuille.

Ni d'autre chose, d'ailleurs. Pas de monnaie, pas de téléphone portable, pas de chewing-gum ou de stick à lèvres. Et pas de clés de voiture, ce qui explique l'absence de véhicule dans la clairière.

Pendant ce temps, le shérif Insley observe la scène en silence. Il est assez expérimenté pour ne pas bombarder Sarah de questions. Si le FBI est impliqué, il y a des raisons. Et s'il n'a pas besoin d'en être informé, on ne risque pas de les lui donner.

Mais avec ses deux jeunes collègues, c'est une autre affaire. Knoll, en particulier. Il est trop novice, trop tendre pour comprendre.

— Qu'est-ce que vous cherchez? demande-t-il à Sarah.

Là non plus, elle n'a pas besoin de mentir.

— Je n'en sais trop rien… Mais je suis quasiment certaine que ce n'est pas loin.

Elle se relève, s'éloigne de quelques pas. S'efforce de prendre du recul. Soudain, elle voit où est le problème. Elle était tellement concentrée sur ce qui se trouvait devant elle qu'elle est passée à côté de l'image d'ensemble. En l'occurrence : pas ce qui s'y trouve, mais ce qui manque.

— Attendez… Shérif, où est la canne à pêche ?

Insley regarde à gauche et à droite avec une expression qui en dit long. Bonne question…

— Le tueur l'a sûrement prise, intervient Knoll. Comme il a pris le portefeuille et la voiture de John.

— Peut-être, admet Sarah. Mais le portefeuille et la voiture, c'est dans un but précis. Pourquoi la canne à pêche ?

— Il y a aussi sa musette pour les leurres et son seau… John les a forcément pris avec lui, mais ils ne sont pas là non plus.

La remarque vient de l'autre policier. Quel est son nom, déjà ? Sarah l'a oublié.

— Bien vu, dit-elle en jetant un coup d'œil à sa plaque d'identité.

VICKS. Comme la pommade.

— Ou bien, ajoute Knoll, le tueur a embarqué le matériel parce qu'il aime pêcher lui aussi. Il est peut-être même en train de pêcher dans un autre comté. Pour attraper son dîner…

Sarah hoche la tête. Knoll souligne avec humour un trait de caractère qu'elle a souvent constaté chez les meurtriers. On ne peut pas s'attendre à ce qu'ils se comportent de façon logique. S'ils sont assez dingues pour tuer, ils ont forcément un mode de pensée différent du nôtre.

Et pourtant…

— Ou alors, l'équipement d'O'Hara se trouve dans un endroit qui n'a pas encore été fouillé, nuance-t-elle.

— Possible, renchérit Vicks.

Il regarde le cadavre.

— Peut-être que John est arrivé ici parce qu'il voulait découvrir une autre crique, et c'est là que le tueur s'est jeté sur lui.

— Dans quelle direction vous cherchiez ? demande Sarah à la cantonade.

— On faisait le tour du lac dans le sens des aiguilles d'une montre, du nord vers le sud, répond Insley. En partant de minuit, disons qu'on était arrivés à 10 heures.

— Ouais, confirme Vicks, 10 heures.

Autrement dit, le tour presque complet du lac. Presque.

Avec un mouvement d'ensemble très chorégraphique, les trois policiers se tournent vers Sarah. Mains calées sur les hanches, elle hausse les épaules.

— Bon, allons voir ce qui se trouve à 11 heures.

53

Insley les guide à travers les sentiers broussailleux qui bordent le lac. Le son des brindilles craquant sous leurs pieds finit par composer une sorte de musique. Aléatoire mais nettement cadencée. Comme les premiers grains de maïs qui sautent dans le micro-ondes.

À chaque pas, un sentiment étrange grandit en Sarah. Ce n'est pas vraiment Insley qui leur indique le chemin, mais le tueur. S'il n'a pas directement composé cette petite rythmique de congas le long du lac, il savait au moins qu'elle résonnerait. C'était réglé… eh bien, comme du papier à musique.

— Là ! s'exclame Insley au sortir des broussailles.

Sarah n'a pas besoin de plisser les yeux pour voir ce qu'il désigne. Tout est là, devant eux : tout ce qui manquait, au beau milieu d'une nouvelle larme. La canne à pêche est posée par terre à côté de la musette et du seau. Plutôt flippant.

Non, corrige-t-elle : carrément flippant.

— OK, on a trouvé son équipement. Et maintenant ? demande Knoll.

Bon sang, il en pose des questions, le jeunot. Et jamais les bonnes.

Sarah l'ignore. Il n'y a rien à chercher du côté de la canne et du seau, mais la musette vert sombre avec son rabat fermé attise sa curiosité. Intéressante… Aucun doute.

Elle fonce droit dessus, s'accroupit et, les mains toujours gantées, tourne le loquet. Le rabat s'ouvre sans difficulté. Comme par hasard.

— Sacrée collection ! remarque Vicks, penché sur l'épaule de Sarah.

Ce n'est rien de le dire : la musette n'est pas organisée en compartiments et petits tiroirs, c'est un vaste fourre-tout où John O'Hara a apparemment stocké tous les leurres qu'il possède.

— Pour ce que ça lui a servi, intervient Knoll en inspectant le seau vide. On est loin de la pêche miraculeuse…

Insley ricane pendant que Sarah fouille le contenu de la musette où les hameçons accrochent ses gants en latex. Agacée, elle finit par renverser la musette. Le sol se couvre de leurres.

En regardant le tas, elle pense au contenu d'une pochette surprise. Il y en a de longs, de courts, d'épais, de minces. Certains sont argentés, d'autres arborent des couleurs vives. Il y en a même un qui…

Attends. Alerte ! Reste concentrée.

Les yeux de Sarah se fixent sur un détail au milieu de la pile – un morceau de papier blanc plié.

Les leurres sont presque tous vieux et rouillés, certains encore noircis par les restes séchés d'un ver. Mais ce papier est récent. Propre. Immaculé.

— C'est quoi ? demande Insley. Ne nous faites pas mariner !

Sarah déplie le papier. Son esprit espère l'impossible : le nom du tueur, son adresse, son numéro de téléphone. Et pourquoi pas son compte Twitter et la liste des heures auxquelles il ne porte pas d'arme. Putain, quelle conclusion géniale ce serait pour cette affaire…

— Une facturette.

Elle retourne le papier dans le bon sens.

— De MovieHut ?

— C'est le distributeur de DVD, explique Vicks. Vous savez, celui du supermarché Brewer ? On peut louer un DVD pour un dollar par soir.

— Ah, ouais, répond Insley. J'ai vu ça. Je ne m'en suis jamais servi. Ça a l'air trop compliqué.

— J'ai failli le défoncer, un soir, ajoute Knoll. La machine a pris mon fric et ne me l'a jamais rendu.

— Qu'est-ce que tu voulais louer ?

— C'était… *Hunger Games*, si je me souviens bien.

— Alors la machine t'a rendu service, tu peux me croire ! Les deux flics rient. Même Insley affiche un discret sourire.

Qui s'efface dès qu'il remarque que Sarah continue d'examiner la facturette.

— Alors, c'est quoi, d'après vous ? insiste-t-il.

— On est le 24 aujourd'hui, pas vrai ?

Il acquiesce.

— Même que c'est l'anniversaire de ma fille. Pourquoi ?

— Parce que c'est la date sur le ticket.

Il se penche pour inspecter le papier.

— Ah ben ça, c'est dingue ! Enfin, si on peut dire…

— Oui, je crois qu'on peut le dire. Mais regardez mieux : il y a quelque chose d'encore plus dingue…

54

Nettement plus dingue.

Sarah a avalé son burger et ses pommes allumettes sucrées dans le plus pur style nouveau-mexicain, et attaque le dernier tiers de sa deuxième bouteille de Budweiser – juste sous le niveau de l'étiquette. Elle pense au tueur. Et à l'étau qui se resserre autour de lui.

À sa gauche et à sa droite, la salle bondée de La Canteena confirme que ce lieu est bien l'épicentre de la vie nocturne de Candle Lake. C'est ainsi que le shérif Insley lui a indiqué cette boîte – car, oui, avec son plafond bas, son éclairage faiblard et son parquet couvert de sciure, La Canteena a tout d'une boîte.

Si Sarah se mettait à épier les conversations, elle entendrait les questions inquiètes des autochtones à propos du meurtre de John O'Hara. Et le shérif Insley, qu'est-ce qu'il en dit ? Il y a des suspects ? Le tueur est du coin ?

Mais Sarah n'épie personne. Et elle n'entend qu'une chose : ses propres pensées. Leur écho sourd dans sa tête. Elles tournent toutes autour d'une seule question : qu'est-ce que le tueur essaie de lui dire avec ce nouvel indice ?

La facturette de MovieHut indique le titre du film. *Vous avez un message*, avec Meg Ryan et Tom Hanks. Une comédie romantique. Un film de filles. Autrement dit, pas le genre de film qu'un type comme John O'Hara, fan de pêche et de biture, louerait.

Maintenant, il pouvait aussi le prendre pour sa femme Marsha. C'est du moins ce que pensait Sarah, jusqu'à ce qu'elle accompagne Insley, porteur de la terrible nouvelle, dans le ranch à bardeaux blancs des O'Hara.

Et découvre que les O'Hara ne possédaient pas de lecteur DVD.

Le ticket est un indice, c'est entendu. De cela, au moins, Sarah est certaine. Mais quelle est sa signification ? Elle n'en a pas la moindre idée.

Continue de réfléchir, Brubaker. Reste concentrée. La réponse est là, quelque part. Ce salaud aime les charades, c'est tout.

Entre-temps, elle a pris rendez-vous avec le gérant du supermarché le lendemain matin. Peut-être qu'une caméra de sécurité est dirigée vers l'automate de MovieHut. Peut-être le tueur a-t-il été filmé. En même temps, Sarah ne se fait pas d'illusion : ça semble trop foireux pour ce type, quel qu'il soit.

Sarah replonge dans ses pensées. Elle se repasse en boucle les événements de l'après-midi. A-t-elle oublié quelque chose ? Négligé quelque chose ?

Rien ne lui vient à l'esprit. Elle ne cesse de songer à ce moment où Insley a annoncé à Marsha O'Hara que son mari ne rentrerait plus jamais à la maison.

Écrasée par le fardeau de son chagrin, la pauvre femme s'est évanouie dans son salon. La mort a toujours le dernier mot, comme dit le proverbe.

Sarah n'arrive pas non plus à oublier ce que le shérif lui a confié sur la route du retour : les O'Hara étaient mariés depuis quarante-deux ans. Assise dans la voiture d'Insley, elle s'était sentie coupable de penser à elle en cet instant. Mais c'était plus fort qu'elle. C'est la première idée qui lui est venue à l'esprit : Quarante-deux ans ? J'ai du mal à maintenir une relation au-delà de quarante-deux jours…

Tout à coup, Sarah entend une voix sur sa gauche. Quelqu'un s'adresse à elle. Et c'est un homme très séduisant. Parfois, ce genre de choses se sent avant même de se voir.

— Dites-moi que je ne viens pas vraiment de faire ça ? demande-t-il.

55

Sarah se tourne vers lui. Il lui rappelle vaguement Matthew McConaughey – en plus jeune, sans l'accent texan et, pour le moment en tout cas, sans cette manie de toujours retirer sa chemise.

Il tient une bière. La bière de Sarah. Est-ce qu'il a pris sa bouteille par erreur ? Sa propre bouteille de Bud est juste à côté.

— Ne vous en faites pas, répond Sarah. Je l'avais presque finie.

En une fraction de seconde, il lui sourit – un large sourire, elle ne manque pas de le remarquer – puis se met à rire.

— Je vous charrie ! Je savais bien que c'était votre bière.

Sarah rit à son tour.

— Vous m'avez eue, admet-elle.

— Pardonnez-moi, j'ai un sens de l'humour bizarre. Je vous en offre une autre.

— Vraiment, non, ça va. Ça n'est pas du tout nécessaire.

— J'en ai bien peur. Au moins pour ne pas décevoir ma mère.

Sarah regarde autour d'elle.

— Votre mère est ici ? demande-t-elle, plaisantant à moitié.

— Non. Mais elle serait mortifiée si elle apprenait que son fils n'est pas capable de réparer ses gaffes. Elle était très stricte sur la politesse.

Et il gratifie Sarah d'un nouveau sourire éblouissant.

— Eh bien, dans ce cas je ne vais pas prendre le risque de décevoir votre mère.

— Bien parlé !

Il se retourne et fait signe au barman d'apporter une autre Budweiser. Puis il tend la main à Sarah.

— Moi c'est Jared. Jared Sullivan.

— Enchantée. Sarah.

Et l'agent Brubaker fait alors quelque chose qu'elle n'a jamais fait durant toutes ces années au FBI.

Elle serre la main d'un tueur en série.

56

— Laissez-moi deviner, dit Jared en tapotant l'air de son index. New York, pas vrai ?

— Faux. Je ne suis pas de New York. Pas même des environs.

— En tout cas, vous n'êtes sûrement pas du coin. Je suis catégorique.

— J'allais dire la même chose à propos de vous. Bon, vous avez bon pour la côte Est. Fairfax, Virginie.

Jared hoche la tête.

— Et moi Chicago. Garanti d'origine.

— Cubs ou Sox[1] ?

— Je suis un gosse du Nord. Wrigley Field[2] et rien d'autre !

— Et sinon, quand vous ne vous lamentez pas sur les contre-performances des Cubs, vous faites quoi de beau à Chicago ?

— Je passe le plus clair de mon temps à remplir des notes de frais. Je suis représentant pour Wilson

1. Les deux équipes de base-ball de Chicago. Les Cubs représentent les quartiers nord et les White Sox ceux du Sud.

2. Le stade des Cubs.

Sporting Goods. C'est là qu'ils ont leur siège social. Mais comme je m'occupe de tout le secteur sud-ouest, je suis rarement chez moi.

— Je sais ce que c'est. J'ai une plante verte à la maison et elle m'attaque en justice pour mauvais traitement.

Jared rit.

— Vous êtes drôle, c'est cool !

Le barman apparaît avec la bière de Sarah. D'un mouvement maîtrisé du poignet, il glisse sous la bouteille une serviette de cocktail.

Sarah s'apprête à l'entamer quand Jared lève sa bouteille.

— À la vie nomade !

— À la vie nomade ! trinque Sarah. Et peut-être, un jour, à ma libération conditionnelle.

Nouvel éclat de rire de Jared. Ils trinquent.

— Elle est jolie et elle a de l'humour. Double danger.

— Oh-oh…, murmure Sarah en lui décochant un regard en coin.

— Quoi ? Qu'est-ce qu'il y a ?

— Votre mère était peut-être à cheval sur la politesse, mais la mienne m'a toujours dit de me méfier des compliments des inconnus.

— C'est pour ça que je me suis présenté à vous. Comme ça, je ne suis plus un inconnu. Quant aux compliments, vous ne m'avez pas l'air du genre à rougir…

— Alors de quel genre, selon vous ?

Il prend le temps de la réflexion avant de répondre :

— Indépendante. Autosuffisante. Avec, malgré tout, un côté vulnérable.

— Pfiouuu ! Vous en êtes sûr ?

— Je crois bien. Je me fie toujours à mon instinct.

— Moi aussi.

— Et que vous dit-il ?

— Que si je joue la bonne carte, je pourrais bien me faire offrir une raquette un de ces jours…

— C'est une possibilité.

— Dommage que je ne joue pas au tennis.

— Dommage, en effet ! Par chance, Wilson fabrique du matériel pour d'autres sports.

Sarah se tape le front.

— Mais bien sûr ! Comment ai-je pu l'oublier ? Ce film, là… Quel est son titre, déjà ? Avec le ballon de volley qui s'appelle Wilson ?

— Ah, oui…

Mais il ne complète pas.

— Je l'ai sur le bout de la langue. Bon Dieu… le titre de ce film !

— Je suis comme vous : je déteste me retrouver bloqué. Ça me rend dingue.

Sarah avale une longue gorgée de bière tout en réfléchissant. Elle finit par hausser les épaules.

— Bon, ça me reviendra plus tard…

— J'espère que je serai encore là.

— Ça, nous verrons…

Elle descend de son tabouret.

— D'ici là, commandez-nous quelques shots pendant que je vais aux toilettes. Bourbon, ça vous va ?

Jared lui décoche son plus grand sourire de la soirée.

— J'aime votre style !

Elle lui rend son sourire en rajustant une mèche de cheveux.

Mais oui, beau gosse. Continue de croire que c'est moi le poisson.

57

Sarah avance le long de l'étroit couloir au fond de La Canteena et tourne au coin, en direction des toilettes pour femmes. À deux pas de la porte, elle s'arrête et sort son téléphone.

Eric Ladum décroche à la deuxième sonnerie. Comme d'habitude, il est toujours dans son bureau à Quantico. Les femmes de ménage du soir l'appellent *El Noctámbulo.* L'oiseau de nuit.

— Tu es devant ton ordi ?

— Comme toujours, pas vrai ?

— J'ai besoin de la liste des employés de Wilson Sporting Goods à Chicago et des correspondances avec le DMV[1].

— Le DMV de Chicago ou de tout l'État ?

— De tout l'Illinois.

— Qui est le gagnant ?

— Jared Sullivan.

---

1. Department of Motor Vehicles, qui répertorie les immatriculations.

— Jared Sullivan, Wilson Sporting Goods, répète Eric tout en pianotant sur son clavier. Il peut m'avoir une raquette de tennis gratos ?

Sarah rit intérieurement.

— C'est encore plus drôle que tu crois. Il te faut combien de temps ?

— Combien de temps tu as ?

— Deux minutes max. Je lui ai dit que j'allais aux toilettes.

— Alors c'est pour ça que les femmes sont si longues…

— Eh ouais ! Tu peux prévenir tes potes : on se renseigne sur vous. Tu me rappelles, d'accord ?

Elle raccroche et retourne à l'angle du couloir qui débouche sur le bar. Elle tente un coup d'œil et aperçoit Jared à l'endroit où elle l'a laissé. Là, bon garçon. Tu as commandé nos shots, j'espère ?

Sarah connaît parfaitement le titre du film avec le ballon de volley surnommé Wilson. *Seul au monde.* Avec Tom Hanks, encore lui !

La question étant : comment un type bossant chez Wilson peut ne pas s'en souvenir ? Imagine-t-on le maire de Philadelphie incapable de citer ce film sur la boxe avec Sylvester Stallone ?

Au contraire, un employé de Wilson devrait plutôt en avoir assez d'entendre constamment parler de *Seul au monde* et de ce foutu ballon de volley…

Elle jette encore un coup d'œil vers la salle, mais son champ visuel est obstrué par un vieil homme obèse à barbe grise qui s'engage dans le couloir.

Elle s'écarte vivement et le regarde s'éloigner en chancelant vers les toilettes pour hommes. Il laisse derrière lui un sillage chargé d'eau de Cologne et de tequila.

Une autre chose titille Sarah à propos de Jared : il lui a demandé d'où elle venait mais ne lui a posé aucune question sur son travail, même après lui avoir parlé de son métier. Peut-être un oubli de sa part.

À moins qu'il ne connaisse déjà la réponse.

Le portable de Sarah, qu'elle a réglé sur le mode vibreur, frémit dans sa main. Eric la rappelle déjà. Quel homme…

— Je peux tirer un trait sur ma raquette : aucun Jared Sullivan n'est répertorié chez Wilson Sporting Goods.

— Et en ville ?

— Deux Jared Sullivan à Chicago, cinq dans l'État. À Chicago, ils ont quarante-six et cinquante-huit ans.

— Trop vieux. Personne entre vingt et trente ?

— Si, à Peoria : il a vingt-neuf ans. Et plutôt grand : un mètre quatre-vingt-treize. C'est ton mec ?

— Il est assis, malheureusement.

Elle glisse un regard vers le bar pour essayer de deviner sa taille.

— Oh merde !

— Quoi ?

— Je te rappelle !

Je dois filer. Littéralement.

58

Sarah fourre le téléphone dans sa poche et manque percuter Cologne-et-Tequila qui sort des toilettes. Il marmonne quelque chose – « 'tention ! » – à moins qu'il ne s'agisse d'un rot.

Quoi qu'il en soit, c'est déjà un bruit lointain : le décor devient flou tandis que Sarah pique un sprint pour se retrouver devant le bar – un bar d'où Jared Sullivan, quel que soit son nom, a disparu.

Pendant quelques secondes, elle reste figée devant leurs tabourets et ce qu'il subsiste de leur présence : deux bouteilles de Bud. Celle de Jared est vide, celle de Sarah à moitié pleine. Plutôt à moitié vide, d'ailleurs.

Sarah se retourne, ses yeux scrutent le moindre recoin de La Canteena. Jared n'est pas là. En tout cas, pas à l'intérieur.

Merde, merde, merde !

À toute allure, elle fonce vers la porte de sortie, projetant à chaque foulée des gerbes de sciure. Elle pousse l'épais bloc de bois et bondit au-dehors – l'air chaud la gifle violemment.

À sa gauche, deux femmes en train de fumer. On dirait une mère et sa fille.

— Vous n'avez pas vu un type sortir, il y a une minute ? demande Sarah en haletant. Beau mec, un genre de Matthew McConaughey ?

— On vient d'arriver, ma jolie, répond la plus âgée en montrant sa cigarette tout juste allumée.

— Mais s'il ressemble vraiment à Matthew McConaughey, je t'aide à le chercher, ajoute la plus jeune en gloussant.

Sarah s'oblige à sourire, au moins pour paraître sympa, mais son regard se porte déjà vers le parking qui fait le tour du bâtiment. Rempli à craquer, aux trois quarts par des pick-up.

Elle s'élance en courant et procède dans le sens des aiguilles d'une montre – comme tout à l'heure, avec les autres policiers, autour du lac.

Avec un peu de chance, il s'est garé derrière La Canteena. Il marche peut-être encore vers sa voiture.

Elle fait le tour du bâtiment au pas de course, puis encore un tour. Elle s'arrête à l'arrière, face à deux bennes à ordures surchargées. L'unique lumière provient du clair de lune.

C'est d'abord le bruit qu'elle entend.

Le rugissement d'un moteur derrière elle, si puissant qu'elle a l'impression de se trouver au milieu de la piste d'atterrissage de l'aéroport international Dulles. Elle pivote et, instantanément, deux phares l'aveuglent. Les lumières se rapprochent. À toute vitesse. La voiture fonce sur elle.

Pas le temps de réfléchir : elle plonge. Un saut qui ressemble à une roue et la propulse entre les deux bennes. En retombant sur l'asphalte, elle a le souffle coupé.

Marque, modèle, immatriculation… vite !

Mais elle a juste le temps de voir le véhicule tourner derrière le bâtiment et disparaître. Il fait tellement sombre qu'elle n'a même pas pu repérer sa couleur. Aucune info.

Non, attends… Ce n'est pas fini : elle a encore sa voiture.

Elle se relève, court vers la voiture de l'agence de location. Elle peut encore le rattraper. Putain, oui ! On va voir ce que cette Camaro a dans le ventre !

— Putain de merde ! crie-t-elle à la seconde où elle pose les yeux sur sa Chevrolet.

Jared Sullivan sait qui elle est. Il sait aussi quelle voiture elle conduit.

Sarah s'approche de la roue avant droite : pneu à plat. Idem pour la roue arrière gauche.

— Merde ! Merde, merde, merde !

L'enfoiré a crevé les quatre pneus et, comme pour enfoncer le couteau dans la plaie… eh bien, il l'a laissé sur le capot.

Sauf que ce n'est pas son couteau.

Sarah le prend avec un coin de sa chemise, et sort son téléphone pour l'éclairer. Sur le manche en ivoire, des initiales : J.O.

John O'Hara.

C'est son couteau de pêche. Elle peut l'ajouter à la liste des indices retrouvés.

Une autre pièce du puzzle.

59

Sarah appelle Dan Driesen le lendemain matin pour le tenir au courant. Elle n'a pas envie de passer ce coup de fil mais elle n'a pas le choix. Un peu comme lorsqu'on doit aller chez le dentiste pour se faire arracher une dent. Mais cette fois, pas d'anesthésie.

— Bon Dieu, Sarah, c'est toi qui es supposée le traquer, pas l'inverse !

La voix de Driesen est teintée d'agacement, mais aussi d'inquiétude pour Sarah.

— Il aurait pu te tuer !

— Tout juste. Il aurait pu. Mais il ne l'a pas fait.

Elle est debout devant la baie vitrée de sa chambre, au troisième étage des Embassy Suites. Aussi loin que le regard porte, une immense étendue de cactus et d'autoroutes.

— Il se cachait sans doute du côté du lac et il m'a vue avec les policiers du coin. Après ça, il aurait pu me tuer à n'importe quel moment mais il a choisi de ne pas le faire.

— Tu prétends qu'il n'a pas tenté de t'écraser avec sa voiture ?

— Réfléchis. Si c'est ce qu'il avait voulu, pourquoi aurait-il allumé ses phares ?

— C'est censé me réconforter ? Il sait qui tu es, il n'y a pas de quoi se réjouir.

— Je peux peut-être en tirer profit. C'est à ça que je réfléchis, maintenant.

— Vraiment ? Et comment ? demande Driesen, incrédule.

— Je n'ai pas encore trouvé, mais je vais y arriver. Avant qu'il change d'avis et s'en prenne à moi.

— En attendant, tu n'as aucune idée de l'endroit où il se cache ni de sa prochaine destination. Sauf si tu me dis que tu as réussi à décrypter les énigmes qu'il laisse derrière lui.

— Eh, c'est grâce à *Ulysse* que je suis arrivée ici, pas vrai ?

— Oui. Et à une sacrée coïncidence aussi, tu ne crois pas ? Tu as une piste à propos de *Vous avez un message* ? Un facteur nommé John O'Hara ?

Son ton s'est fait sarcastique.

Le plus dingue, c'est que c'est effectivement la piste que suit Sarah.

Elle déteste l'admettre mais Driesen a mis le doigt dessus : le tueur d'O'Hara a un coup d'avance sur elle. Et peut-être encore plus à présent.

— Mon travail ici peut encore se révéler fructueux, l'assure-t-elle. Je vais traîner en ville, voir s'il a discuté avec d'autres gens…

— Possible. Mais je n'ai pas envie que tu te sentes constamment menacée. Il joue à un petit jeu, c'est vrai, mais qui te dit que ce jeu n'inclut pas ta mort ?

— Alors on arrête là ?

— Pour le moment, en tout cas. Tu rentres à la maison. D'ailleurs, quelqu'un a demandé un compte rendu détaillé de tes activités.

— Qui ?

Driesen étouffe un petit rire. Sarah voit son visage s'éclairer d'un sourire à l'autre bout du fil.

— Qui ça ? répète-t-elle.

— Tu verras. Allez, Sarah, tu rentres. D'ailleurs, c'est un ordre.

60

— Franchement, tu aurais pu me prévenir, murmure Sarah.

Dan est assis à côté d'elle, ses longues jambes repliées sous la chaise. Il est à peine 7 heures et la journée s'annonce belle à Washington, D.C.

— Nan… Ça t'aurait juste rendue nerveuse, murmure-t-il à son tour.

— Parce que je ne suis pas nerveuse, là, peut-être ? Je suis très nerveuse. Moi qui ne suis jamais nerveuse.

Comme si elle attendait la fin de leur dialogue, la porte s'ouvre. Une femme âgée aux airs de mère poule apparaît, qui serre un bloc-notes sur sa poitrine, et leur adresse un petit signe du menton.

— Le président va vous recevoir.

Sarah se lève, inspire profondément et lisse quelques plis imaginaires sur son chemisier blanc. Quelques questions affolées traversent son esprit : Est-ce que j'ai bien mis du déo ? Comment on parle – intelligemment – au président ?

— Après toi, dit Dan en tendant le bras. C'est toi qu'il veut voir, pas moi.

Sarah a vu des centaines de fois cette scène quand elle suivait *À la Maison Blanche* à la télé. Mais c'était des acteurs. Un mirage.

Cette fois, c'est la réalité. Elle pose un pied dans le Bureau ovale et son rythme cardiaque passe le mur du son.

Il est trop tard pour se faire porter pâle ? Pas de quoi rire, Sarah. Rien de drôle dans ce qui t'arrive.

Clayton Montgomery, l'homme le plus puissant du monde libre – et un personnage pas trop minable sur le reste de la planète –, est un démocrate de la Blue Dog Coalition[1], champion de la crosse à l'université Duke. Ce fragment d'ADN sudiste dans son profil l'a un peu aidé lors du Super Mardi[2] mais il n'aurait jamais pu remporter l'élection générale sans sa femme.

Rose Montgomery, née Rose O'Hara, est une ancienne Miss Floride et occupait depuis cinq ans le poste de présentatrice vedette de la chaîne WPLG, à Miami, quand elle a rencontré Clayton. Autrement dit, avant l'élection, son nom était plus connu en Floride que celui de son mari et que celui de son rival républicain.

Ah, et elle parle aussi couramment espagnol, et la rumeur prétend qu'elle saurait jouer « Hava Nagila[3] » à la clarinette.

---

1. Frange conservatrice du Parti démocrate américain.

2. Mardi du début de l'année présidentielle pendant lequel le plus grand nombre d'États votent simultanément pour élire le candidat du Parti démocrate et celui du Parti républicain.

3. En hébreu, « Réjouissons-nous ». Célèbre chant du folklore israélien.

Montgomery a remporté l'élection présidentielle avec vingt-huit voix d'avance. Et sa victoire en Floride lui a rapporté vingt-neuf grands électeurs.

— Écoutez-moi, vous tous ! Je vous présente l'agent Sarah Brubaker, du FBI.

Le président Montgomery est assis derrière le Resolute Desk, occupé à signer une pile de documents. Sa mâchoire est encore plus saillante qu'à la télévision. Puis, sans un regard vers Sarah :

— Il y a deux soirs de ça, elle a bu un verre avec un tueur en série qui a ensuite tenté de l'écraser avec sa voiture sur le parking. Exact, agent Brubaker ?

— Euh… on peut dire ça comme ça, monsieur le président.

Montgomery relève enfin la tête et fixe Sarah pendant les cinq plus longues secondes de sa vie.

Puis il lui sourit. Comme chaque fois qu'il marque un point face à ses contradicteurs dans les débats télévisés. Comme on le voyait sur les affiches électorales.

— Dire que je croyais détenir le record des premiers rendez-vous catastrophiques ! Mettez-vous à l'aise, Sarah.

61

Le briefing en lui-même se révèle facile. Le président est très attentif, hoche de temps en temps la tête. Pas une fois il n'interrompt Sarah. Cette dernière est claire et concise dans son propos, elle maîtrise parfaitement la situation. Sans jamais se laisser démonter. Va comprendre, se dit-elle. Peut-être que ce type est juste doué pour écouter. Peut-être que c'est juste facile de lui parler.

Vient ensuite la partie questions-réponses.

Le président est assis dans un fauteuil qui est à l'évidence « son » fauteuil. Son chef de cabinet Conrad Gilmartin et sa porte-parole Amanda Kyle – qui, ô ironie, ressemble un peu à C.J. dans *À la Maison Blanche* – viennent prendre place sur le canapé à sa gauche. Et, vu leur façon de s'asseoir, il s'agit à l'évidence de « leur place ».

Reste le canapé en face d'eux. Driesen est assis à une extrémité, l'autre étant occupée par Jason Hawthorne, directeur adjoint du Secret Service. Coincée entre les deux, Sarah se sent aussi à l'aise que sur le siège central d'une rangée dans un avion.

Une petite réunion bien sympathique.

Le président se racle la gorge et lance sa première question :

— Avez-vous une bonne raison de penser que mon beau-frère est une cible de ce tueur ?

— Vous voulez dire, monsieur, plus que n'importe quel autre homme nommé John O'Hara ?

— Oui, c'est bien ça.

— Pour être claire : je ne le sais pas encore.

Le président secoue lentement la tête. Brusquement, l'ambiance dans la pièce ne semble plus aussi sympathique.

— N'importe qui peut me faire cette réponse, agent Brubaker. Êtes-vous n'importe qui ?

Ouch…

Driesen est sur le point de lancer à son agent une bouée de sauvetage quand Montgomery l'interrompt d'un geste de la main – imperceptible mais catégorique.

Le président dévisage Sarah, impassible. Elle sait que, cette fois, elle ne peut espérer ni un sourire, ni un trait d'esprit.

Ressaisis-toi, Brubaker ! Mieux encore : dis-lui ce que tu penses vraiment.

— Vous avez raison, monsieur le président. Permettez que je reformule. La motivation du tueur n'a absolument rien à voir avec votre beau-frère. C'est ma conviction.

Tout le monde, à l'exception de Driesen, s'efforce de contenir des exclamations outrées. C'est ridicule ! Comment pouvez-vous en être aussi sûre ?

Mais hors de question de piétiner les plates-bandes du patron. Tous se mordent les lèvres…

Quant au président, il se contente de s’étendre dans son fauteuil, intrigué.

— Allez-y, dit-il. Je vous laisse me convaincre.

62

Dans le silence qui s'abat sur la pièce, Sarah pourrait s'entendre cligner des yeux.

— Monsieur le président, j'aimerais que vous considériez un instant les raisons pour lesquelles notre tueur pourrait s'en prendre à un certain John O'Hara, qu'il s'agisse de votre beau-frère ou de quelqu'un d'autre. Ils étaient peut-être camarades d'école, ou associés en affaires – en théorie, on peut tout imaginer. Mais, quelle que soit la relation entre le tueur et ce John O'Hara, elle était si forte, si violente qu'elle ne peut aujourd'hui se manifester que par le besoin de tuer quiconque se nomme John O'Hara.

— Vous dites que c'est impossible? demande le président.

— Non. Bien au contraire. C'est tout à fait possible. Je suis convaincue que le tueur a un John O'Hara bien précis en tête.

— Mais pas nécessairement mon beau-frère.

— C'est ça.

— Pourquoi pas? Dieu sait qu'il s'est fait une belle collection d'ennemis.

— Je n'en doute pas, répond Sarah, un peu trop sûre d'elle.

À la seconde où les paroles sortent de ses lèvres, elle voudrait les retirer.

— Pardon, monsieur. Je ne voulais pas lui manquer de respect.

Montgomery laisse filer la remarque avec un petit rire.

— Il n'y a pas de mal. Si Letterman et Leno peuvent le charger, vous aussi. Moi-même, je ne m'en prive pas.

Il balaie la pièce du regard.

— Comme nous tous, d'ailleurs.

— Ce que je veux dire, reprend Sarah, c'est qu'en surface cela semble logique que les meurtres aient un rapport avec votre beau-frère compte tenu de… disons, sa notoriété. Mais j'ai fini par revoir mon idée…

— Après avoir rencontré le tueur.

— Oui. Je me suis rendu compte que cet homme aurait pu me tuer s'il l'avait voulu. Et assez facilement, en plus. Mais il n'en a rien fait. Pourquoi ? Et pourquoi se montrer à moi de cette façon ?

Les *consiglieri* alignés sur le canapé ne peuvent plus se retenir. Ils doivent à tout prix participer à cette discussion.

— Parce que c'est un jeu, sans doute ? suggère Gilmartin, le chef de cabinet. Il veut jouer avec vous.

— Certes, mais ça va plus loin encore. Il veut me faire peur, il veut que je vive dans la peur – et ce n'est plus possible si je suis morte. Idem pour le véritable John O'Hara.

À en juger par son expression, Amanda Kyle, la porte-parole, vient de trouver le mot-mystère dans *La Roue de la fortune.*

— C'est pour cela qu'il tue plein de John O'Hara ! Il veut que le vrai vive dans la peur !

— Je le crois, en effet, répond Sarah. C'est aussi pour ça que, selon moi, les John O'Hara qui ne sont plus en vie – le célèbre romancier, par exemple – n'ont aucune signification dans notre affaire. Ces meurtres ne sont pas une façon de lui rendre hommage. Aucun rapport avec un John Hinckley[1]…

— Mais l'affaire n'a pas encore été rendue publique, remarque Hawthorne, le directeur adjoint du Secret Service. Le « vrai » John O'Hara, quel qu'il soit, ne sait rien de tout ça.

— J'ai bien peur que cela doive cesser, intervient Montgomery. Tout le pays ne va pas tarder à être mis au courant.

— On peut encore attendre, monsieur, dit Hawthorne. Dieu sait combien de John O'Hara se trouvent sur le sol américain. Sans parler des membres de leur famille. Pensez un peu aux mouvements de panique…

— J'y pensais… jusqu'à ce matin. Mais si un autre John O'Hara est découvert assassiné et que la presse s'aperçoive que nous connaissions la menace et n'avons averti personne, on va tous se prendre un seau de merde sur la tête.

---

1. Auteur de la tentative d'assassinat contre Ronald Reagan le 30 mars 1981, John Hinckley reconnut avoir agi pour attirer l'attention de l'actrice Jodie Foster.

Sarah regarde autour d'elle. Apparemment, la prédiction saumâtre du président est définitive car personne ne reprend la parole. Point final.

— Vous voulez que je commence à rédiger une déclaration, monsieur ? demande Kyle en jetant déjà quelques notes sur le calepin jaune posé sur ses genoux.

— Oui. Mais il y a toujours quelque chose qui m'échappe…

Il se tourne vers Sarah.

— Je ne sais toujours pas pourquoi mon beau-frère ne peut pas être, comme vous le dites, le « vrai » John O'Hara.

— Si vous me le permettez, voici comment je vois la situation. Si vous deviez annoncer à votre beau-frère qu'il a en quelque sorte inspiré un tueur en série, un homme qui a l'intention non seulement de l'éliminer mais aussi d'éradiquer tous les hommes portant son nom, quelle serait selon vous sa première réaction ?

Le président roule des yeux. Il vient de comprendre.

— C'est curieux, hein ? Le mot « peur » n'est pas ce qui me vient en premier à l'esprit. Pour John, ce serait sûrement le plus grand triomphe de sa vie. Il serait fou de joie. Tout le monde sait à quel point il est orgueilleux…

Sarah acquiesce.

— Y compris notre tueur.

Personne d'autre ne parle. Ce n'est plus nécessaire. Le président n'a plus qu'à conclure :

— Beau travail, agent Brubaker. J'aime votre façon de penser.

— Merci, monsieur.

— En réalité, c'est votre chef que vous devriez remercier. Dan, ici présent. C'est lui qui a insisté pour vous amener ici ce matin.

Sarah regarde Driesen qui n'a presque pas desserré les lèvres de toute la réunion. Elle n'en revient pas. Il lui avait dit que le président aimait recevoir ses informations « des lignes de front » et qu'il avait spécifiquement requis sa présence.

En d'autres termes : Driesen lui a menti.

Et Sarah lui en est éternellement reconnaissante.

63

Sur la route du retour, Dan met en garde Sarah :

— Attention au retour sur terre ! dit-il en plaisantant à moitié.

— À quoi ?

— Au retour sur terre. Attends, tu verras…

Elle n'a pas longtemps à attendre : une minute après avoir atterri derrière son bureau de Quantico, elle comprend. Elle a volé dans les hautes sphères, arpenté le Bureau ovale en discutant avec le commandant en chef, le POTUS[1], le président… Et maintenant ? Elle est… eh bien, de nouveau elle-même. Un agent du FBI parmi tant d'autres.

Derrière Montgomery, elle avait remarqué le tableau de Norman Rockwell, *Working on the Statue of Liberty*, et *The Bronco Buster*, la statuette mythique de Frederic Remington, ornant une crédence. Deux œuvres gracieusement prêtées par le plus grand décorateur d'intérieur du pays : la Smithsonian Institution.

1. Acronyme de *President of the United States.*

Sarah soupire. Elle est toute seule dans son petit bureau avec, pour maigre décoration, une brochure hebdomadaire pour fournitures de bureau. La seule chose accrochée au mur est un tableau noir éraflé et ce qui se rapproche le plus d'une statuette est un petit porc-épic aimanté couvert de trombones.

Bref : le retour sur terre.

Il y a aussi autre chose. Devant elle, le dossier du tueur d'O'Hara semble la narguer. Vu de l'extérieur, un dossier semblable à tous les autres dans sa reliure kraft pleine à craquer. Mais à l'intérieur…

Pour la énième fois, Sarah l'ouvre et feuillette les différents rapports de police et d'autopsie. Elle relit ses notes. Elle se connecte à son ordinateur, cherche encore et encore toutes les informations imaginables sur *Ulysse* et *Vous avez un message*…

Ensuite, elle prend son téléphone. Elle parle avec le directeur du supermarché de Candle Lake. Aucune caméra de surveillance n'est installée près du MovieHut. Ni ailleurs dans le supermarché, du reste. « On n'a pas trop de problèmes de vol à l'étalage ici », explique l'homme.

Elle appelle La Canteena et interroge le barman qui a servi à « Jared » sa première bière – celle qu'il buvait avant de s'attaquer, comme par hasard, à la Bud de Sarah.

« Est-ce que par hasard il aurait payé par carte ? » demande-t-elle. Elle sait que la probabilité avoisine le néant absolu mais elle s'en moque. Parfois, la seule façon de progresser dans une enquête est de suivre les intuitions les plus improbables.

À propos de progresser… Il n'y avait pas quelqu'un qui devait me rappeler ?

Elle prend son carnet d'appels et parcourt la liste des gens auxquels elle a laissé des messages. Un shérif à Winnemucca, dans le Nevada. Un inspecteur à Flagstaff, en Arizona. La bibliothécaire en chef de la Kern County Library de Bakersfield, en Californie. Tout le monde l'a rappelée.

Sauf une personne.

L'année écoulée, la base de données du FBI a recensé seize évasions d'institutions psychiatriques et pénitentiaires. Sur ces seize évadés, seuls deux courent toujours : un pensionnaire de la prison d'État de Montgomery, en Alabama, et un patient de l'hôpital psychiatrique d'Eagle Mountain, à Los Angeles.

D'après sa photo, le prisonnier de l'Alabama ne peut pas être le tueur. Ou alors le « Jared Sullivan » que Sarah a rencontré a réussi, entre autres choses, à perdre quatre-vingt-dix kilos et à faire effacer les deux poignards tatoués sur ses tempes.

Avec le patient de l'hôpital psychiatrique de L.A., c'est une tout autre histoire. Ou, pour être exact, pas d'histoire du tout. Sarah a demandé une copie du rapport de police réalisé après son évasion, mais il n'a pas encore atterri sur son bureau. En outre, le FBI n'a aucun dossier sur lui – ce qui n'est pas une grosse surprise. De nombreux États, à commencer par la Californie, déploient un arsenal de règles et de principes relatifs au respect de la vie privée.

La meilleure façon de les court-circuiter ? Un bon vieux coup de téléphone.

À supposer que quelqu'un accepte de vous rappeler.

Sarah a laissé deux messages sur la boîte vocale de Lee McConnell, l'administrateur en chef d'Eagle Mountain. Naturellement, ce type préférerait sûrement se faire arracher une dent sans anesthésie plutôt qu'évoquer l'évasion d'un patient dont il avait la responsabilité.

— Troisième round, marmonne Sarah en composant le numéro.

Elle n'en est pas certaine mais la femme qui décroche semble différente de celle à qui elle a parlé les deux fois précédentes. Une intérimaire, peut-être ? Cela expliquerait qu'elle annonce d'une voix pimpante :

— M. McConnell vient de rentrer. Je vous le passe.

S'ensuivent facilement dix secondes de silence pendant lesquelles McConnell doit passer un savon à la pauvre secrétaire pour avoir osé ne pas filtrer l'appel. Il finit par décrocher.

— Agent Brubaker ? Lee McConnell. C'est ce qui s'appelle être synchrones : j'allais justement vous rappeler !

Ben voyons. Et moi j'allais justement convoler en justes noces avec Johnny Depp.

Sarah feuillette ses notes à la recherche du nom du patient de McConnell. De son ancien patient, en l'occurrence.

Elle le trouve.

— Alors, que pouvez-vous me dire sur Ned Sinclair ? demande-t-elle.

64

Il y a un défaut dans la voix de McConnell. Pas un bégaiement ou un bredouillement mais, chose bizarre, une sorte de régurgitation, de réflexe dyspeptique, comme si le sandwich seigle-pastrami de son déjeuner se rappelait à son bon souvenir. Le résultat est une curieuse façon de souligner certains mots sans raison particulière.

Une parodie des Monty Python, pense Sarah. John Cleese au téléphone…

— Ned Sinclair, hmm ? Que… voulez-vous savoir sur lui ?

Sarah réprime un rire et pose sa première question – une facile.

— Il est de quelle race ? Blanc, noir, hispanique ?

Si Ned Sinclair n'est pas blanc, la discussion risque de tourner court.

— Il est blanc, répond McConnell. Pardon mais je n'ai pas son dossier sous les yeux. Je ne peux pas vous donner sa taille, son poids ni même son âge.

— À vue de nez, vous diriez quoi ?

— La trentaine, un peu plus peut-être. Je n'ai pas beaucoup interagi avec lui. Pour parler franchement, personne ici n'a vraiment eu de rapport avec lui. Ned Sinclair parlait très peu.

— Qu'est-ce que vous pouvez me dire d'autre ?

— Il vaudrait mieux que vous parliez avec le psy qui se charge des admissions chez nous. Il a eu Ned comme patient pendant un certain temps, mais je ne pourrais pas vous dire son nom comme ça. Je vais chercher le dossier. Je vous mets en attente quelques secondes, d'accord ?

Avant que Sarah ait le temps de répondre, elle peut savourer une reprise des Beatles pour trombone et synthétiseur. « The Long and Winding Road. » Curieux choix de chanson pour une musique d'attente.

Pour tuer ne serait-ce que quelques secondes, elle relève ses e-mails. Le singulier suffit. Un seul nouveau message depuis la dernière vérification, au sortir du Bureau ovale. Une invitation au prochain dîner de gala ? Une place à la table présidentielle ?

Sarah sourit. Tous les rêves sont permis…

Elle regarde le nom de l'expéditeur. Qui ça ? Elle ne reconnaît pas le nom. Puis ça lui revient : Mark Campbell. Un nom sur son carnet d'appels. Le shérif de Winnemucca, Nevada, la ville où vivait la première victime.

Les yeux de Sarah glissent vers l'objet du message et s'illuminent aussitôt.

« DU NOUVEAU. »

65

Sarah clique sur l'e-mail – la promesse d'avoir « du nouveau » l'attire vers l'écran. Le message se charge trop lentement.

Elle attend toujours que McConnell reprenne la ligne. Où est-ce qu'il est allé chercher le dossier de Ned Sinclair ? À Cleveland ?

Elle a parlé au shérif Campbell à Winnemucca avant de partir pour Park City. Le raisonnement était simple : si le tueur d'O'Hara a laissé un exemplaire d'*Ulysse*, il a peut-être négligé un autre indice derrière sa première victime. Un indice qui n'a pas encore été trouvé.

Elle a demandé à Campbell de repasser la scène de crime au peigne fin et d'examiner tout particulièrement la victime elle-même.

— Vérifiez à nouveau ses vêtements. Chaussettes, caleçon… tout.

Sarah savait qu'elle se ferait détester, mais ces vérifications étaient indispensables – il n'y avait pas à discuter. Parfois, la seule façon de progresser dans une enquête est de suivre ses intuitions les plus improbables.

L'e-mail de Campbell s'affiche au moment précis où McConnell reprend la communication.

— Désolé pour l'attente… Je ne le trouvais plus, mais là c'est bon.

Curieusement, il ne semble plus insister au hasard sur certains mots – ou alors, Sarah l'écoute de façon trop distraite. Ses yeux ont pris le pouvoir sur ses oreilles tandis qu'elle entreprend de parcourir le message de Campbell. Qui commence par : « Vous aviez raison… »

Et dans lequel le shérif explique que ses hommes avaient négligé de vérifier les ourlets du pantalon de la première victime. En les décousant, Campbell a trouvé un petit morceau de papier plié et glissé dans l'ourlet droit, comme une prière glissée dans une fissure du mur des Lamentations. Il contient deux phrases manuscrites :

Dormez, âmes d'enfants que le monstre épouvante,
Je l'entends qui rugit, je le vois qui vous hante.

Sarah pense tout de suite qu'elles proviennent d'un vieux livre pour enfants, mais le texte ne lui dit rien. Elle relit les phrases. C'est peut-être tiré d'un poème ? Ou alors de rien, sinon de l'esprit du tueur.

Elle se connecte à Google pendant que McConnell continue de parler. Il en est au cursus de Ned Sinclair, exposé point par point : « Doctorat de mathématiques… professeur à l'UCLA… renvoyé il y a presque quatre ans… »

Sarah copie et colle les phrases de l'e-mail puis lance la recherche.

McConnell ânonne toujours : « Souffre de troubles obsessionnels compulsifs… fixation pathologique sur les liens de famille… sa sœur Nora… »

La recherche donne des milliers de réponses. Sarah a oublié de mettre ses phrases entre guillemets. Elle les ajoute rapidement et, là, bingo : les milliers de réponses se réduisent à une seule.

Un site internet d'un groupe musical. Le nom lui suffit.

Sarah saute de sa chaise et plonge vers la sacoche qu'elle a posée par terre. Elle récupère le DVD de *Vous avez un message* dans la poche latérale. Elle le retourne, parcourt le générique sur la jaquette. Elle a déjà lu le nom, elle le connaît bien, mais elle veut juste s'en assurer.

De retour à son bureau, elle relit ses notes sur *Ulysse.* Elle est sûre d'avoir écrit quelque part le prénom de la femme de James Joyce.

— Quel prénom vous avez dit, pour la sœur de Ned Sinclair ? demande-t-elle à McConnell en l'interrompant.

Cette fois, son reflux dyspeptique et son accentuation de mots au hasard sont de retour. Mais il n'y a rien de hasardeux dans sa réponse. Elle est parfaitement appropriée.

— Sa sœur se prénomme… Nora.

66

L'écran de mon téléphone affiche l'identifiant de la personne qui m'appelle.

« MED-LEG QUEENS. »

Je pose mon verre de jus d'orange, coupe le volume du petit téléviseur dans ma cuisine et réponds « Allô » avant la deuxième sonnerie.

— Agent O'Hara ? Le Dr Papenziekas à l'appareil.

Le médecin légiste adjoint me rappelle dans la matinée, comme promis. À l'aube, qui plus est.

— Alors, votre verdict sur le couple de l'aéroport ? Vous m'apportez de bonnes nouvelles ?

— Vous aviez raison.

— Cyclosarin ?

— En grande quantité.

— Vous êtes sûr de vous ?

De la part d'un médecin qui veut jouer les « vrais New-Yorkais », je m'attends à une riposte cinglante du genre : « Dis donc, mec, au pieu aussi tu as besoin d'un deuxième avis ? » Mais le rapport de force a évolué. Je ne suis plus un type débarqué de nulle part avec une vague intuition. Je viens de découvrir quelque chose.

Alors, on remballe le ton sarcastique.

— Oui, je suis sûr qu'il s'agit de cyclosarin. Si je comprends bien, vous vous y connaissez un peu en poison ?

— Oui.

Une expérience personnelle. Disons qu'à présent je fais très attention à la personne qui me cuisine des petits plats.

— Évidemment, là, ce n'est pas n'importe quel poison…

Sa voix se fait plus hésitante. Manifestement, il me tend une perche, essaie de me tirer les vers du nez. Je lis dans ses pensées : un aéroport à New York, les heures de pointe. Une substance mortelle utilisée par des terroristes…

Mais je n'ai pas l'intention de prolonger la discussion, d'autant que je ne sais pas encore quoi faire de cette information. Deux jeunes couples assassinés, victimes d'un empoisonnement par une substance toxique rare. Ce n'est pas exactement ce qu'on appelle un motif récurrent mais pas la peine de s'appeler Einstein pour y discerner autre chose qu'une coïncidence.

— Quand devez-vous remettre le rapport d'autopsie ?

— Demain. Sauf, bien sûr, s'il y a une bonne raison pour ne pas le remettre.

Je dois lui reconnaître ça : il ne lâche pas l'affaire facilement. En gros, il me propose de reporter la remise du rapport si je lui dis pourquoi je soupçonnais un empoisonnement au cyclosarin.

Je comprends à présent pourquoi la télé dans son bureau était branchée sur TMZ[1] lorsque je suis venu le voir. Le Dr Papenziekas aime être dans le moment présent. Je ne peux pas lui en vouloir : il passe sa vie à autopsier des cadavres. N'importe quoi ferait l'affaire pour égayer ses journées, pas vrai ?

— C'est bon, dis-je. Vous pouvez transmettre votre rapport quand…

— Putain ! lâche-t-il.

— Un problème ?

— Vous avez une télé devant vous ?

Apparemment, il est devant l'écran.

— Ouais, pourquoi ?

— Allez sur CNN, parce que… hum… eh bien…

Il bute sur les mots, comme s'il cherchait de quelle façon se faire comprendre.

— … c'est… euh…

J'insiste :

— Quoi ? Qu'est-ce qu'il y a ?

Enfin, il balance tout :

— Il y a… vous !

---

1. Chaîne du câble spécialisée dans l'actualité *people* et la *Trash TV.*

67

J'attrape la télécommande et zappe sur CNN. Mon index n'a pas le temps de presser le bouton de volume. Je suis… eh bien, sans voix.

C'est moi, en effet. En tout cas, c'est mon nom. En lettres majuscules en haut de l'écran. Mais ce qui me terrasse, ce sont les mots qui le suivent. Je voudrais me frotter les yeux pour être certain de bien lire. Qu'est-ce qui se passe, bordel ?

JOHN O'HARA / MEURTRES EN SÉRIE

Je remets le son quand le présentateur en studio donne l'antenne à un correspondant devant la Maison Blanche. En même temps, j'entends un autre bruit – une voix qui appelle mon nom, pas moins – et je m'aperçois que le Dr Papenziekas est toujours au téléphone.

Pas pour longtemps.

— Agent O'Hara, vous êtes toujours là ? Agent O'Hara ?

— Je suis là, je suis là.

— Qu'est-ce qui se passe ?

— Je ne vais pas tarder à le savoir. Merci de m'avoir prévenu !

Et aussi sec, je raccroche. Un peu brutal, certes, mais je viens de lire sur un écran de télé mon nom suivi des mots « meurtres en série » ! Je ne sais même pas ce que ça veut dire, mais sûrement rien de bon…

Je me concentre sur le correspondant devant la Maison Blanche, un gars au brushing Playmobil et aux dents de cheval qui mentionne « une déclaration que vient de faire la porte-parole ». *Cut* : on se retrouve dans la salle de presse de la Maison Blanche.

Enfin, les détails arrivent. Je reste assis devant Amanda Kyle, la porte-parole présidentielle, qui explique que, « pour des raisons inconnues », quelqu'un s'est mis à tuer des types nommés John O'Hara. Quatre pour le moment, dans quatre États différents.

Elle précise qu'aucun indice ne semble indiquer que le beau-frère du président est visé, mais le cynique en moi pense le contraire. Et, bien sûr, je ne suis pas le seul. Elle ne fait qu'anticiper le déluge de questions qui l'attend. Ça ne loupe pas.

La salle explose dans un vacarme darwinien où finit par triompher la voix la plus puissante et la plus insistante.

— Le niveau de sécurité a-t-il été augmenté autour du beau-frère du président ?

Amanda Kyle n'est pas porte-parole pour rien. Elle sait exactement dans quelle direction orienter cet échange.

— John O'Hara, le beau-frère du président, bénéficiait de la protection du Secret Service bien avant le discours d'investiture…

Elle braque brusquement :

— … Mais si je fais cette déclaration aujourd'hui, si le président a estimé indispensable de rendre cette information publique, c'est parce que nous ne pouvons évidemment pas offrir le même degré de protection à tous les citoyens américains nommés John O'Hara. Nous voulons à tout prix éviter la panique, mais dans le même temps nous avons la responsabilité, le devoir, d'informer la population.

Nouvelle explosion de questions, mais un drapeau « Mission accomplie » flotte déjà au-dessus de la tête de Kyle. Et, de fait, c'est le cas : elle vient brillamment de détourner le feu des projecteurs du beau-frère du président.

Question suivante ?

— Où est-ce que les meurtres ont eu lieu ?

D'une voix calme, Kyle énumère les villes et les villages : Winnemucca… Park City… Flagstaff… Candle Lake.

Attends un peu… Park City ?

Je saute de mon tabouret et fonce vers le cellier. C'est là que je l'ai rangée – la bible reçue par la poste. Expéditeur inconnu.

J'ouvre la couverture et, en retournant dans la cuisine, inspecte le tampon à l'encre rouge. PROPRIÉTÉ DU FRONTIER HOTEL, PARK CITY, UTAH.

Je pose le volume sur le plan de travail en granit, l'ouvre à la page où un passage a été découpé. Deutéronome 32 :35, le cantique de Moïse. Je l'ai marquée avec un Post-It jaune où j'ai noté le texte manquant.

> C'est à moi qu'appartient la vengeance,
> c'est moi qui leur donnerai ce qu'ils méritent
> Quand leur pied trébuchera !
> Car le jour de leur malheur est proche
> Et ce qui les attend ne tardera pas.

À peine ai-je terminé de relire ces mots qu'une voix résonne derrière mon épaule. Quelqu'un est chez moi, dans ma cuisine. Quelqu'un que je ne connais pas – cette fois, j'en suis certain.

— Vous êtes John O'Hara ?

68

Je me fige. Mon corps reste parfaitement immobile pendant quelques secondes. Des secondes qui semblent durer une vie entière. Ou est-ce moi qui sens ma vie atteindre ses dernières secondes ?

Si je me trouvais n'importe où en dehors d'ici, j'aurais déjà effectué la flexion la plus rapide du monde pour atteindre mon holster de cheville.

Mais ce joujou et – surtout – le Beretta 9 mm qu'il contient se trouvent quelque part dans ma chambre, à l'étage, avec mon portefeuille, ma monnaie et un rouleau à moitié vide de Mentos.

Alors ?

Alors je me rabats sur mon plan B : je plonge sur ma droite, attrape le premier manche dans le bloc de couteaux Wüsthof près de la cuisinière et pivote en brandissant mon arme, prêt à la lancer.

Et je me fige à nouveau.

Bon réflexe. Sans lequel elle aurait sans doute frappé la première – et c'est elle qui a le pistolet.

— FBI !

Tout en criant, elle adopte la posture de tir accroupie enseignée à Quantico dès la première année. Cible plus petite, davantage d'organes vitaux protégés. C'est seulement quand elle est sûre d'avoir l'avantage sur moi qu'elle sort son insigne. Même à six mètres de distance, je sais qu'elle dit vrai.

— Bon Dieu, vous m'avez foutu la peur de ma vie, dis-je en baissant mon couteau.

Je soupire si profondément que je pourrais gonfler une baudruche de la parade de Noël de Macy's.

Son soupir n'a rien à envier au mien. Un Grosminet comparé à mon Titi.

— Seigneur, j'aurais pu vous tirer dessus ! dit-elle en rangeant son Glock .23 dans son holster.

— C'est bien ce que je craignais.

J'indique la télé d'un signe de tête. Le présentateur de CNN est de retour à l'antenne, avec le même titre : JOHN O'HARA / MEURTRES EN SÉRIE.

À l'instant où elle aperçoit ces mots, elle lève les yeux au ciel. Je ne peux pas m'empêcher de remarquer qu'ils sont verts, et aussi ravissants que le reste de sa personne. Intéressant, d'ailleurs : avec ses cheveux tirés en arrière et son maquillage sommaire, on voit qu'elle se donne du mal pour ne pas mettre en avant son physique. Avec l'effet inverse.

— Je suis John O'Hara, dis-je en confirmant ce que nous avons tous les deux lu sur l'écran. Et vous ?

— Agent spécial Brubaker. Sarah. Vous m'avez prise pour…

— … celle qui ferait de moi la cinquième victime, ouais. Mais attendez, comment vous avez fait pour…

C'est officiel : nous en sommes déjà à terminer les phrases de l'autre.

— J'ai sonné à la porte et, comme personne ne répondait, j'ai fait le tour. La porte du patio était ouverte… Vous n'avez pas entendu la sonnette ?

— Personne ne peut l'entendre : elle est cassée. Bah, il faudrait peut-être que je la fasse réparer, non ?

Elle se met à rire, mais pas à cause de ma remarque ironique.

— Quoi ? Qu'est-ce qu'il y a de drôle ?

— Oh, rien.

Je suis son regard, dirigé vers le plan de travail de la cuisine. Puis je baisse les yeux vers le couteau de tueur que je m'apprêtais à lancer sur elle tel un guerrier ninja. Sacré guerrier ninja, O'Hara. C'est un petit couteau d'office d'à peine sept centimètres de long.

Je hausse les épaules.

— On a fait plus impressionnant, hein ?

— Ne vous en faites pas… J'en ai vu de plus petits aussi. Et puis ce n'est pas la taille qui compte, c'est la façon dont on s'en sert, pas vrai ?

Et en plus, elle est drôle.

— Les femmes sont sincères quand elles disent ça ?

— Non, pas tout à fait.

— Aïe… Vous êtes vraiment venue me faire du mal, finalement…

— Ah, les voilà ! dit-elle en tendant l'index vers moi.

— Quoi ?

— La fausse modestie et l'autodérision. Votre dossier indique que vous êtes un expert en la matière.

— Ah oui ? Et que dit-il d'autre ?

— Des tonnes de trucs intéressants – en tout cas les sections que je suis autorisée à lire. D'ailleurs, c'est la raison de ma présence ici.

— Parler de mon dossier ?

— Non. Vous aider.

— Le Bureau me fournit déjà un psy.

— Je sais. Mais un psy ne peut pas faire ce que je vais faire pour vous.

— C'est-à-dire ?

— Vous sauver la vie.

Je m'interromps et fixe ses yeux verts.

— Entendu. Je crois que nous nous sommes trouvé un point commun.

69

Le flash info ? Le fait qu'elle débarque chez moi ce soir ? Ce serait superflu de lui demander à quel département du Bureau elle est affiliée.

Et pourtant…

— Je suppose que l'UAC n'envoie pas des agents ce soir chez tous les John O'Hara du pays, n'est-ce pas ?

— En effet. Juste vous, j'en ai peur.

Plus peur que moi ?

Nous sommes assis à la table de la cuisine et je l'observe sortir de sa sacoche son matériel, comme une écolière le jour de la rentrée. Calepin. Stylo. Classeur. Il y a tout de même une chose qu'elle ne peut pas avoir sur elle.

— Mon dossier… NPS ?

— NPS et NPC. Vous êtes une personnalité dans le service…

— Une personne alitée, oui.

— Vous voyez… l'autodérision ?

Quand votre dossier au FBI porte les mentions « NE PAS SORTIR » et « NE PAS COPIER », tout porte à croire que vous vous êtes plus d'une fois FDM ces dernières années.

Foutu dans la merde.

— Bon, vous avez vu les infos à la télé, déclare-t-elle. Vous savez donc qu'un tueur, en ce moment, s'en prend aux John O'Hara, et seulement à eux.

— Sauf que le sexe du coupable n'est pas mentionné dans les flashs, et que vous venez de le faire. Un homme. Vous savez qui c'est ?

— Non seulement je le sais, mais je l'ai même rencontré. On a partagé une bière. Une longue histoire…

— Comme c'est romantique. Moi aussi, je l'ai rencontré ?

— Je ne sais pas. Mais je suis sûre d'une chose : il ne vous aime pas. Mais alors, vraiment pas.

— Pourquoi ça ?

— Ça a un rapport avec la mort de sa sœur.

Mon esprit passe immédiatement en vitesse rapide toutes les affaires sur lesquelles j'ai travaillé, comme une séance de diapos sous stéroïdes. J'entrevois quelques possibilités mais mon instinct me répète un seul nom. Bon sang, le Dr Papenziekas m'y a même fait penser il y a quelques minutes…

Mon instinct et mes tripes. C'était du poison à l'état pur. Dire son nom est déjà une souffrance.

— Nora ? C'est le frère de Nora Sinclair ?

70

Assise de l'autre côté de la table, l'agent Brubaker me fixe du regard. Je viens de mentionner Nora et, en guise de réponse, elle ne dit pas un mot. Pas oui, pas non, pas bouh ! Elle ne hoche même pas la tête, elle ne se gratte même pas le bout du nez. Rien.

Elle croise juste les bras. Je remarque qu'ils sont bronzés et musclés.

— Est-ce que, par hasard, vous connaissez le prénom de la femme de James Joyce ?

Curieux moment pour lancer un quiz littéraire.

— Non. Aucune idée.

— Nora. Elle s'appelait Nora Joyce. Vous connaissez le nom de la réalisatrice du film *Vous avez un message* ?

Là, j'ai la réponse. Qu'ai-je à dire pour ma défense ? Quand on est abonné à Netflix, on se retrouve à regarder des tas de films auxquels on n'est pas habitué. Et puis je devine le motif sous-jacent…

— Nora Ephron.

L'agent Brubaker paraît quelque peu surprise par ma prouesse dans ce quiz cinéphilique. Elle continue :

— Et avez-vous déjà entendu parler du Nora Whittaker Band ?

Je secoue la tête.

— Non.

— Moi non plus. C'est un petit groupe de Philadelphie. Aucun tube pour le moment, mais certaines de leurs chansons ont des paroles intéressantes… Plus important : vous savez qui les connaît ?

— Je donne ma langue au chat.

— Ned Sinclair.

— Le frère de…

— Nora, oui. Il a laissé des indices à chaque nouvelle victime, même si je doute fortement qu'il m'imagine entrer en contact avec vous avant lui. J'ai juste eu de la chance.

— Moi aussi, on dirait.

L'agent Brubaker me raconte dans le détail comment Ned s'est évadé de son hôpital psychiatrique, et m'explique que l'administrateur de l'établissement a mentionné le nom de Nora. Ned devait connaître la nature de mes relations avec elle.

Et, bien sûr, il n'était pas le seul.

Une fois trouvé le nom de Nora, la connexion avec le FBI était aussi simple qu'une recherche dans leur base de données criminelles. Quelques coups de téléphone en interne plus tard, elle s'est retrouvée dans le bureau de Frank Walsh. J'imagine très bien le visage du patron. Comme si tu n'avais pas déjà assez de problème, O'Hara ! Voilà qu'un tueur en série veut te faire la peau…

— Comme je vous l'ai expliqué, Ned Sinclair vous tient sans doute pour responsable de la mort de sa sœur. Le fait qu'il tue tous ces homonymes donne une assez bonne mesure de sa colère.

— Du coup, je deviens quoi, moi ? John O'Hara le coupable ?

Sarah me lance un regard dubitatif.

— Nora Sinclair tuait ses amants pour les voler, et votre travail consistait à le prouver. Au lieu de quoi vous avez pris votre rôle d'« agent sous couverture » au pied de la lettre et avez fini au lit avec elle. Je poursuis ?

Sans façon, merci. Vous avez bien résumé. Je valide.

— Pourtant, ce n'est pas moi qui ai tué Nora.

— Ouais, mais est-ce que Ned le sait ? Tout ce qu'il sait, c'est que son meurtrier n'a jamais été arrêté.

— Très bien. Alors laissez-le venir à moi. Je l'attendrai.

— Avec un plus grand couteau ?

— Très drôle. Encore mieux : vous pouvez l'attraper. Vous m'avez bien dit que vous aviez déjà eu un premier rendez-vous, tous les deux, non ?

— C'est justement pour cette raison qu'on m'a retiré l'affaire. En tout cas, que je ne le traque plus. Maintenant, mes ordres sont de vous placer sous le radar.

— C'est la formule qu'ils utilisent à Quantico, maintenant ? Par ici, on dit plutôt « hors de la carte ». De toute façon, je refuse l'un comme l'autre.

— On vous met à l'abri pendant quelque temps. Où est le problème ?

— Je travaille sur une affaire en ce moment, voilà le problème. Walsh ne vous l'a pas dit ?

— Je suis certaine que Warner Breslow comprendra.

C'est à moi de lui lancer un regard incrédule.

— Bon, rectifie-t-elle, peut-être qu'il ne comprendra pas, mais il devra se faire une raison.

Je me lève et prends la bible sur le plan de travail. Sans un mot, je la pose devant Sarah et je l'observe qui tourne les pages jusqu'à tomber sur celle où les versets ont été découpés. Elle lit mon Post-It et, d'instinct, se reporte à la page-titre pour voir si elle est tamponnée. Sa vitesse de réflexion m'impressionne.

Maintenant, elle ressemble à un gamin le matin de Noël. Je lui ai fait un cadeau : un indice tout frais. Pour un agent, il n'y a rien de mieux.

— Laissez-moi vous poser une question, dis-je. Est-ce que ça vous frustre de ne plus être à la recherche de Ned Sinclair ?

— Bien sûr. Complètement. Ça me rend dingue.

— Et maintenant, votre boulot c'est de me mettre en sécurité loin de cette maison, exact ?

— Exact. Et ça aussi, ça me rend dingue.

— Alors que diriez-vous si je vous expliquais qu'il y a moyen de faire les deux ?

Sarah réfléchit quelques secondes. Ses yeux verts se réduisent à une fente. Elle se méfie. Mais elle est aussi intriguée.

— Je dirais : je vous écoute, John O'Hara. Nous pourrions bien nous trouver d'autres points communs…

QUATRIÈME PARTIE

Devant témoins

71

Vraiment, j'aurais dû téléphoner avant pour la prévenir. Qu'est-ce qui m'a pris ?

Je sais exactement ce qui m'a pris. Olivia Sinclair vit à Langdale, New York, et je ne voulais pas m'entendre dire : « Ce n'est pas une bonne idée en ce moment. »

Et, oui, d'accord : une petite part de moi voulait un peu frimer devant la femme assise à mes côtés dans la voiture.

— Dès que vous vous sentez prêt à me dire où on va, allez-y !

Elle me répète cette phrase tandis que nous roulons sur l'Interstate 684 en direction du nord.

Par culpabilité, par curiosité et aussi parce que je me sens un peu responsable, je prends régulièrement des nouvelles d'Olivia Sinclair depuis que sa fille Nora a été assassinée. Une ou deux fois par an, j'appelle l'infirmière-chef, Emily Barrows, pour savoir comment se porte son étrange patiente. Il y a donc une double ironie au fait que Ned Sinclair veuille me tuer.

— Centre psychiatrique Pine Wood ? me demande Sarah, perplexe, quand nous passons devant le panneau indiquant la direction du parking.

Je me gare, coupe le moteur et me tourne vers elle.

— Les mains sur le buzzer : qu'est-ce que tous les tueurs en série ont en commun ?

Sarah me renvoie un regard vide.

— Une mère, dis-je.

Son visage s'éclaire. Comme je m'y attendais.

Dès l'instant où j'ai rencontré l'agent spécial Sarah Brubaker, j'ai senti à quel point elle est obsédée par l'affaire Ned Sinclair, surtout depuis qu'on lui a interdit de poursuivre la traque. Ça n'a fait que décupler mon envie de voir l'enquête progresser. Disons que c'est la nature humaine. Et la raison pour laquelle Sarah a accepté de partir avec moi sur la route pendant plus d'une heure sans savoir où nous allions.

Ce n'était pas seulement pour ton sens de la repartie et tes beaux yeux, O'Hara.

Je monte avec Sarah au huitième étage, là où se trouve le bureau des infirmières et où, sans nul doute, Emily Barrows est de garde. Nous nous sommes encore parlé l'été dernier, mais cela fait bien cinq ans que nous ne nous sommes pas retrouvés face à face. Elle m'a l'air plus fatiguée que dans mon souvenir, un peu moins investie.

Le temps est sans pitié pour ceux dont le travail est divisé en « gardes ».

Après lui avoir présenté Sarah, je m'excuse auprès d'Emily pour débarquer sans prévenir.

— J'espérais tout de même que nous pourrions parler avec Olivia. Sa chambre est toujours au bout du couloir, n'est-ce pas ?

Emily marque une pause, hésite sur la façon de me répondre.

— Je sais, je sais… Je suis sans doute censé passer par votre supérieur hiérarchique pour cette demande, mais nous sommes un peu pressés et…

— Non, ce n'est pas ça.

Elle marque un nouveau temps d'arrêt.

— Olivia n'est plus parmi nous.

— Oh, vous voulez dire qu'elle a fini par sortir ?

Ça se confirme : j'aurais vraiment dû téléphoner avant.

— Non. Je veux dire qu'elle est morte.

72

— Comment ? Et ça remonte à quand ?

— Il y a deux mois. Cancer du pancréas. Elle est partie très vite.

Elle est sur le point d'ajouter quelque chose mais se ravise.

— Quoi ? Vous alliez dire…

— Non, rien. Je me rappelais simplement ce qu'Olivia m'a dit quand le diagnostic est tombé. Que la cause de son cancer était son chagrin – le chagrin d'avoir perdu sa fille. Elle s'en tenait pour responsable.

— Elle adorait Nora.

Je ne résiste pas à la transition.

— Est-ce qu'elle vous a dit qu'elle avait aussi un fils ?

Emily réfléchit quelques secondes puis secoue la tête.

— Je ne crois pas.

Je jette un regard à Sarah qui a sûrement envie de me planter là, dans ce couloir, pour lui avoir fait perdre son temps. Mais elle a le mérite de vouloir exploiter la situation au maximum. Ou, en tout cas, de l'examiner sous tous les angles.

— Son fils s'appelle Ted, intervient-elle. Ça peut peut-être vous aider ?

Pas vraiment.

— Il faut que vous compreniez que, pendant des années, Olivia parlait à peine. Il a fallu attendre la mort de Nora pour qu'elle se mette à formuler des phrases et à discuter un peu avec moi. Pas non plus au point qu'on devienne amies…

Sarah écoute, acquiesce, mais je sens qu'elle a déjà quelques questions d'avance.

— Olivia est morte ici ?

— Non. Vers la fin, on l'a transférée dans un hospice. C'est là qu'elle s'est éteinte.

— Et ses effets personnels ? Ils l'ont suivie là-bas ?

Emily hésite, comme si elle cherchait le moyen de répondre sans mentir. Je connais cette hésitation : je l'ai souvent remarquée pendant les interrogatoires. Sarah aussi, de toute évidence. Nous échangeons un coup d'œil.

— Il y a quelque chose que vous souhaiteriez nous dire ? insiste-t-elle.

Une question simple, mais par ses intonations, ses inflexions, la voix de ma partenaire – dans le rôle du « méchant flic » – parvient à insinuer que l'univers d'Emily Barrows s'effondrera tel un château de cartes si elle ne se met pas à table. Et c'est franchement intimidant.

Les gardiens de Guantanamo peuvent se rhabiller : j'ai Sarah Brubaker.

Emily jette des regards nerveux à gauche et à droite pour s'assurer que personne ne peut l'entendre.

— Attendez-moi ici, je reviens. S'il vous plaît… J'en ai pour une minute.

Et elle disparaît dans une pièce au fond du bureau des infirmières. Dix secondes plus tard, elle en ressort avec un sac de courses en plastique.

— Olivia le cachait au fond d'une boîte dans son placard. Je sais que ce n'est pas bien mais, après tout ce que j'ai appris au sujet de sa fille Nora… eh bien, je n'ai pas pu m'empêcher de le récupérer.

Et elle le tend à Sarah.

73

Je conduis. Sarah lit.

— Eh!

Je la rappelle à l'ordre pour la dixième fois tandis que sa voix faiblit. Elle est tellement captivée qu'elle ne s'aperçoit pas qu'elle ne lit plus à voix haute.

La première entrée du journal intime d'Olivia est datée du 9 août 1990, au tout début de son séjour en prison pour le meurtre de son mari. Sauf que ce n'est pas elle qui l'a tué : c'est Ned. Elle a payé à la place de son fils de sept ans. C'est en tout cas ce qu'elle écrit.

Mentirait-elle à son propre journal?

Inutile de le nier : il y a quelque chose de déstabilisant et de légèrement déconcertant dans ce que Sarah et moi sommes en train de faire – et, avant nous, Emily Barrows. Lire le journal intime de quelqu'un constitue le viol absolu de la vie privée. Et le fait qu'Olivia soit morte n'y change rien.

Et pourtant…

Si ce petit carnet relié en cuir marron contient un iota d'information qui peut nous aider à arrêter Ned Sinclair avant qu'il commette un nouveau meurtre, alors notre démarche est légitime. Pas de quoi invoquer Machiavel.

D'ailleurs, bizarrement, moi qui ai rencontré Olivia Sinclair, je suis sûr qu'elle comprendrait.

— Seigneur…, murmure Sarah en s'interrompant au milieu d'une phrase.

Je lui lance un regard par-dessus le volant. Elle paraît écœurée.

— Quoi ?

— Nora était violée par son père. Régulièrement.

La suite nous apporte les dernières pièces du puzzle. Tout s'imbrique parfaitement.

En apprenant l'inceste, Ned a pris l'affaire entre ses petites mains. Le fait qu'Olivia ait tout ignoré des agissements de son mari – jusqu'à ce qu'il soit trop tard – l'a sûrement incitée davantage à couvrir Ned. Dans un ultime geste maternel.

Sarah continue sa lecture. Olivia décrit avec des détails bouleversants ses remords et sa culpabilité, la douleur de savoir que ses enfants vont être placés dans un orphelinat…

Et le pire reste à venir. Un an plus tard, elle se rend compte que Ned et Nora ont été séparés et placés dans deux institutions socio-éducatives publiques différentes.

Sarah referme brusquement le livre.

— Qu'est-ce que vous faites ?

— Je m'accorde une pause. Je ne peux plus en lire davantage pour l'instant. Quelle histoire terrible…

Pour quelqu'un d'aussi déterminé à arrêter Ned Sinclair, ça en dit long. Mais je ne lui en veux pas. Le journal intime d'Olivia décrit un cauchemar devenu réalité – pour tous les Sinclair.

Au-delà de tout débat sur l'inné et l'acquis, il est impossible de penser que ce drame n'a pas définitivement traumatisé Ned et Nora.

Je jette un coup d'œil vers Sarah. Elle se cramponne au journal d'Olivia comme moi à la porte de mon frigo quand j'ai décidé de perdre quelques kilos. Elle ne tarde pas à le rouvrir.

— Rapide, la pause !

— C'est plus fort que moi : il faut que j'aille jusqu'au bout, que je lise tout. Et que je le relise plusieurs fois, sans doute.

Je comprends. Elle est vraiment déterminée à arrêter Ned Sinclair. Elle est obsédée par sa mission. Au point que tout le reste est sans importance. Par exemple : où est-ce qu'on va ? Vers le sud, ça oui, mais sûrement pas chez moi. En tout cas, pas sous la surveillance de Sarah.

Je continue de rouler, elle continue de lire, sans que ni elle ni moi sachions ce qui nous attend. Mais vingt kilomètres et vingt pages plus loin, tout change.

— Bon sang ! lâche Sarah sans lever la tête du carnet.

— Quoi ?

Je me tourne vers elle et elle me montre la page qu'elle est en train de lire. Ça me saute aux yeux.

La clé de toute l'affaire.

74

Sarah passe pratiquement toute la durée du vol vers Los Angeles à secouer la tête. Au bout d'un moment, je suis forcé de rire.

— Qu'est-ce qu'il y a de si drôle ?

— Vous. Vous me faites penser à ma mère. Quand je rentrais de l'école en me vantant d'avoir eu 98 % à mon devoir de maths, elle commençait toujours par me dire : « Qui a eu les 2 % restants ? »

Sarah a eu la présence d'esprit de faire une recherche de titres de propriété au nom de Ned Sinclair. Mais elle s'en veut à présent car – les 2 % restants – elle a omis d'inclure dans sa recherche d'autres membres de la famille Sinclair. En particulier Nora. Ce n'est pas parce qu'elle est morte depuis des années qu'elle ne peut pas être propriétaire d'un bien immobilier.

Effectivement…

Il s'agit d'une maison d'un étage avec deux chambres, située à Westwood, près du campus d'UCLA où Ned était maître de conférences. Nora l'a achetée pour son frère et, selon le journal d'Olivia, pour sa mère.

Voilà la clé, maman, pour le jour où tu sortiras.

C'est ce que Nora lui a dit pendant une de ses visites à Pine Woods. Un symbole optimiste, quelque chose pour redonner le moral à Olivia. Nora voulait que sa mère garde l'espoir de pouvoir un jour retrouver la liberté.

Au fond d'elles-mêmes, elles savaient sans doute que ça ne se produirait jamais.

Seul Ned a vécu dans cette maison. En tout cas, jusqu'à ce qu'il soit envoyé à Eagle Mountain.

Mais si Sarah et moi nous sommes envolés à l'autre bout du pays, c'est parce que cet endroit n'a jamais été vendu. Il figure toujours au patrimoine de Nora.

Bienvenue dans un épisode très spécial de *Maison à vendre*…

— C'est par là, annonce Sarah alors que nous avons retrouvé le plancher des vaches depuis une demi-heure.

Elle tend l'index par la portière du taxi que nous avons pris en atterrissant à Los Angeles.

— Le numéro est sur la boîte aux lettres. C'est le 272.

Arrivé à la hauteur de la maison, le taxi se range, nous payons, sortons – et restons figés devant le dernier domicile connu de Ned Sinclair. J'imaginais une maison délabrée, inquiétante, avec un jardin à l'abandon et des herbes folles. Mais elle est impeccable, parfaitement entretenue, avec une pelouse tondue de frais.

Ce qui la rend franchement inquiétante.

— La succession de Nora finance sans doute l'entretien, en prévision du jour où Ned serait libéré.

— Possible, dis-je.

Sarah m'interroge du regard.

— Pourquoi ? Vous ne croyez quand même pas…

— Qu'il est là ? Non. Les meurtres révèlent qu'il se dirige toujours dans la même direction : vers l'est. Il y a peu de chances qu'il multiplie les allers-retours.

Mais un peu plus que Ned soit passé par là après s'être échappé d'Eagle Mountain, à une trentaine de kilomètres de là. Pour préparer sa valise ? Prendre une douche et se raser ? Récupérer un peu d'argent pour le voyage ?

La question importante étant surtout de savoir s'il a laissé quelque chose – un indice, n'importe quoi – qui nous permette de retrouver sa trace.

— À vous l'honneur, dis-je à Sarah.

Nous avançons vers la porte de la maison en bardeaux de cèdre ornés d'un liseré blanc. Sarah sort la clé de sa poche – elle est encore un peu poisseuse à cause du scotch utilisé par Olivia pour la coller dans son journal.

— Redites-moi qu'il n'y a aucun risque de tomber sur lui ?

— OK. Il n'y a aucun risque de tomber sur lui.

Nous rions tous les deux – un peu jaune.

Puis nous dégainons rapidement nos armes.

Juste au cas où nous aurions tort.

75

Toc-toc, il y a quelqu'un ?

Personne.

Nous parcourons rapidement toutes les pièces de la maison, et Ned est introuvable. Je retrouve Sarah à notre point de départ : la petite entrée carrelée.

— Vous prenez l'étage, je m'occupe du rez-de-chaussée, m'annonce-t-elle.

À présent, nous sommes à la recherche d'indices. Un détail qui nous indiquerait la direction à suivre. Un décodeur de Ned. Quelle est sa prochaine étape.

Si nous étions dans un film, ce serait tellement simple… On entrerait dans une pièce pour découvrir, bouche bée, que chaque centimètre carré de chaque mur est occupé par des photos de moi, le visage rayé d'une grande croix. Puis on tomberait sur une carte routière annotée qui nous fournirait la localisation précise du prochain meurtre de Ned.

Mais Hollywood a beau ne pas être loin, nous ne sommes pas au cinéma.

Aucun sanctuaire à mon effigie, aucun indice évident prêt à servir. Pas grand-chose, du reste. L'essence du minimalisme. Nora Sinclair, la décoratrice d'intérieur au regard affûté, a peut-être acheté cette maison pour Ned, mais elle ne l'a certainement pas aménagée.

Personne ne l'a aménagée.

Dans les deux chambres à l'étage, les seuls meubles sont les lits eux-mêmes. Pas de commodes, pas de tables de chevet, pas même une lampe.

Restent les placards. Deux placards, pour être précis. Dans la chambre d'ami, le premier était vide. Le second, dans la chambre principale, contient le seul signe que quelqu'un a bien vécu ici. Les vêtements de Ned. En tout cas, ce que je présume être ses vêtements.

Suspendus à des cintres en bois alignés à exactement deux centimètres d'intervalle, quelques pantalons et chemises voisinent avec des blousons de sport. Je vérifie les poches : mauvaise pioche. Elles sont toutes vides.

En général, je ne me sens pas très à l'aise quand je fouille des effets personnels – le journal intime d'Olivia est un cas à part. Mais là, rien ne semble vraiment « personnel ».

Jusqu'à ce que je fasse quelques pas et le voie.

En contournant le lit, j'aperçois quelque chose glissé sous le sommier. Je crois d'abord à une valise mais, une fois à quatre pattes, je constate qu'il s'agit d'un coffre en bois. Un vieux coffre en bois.

Je le tire de sous le lit, soulève le loquet éraflé en cuivre, les charnières rouillées grincent. Qu'est-ce que tu m'as mis de côté, Ned ?

Une belle déception.

Ce sont des jouets. Le coffre est rempli à ras bord de jouets d'enfant.

Je regarde mon butin, dépité. Soudain, un détail me frappe : ce sont tous les mêmes jouets.

Pas exactement les mêmes, mais différentes versions du même jouet. Gros, petit, cassé, neuf… Le coffre contient tout un assortiment du même type de jouet : un modèle réduit de voiture. Une voiture très spéciale. Un vrai retour en arrière.

La DeLorean.

Hum…

76

Pas la peine de monter en épingle cette découverte – notamment parce que je ne vois pas dans quelle mesure l'intérêt, voire l'obsession, de Ned pour cette voiture va nous permettre de nous rapprocher de lui. Parfois, un coffre rempli de jouets est juste un coffre rempli de jouets.

Il faut quand même que je les inspecte tous. On ne sait jamais.

Un par un, j'entreprends de les sortir du coffre. J'ignore ce que je cherche. Avec un peu de chance, je le comprendrai quand je le trouverai.

Mais tout ce que je trouve, ce sont des DeLorean. En bois, en plastique, en métal…

Jusqu'à ce que j'arrive au fond du coffre.

Et que je trouve un petit cadre photo, posé sur l'envers. Avant même de le prendre et de le retourner, je sais quelle photo je vais voir.

Un portrait de Nora Sinclair.

Je retire la poussière sur le verre et regarde. Elle est aussi époustouflante que dans mon souvenir. Pommettes marquées. Lèvres charnues. Yeux pétillants. Peau mate.

Oui : de loin, la plus splendide tueuse en série avec laquelle j'aie couché.

— Comment ça se passe? crie Sarah du rez-de-chaussée. Vous avez quelque chose?

Freud s'en serait donné à cœur joie avec la façon dont je triture brusquement le cadre, comme si je venais de me faire surprendre dans une posture compromettante.

— Pas encore!

Tout en criant, je repose le cadre au fond du coffre.

Mais, presque aussitôt, je le reprends.

Ce n'est plus la photo de Nora que je regarde à présent. C'est l'arrière du cadre. La partie amovible.

Avec le recul, je ne sais pas exactement pourquoi j'agis ainsi. Parce que j'ai lu un jour quelque part qu'un type avait trouvé un exemplaire de la Déclaration d'indépendance derrière un tableau acheté dans un vide-grenier? Ou parce que ma grand-mère aimait ajouter de nouvelles photos dans ses cadres en laissant les anciennes derrière?

Toujours est-il que quelque chose me pousse à ouvrir l'arrière du cadre.

77

Tout à coup, j'entends Sarah crier. Mais ce cri ne m'est pas destiné.

— On ne bouge plus !

Je prends l'arme glissée dans mon holster de cheville, me précipite hors de la chambre et dévale l'escalier. J'atterris dans l'entrée avec un bruit sourd et je vois l'homme de dos, mains en l'air.

Sinclair ? Vraiment ? Non, impossible !

Par réflexe, il se retourne dès qu'il m'entend. Quand il comprend qu'il est coincé, Sarah devant lui, moi derrière, ses yeux s'écarquillent de terreur.

— Vous êtes qui ?

Il se tourne à nouveau pour répondre à Sarah. Les mots trébuchent nerveusement sur sa langue.

— Je… euh… je m'appelle… je suis le docteur Bruce Drummond… je suis psychiatre.

— Qu'est-ce que vous faites ici ?

Sarah ne pose pas de question : elle exige des réponses.

— Les infos. Euh… quand je suis rentré chez moi, j'ai vu qu'on en parlait aux infos et…

Sarah baisse son arme en même temps que moi. Nous avons déjà compris la suite.

— C'est vous qui vous êtes occupé de Ned Sinclair ?

— Oui. Pendant un an.

Il peut reprendre sa respiration.

— Vous êtes de la police ? J'espère que vous êtes de la police…

— FBI, dit-elle en brandissant son insigne. Je suis l'agent Sarah Brubaker et voici mon partenaire, John.

— Je peux baisser les mains, maintenant ?

— Bien sûr. Et même, vous pouvez faire beaucoup plus. Comme nous aider.

Nous pénétrons dans le salon de Ned, où la tendance minimaliste triomphe. Un canapé, un fauteuil. C'est tout. L'idée d'une table basse a été écartée – trop superflue, sans doute.

En même temps, ce n'est pas comme si nous avions l'intention de proposer un café au Dr Bruce Drummond. Pas plus que des boissons ou des amuse-bouche. Ou des cocktails chichiteux. Tout ce qui nous intéresse, c'est de lui extirper le maximum d'informations.

— Commençons par le commencement : qu'est-ce que vous faites ici ? Vous avez été en contact avec Ned ?

— Pas depuis plusieurs années. Je me disais qu'avec un peu de chance il serait là et que je pourrais le convaincre de se rendre. La porte était ouverte quand je suis arrivé.

— Vous n'avez pas eu l'idée de prévenir d'abord la police ?

Drummond croise les jambes.

— Ned ne se serait jamais rendu à la police, déclare-t-il d'un air dégagé.

Il paraît plus calme à présent, plus posé. Son aura universitaire commence à rayonner.

Sarah s'en rend compte et adoucit sa voix. Maligne, la petite. Elle veut que Drummond sente que nous lui sommes reconnaissants de sa tentative. C'est le meilleur moyen de le mettre en confiance pour qu'il nous parle de Ned.

— Ça se tient, dit-elle. Vous étiez son psychiatre, vous vous souciez de son bien-être. Ça remonte à quand, vous deux ?

— Il est devenu mon patient il y a cinq ans, juste après le meurtre de sa sœur. Un ami qui dirige le département de mathématiques à l'UCLA a suggéré à Ned de venir me voir.

— Pour assistance aux personnes en deuil ?

Je sais de quoi je parle.

— Oui. Il était très proche de sa sœur.

Presque malgré lui, il ajoute à mi-voix :

— Trop proche.

Le type même de remarque qui appelle un développement.

— Que voulez-vous dire ?

Drummond hésite devant ma question.

— Vous avez consulté le dossier personnel de Ned à l'université ? Vous savez pourquoi il est parti ?

— Oui, répond Sarah. D'après le dossier, il a été renvoyé à cause de mauvais retours de ses étudiants.

— Ça se comprend, commente-t-il. Ça aurait été un cauchemar pour la réputation de la fac…

— Quoi donc ?

— La vérité.

78

Il faut reconnaître ce talent au docteur : il sait captiver son auditoire.

Drummond se penche en avant, mains jointes.

— Ned a été surpris dans son bureau, sur le campus, en train de se masturber devant la photo d'une jeune femme.

Sarah ne bat pas même un cil.

— Une de ses étudiantes ?

— Pire, si vous pouvez imaginer. Une photo de Nora.

OK. Là, c'est du lourd. Un détour par l'Avenue des Barjots.

Et, selon la photo en question, il est possible que j'aie besoin de me laver les mains.

Drummond poursuit :

— On appelle cela un trouble de la fixation psychosexuelle. Rare au sein d'une fratrie, mais ça arrive.

— Après cet incident, reprend Sarah, vous avez continué à le suivre ?

— Oui. Enfin, j'ai essayé. La mort de Nora rendait les choses de plus en plus difficiles. Non seulement il avait cette fixation sur elle mais, comme vous pouvez le deviner, il était obsédé par l'identité de son meurtrier. Il prétendait qu'il la connaissait.

— Il vous a donné son nom ?

— Non. Et c'est ça, le pire. Il répétait sans cesse qu'il allait s'en occuper personnellement.

— Il était décidé à tuer le type ? demande Sarah.

— C'est l'impression que j'avais. Évidemment, s'il ne me donnait pas son nom, je ne pouvais pas invoquer le précédent Tarasoff.

— Mais, comme vous le sentiez menaçant envers quelqu'un, vous l'avez fait admettre à l'hôpital d'Eagle Mountain, c'est bien ça ?

— Presque un an après qu'il est devenu mon patient, oui.

Je lève la main.

— Le précédent Tarasoff ?

— Une affaire judiciaire, précise Sarah. Tarasoff contre le conseil d'administration de l'université de Californie. Qui stipule qu'un thérapeute est autorisé à enfreindre le principe de confidentialité envers son patient s'il sait qu'une tierce personne est en danger.

Je lui lance un regard en coin.

— Frimeuse.

Elle sourit avant de se tourner vers Drummond.

— Il y a un truc que je ne comprends pas. Ned reste à Eagle Mountain pendant trois ans sans aucun incident, puis un jour, comme ça, il décide de s'échapper. Il tue violemment un infirmier puis se lance dans une série de meurtres dont les victimes portent toutes le même nom.

— Manifestement, il tient un certain John O'Hara pour responsable de la mort de sa sœur. Et il lui en veut vraiment.

— Ça, je l'ai compris. Mais qu'est-ce qui le décide à passer à l'acte ? Et pourquoi avoir attendu ?

— Essayez de voir son obsession comme un cancer. Ned était en rémission. Il prenait des médicaments et ses pulsions, quelles qu'elles soient, restaient sous contrôle. Neutralisées.

— D'où ma question. Que s'est-il passé pour qu'il bascule ?

— Je me posais la même question, explique Drummond. C'est pourquoi, avant de venir ici, je suis passé par Eagle Mountain. J'ai découvert qu'un nouvel infirmier avait été désigné pour s'occuper de la section de Ned.

— C'est lui que Ned a tué ?

— Oui. Son surnom était Hank.

Je hausse les épaules.

— Et alors ?

Drummond s'enfonce dans son fauteuil.

— Alors demandez-moi quel était son nom.

79

Après des milliers de kilomètres en voiture et en avion et plusieurs fuseaux horaires traversés en vingt-quatre heures grâce à un vol de nuit attrapé de justesse à l'aéroport de L.A., Sarah et moi atterrissons à New York. Je récupère ma voiture au parking courte durée de l'aéroport Kennedy.

— Vous sentez ? dis-je en triturant la ventilation. C'est quoi, cette odeur ?

Sarah rit.

— Je pense que c'est nous.

Je renifle ma chemise et ne peux retenir un mouvement de recul.

— Oh là ! C'est peut-être juste moi. Désolé.

— C'est nous, John. Et ça nous fait un autre point commun : on pue à des kilomètres à la ronde !

Une chose est sûre : une douche nous attend dans un avenir proche. Pendant que l'avion atterrissait, nous nous sommes mis d'accord pour passer chez moi, à Riverside, et nous rafraîchir. De toute façon, puisque Sarah y a laissé sa voiture de location, la question ne se posait même pas.

Le désaccord concernait ce que nous ferions ensuite.

Pour la énième fois, j'ai expliqué que le plus simple était que nous restions chez moi à attendre la venue de Ned Sinclair.

— Ce n'est pas trop tard pour changer d'avis, dis-je tandis que nous nous engageons sur la Van Wyck Expressway en direction du Connecticut.

Et, pour la énième fois, elle me fait taire.

— Ce n'est pas moi qui décide. En revanche, je décide que j'ai intérêt à vite appeler mon chef, sinon je vais au-devant de gros ennuis. Sérieusement.

Je connais bien Dan Driesen, son chef, en tout cas de réputation – le gars est une légende dans le métier.

Vite ! Le nom d'un tueur en série en activité ces dix dernières années et toujours pas arrêté ?

Bref.

— Qu'est-ce que vous allez lui dire ?

— Que ça m'a pris du temps mais que j'ai fini par vous mettre le grappin dessus.

— Et après ?

— Ce que je vous ai dit : on vous met à l'abri. Et ce ne sera pas dans votre maison du Connecticut.

— L'Hôtel FBI, c'est ça ?

— Ils ont même la chaîne HBO et c'est gratuit ! dit-elle en souriant.

— Très drôle… Enfin, un peu drôle quand même. Attendez… Non, je maintiens : pas drôle du tout.

L'Hôtel FBI est le surnom donné par les agents aux nombreuses adresses sécurisées réparties dans tout le pays. En général, elles servent aux témoins en attente d'un procès qui ont besoin d'être protégés mais parfois, comme dans mon cas, un agent est contraint d'y poser ses valises.

— Maintenant, reprend Sarah, vous devriez vraiment prendre une décision à propos de vos garçons.

— Je l'ai déjà fait. Si quelqu'un essaie de me tuer, je préfère qu'ils ne soient pas avec moi, quelle que soit ma planque.

— Pour autant, est-ce qu'ils doivent rester dans leur camp de vacances ?

— Oui. Mais ils vont avoir besoin de deux nouveaux moniteurs, si vous voyez ce que je veux dire.

Elle voit.

— Je fais le nécessaire dès qu'on arrive chez vous.

Je repense un moment à Barliss, le directeur de Camp Wilderlocke, avec ses épingles parfaitement alignées. J'essaie d'imaginer sa réaction quand il va apprendre que deux agents du FBI vont rejoindre son équipe pendant un petit moment. En dehors de ça, la situation ne prête pas vraiment à sourire.

Pour faire diversion, j'allume la radio pour avoir des informations sur la circulation à l'approche de Whitestone Bridge. Le slogan de la station : « L'info en direct, 24 h/24. »

Le timing ne peut pas être meilleur.

Si je ne nous fais pas tuer d'abord.

— Attention ! hurle Sarah.

Je relève la tête juste à temps pour voir l'arrière d'un camion de livraison emplir tout mon pare-brise. Une nanoseconde trop tard et je l'emboutissais. La tête dans l'airbag.

Mais je ne trouve qu'une chose à répondre, en indiquant la radio :

— Vous avez entendu ?

80

Je monte le volume. Il est question du meurtre d'un jeune couple.

Pendant leur lune de miel.

Après Ethan et Abigail Breslow. Après Scott et Annabelle Pierce. Ce n'est plus une coïncidence.

Jamais deux sans trois, certes, mais quand on arrive à trois, ça ne peut vouloir dire qu'une chose : tueur en série.

Tout s'embrouille dans ma tête. Sarah et moi avons chacun le nôtre, désormais. Comme les gants de toilette de monsieur et madame. À supposer que les gants de toilette aient des pulsions meurtrières…

« En direct de Long Island, Bianca Turner avec de nouveaux développements sur cette affaire… »

Parker et Samantha Keller, deux marins chevronnés, ont quitté Southampton il y a deux dimanches de cela à bord de leur schooner de quatorze mètres, cap sur Saint-Barthélemy. À leur retour, ils se sont accordé une escale aux Bermudes, où ils ont retrouvé des amis et fait le plein de ravitaillement. Le lendemain matin, une heure après avoir quitté le port, leur bateau a explosé, les tuant tous les deux.

« Pour le moment, les gardes-côtes n'ont fait aucun commentaire sur la nature ou la cause de cette explosion. »

— Et sur celui qui a provoqué l'explosion, non ? dis-je, mais Sarah me fait signe de me taire.

« Selon leurs amis, Parker et Samantha Keller avaient repoussé leur lune de miel pour pouvoir décrocher leur diplôme de droit. Ils s'étaient mariés en avril à Sag Harbor, New York. »

Sarah pousse un cri si strident que je manque à nouveau emboutir un camion.

— Oh mon Dieu ! C'est ce couple !

— Quel couple ?

— J'ai lu un article sur eux dans le *New York Times*. Je n'y crois pas ! Le couple de « Devant témoins » !

Je n'ai rien compris depuis « Je n'y crois pas ». Je la regarde, hébété.

— Le couple de « Devant témoins » ! répète-t-elle. Chaque semaine, dans les pages « Mariages » du *Times*, la rubrique « Devant témoins » raconte l'histoire d'un couple, comment ils se sont rencontrés, ce genre de détails… Vous ne l'avez jamais vue ?

J'aimerais lui expliquer qu'à moins d'insérer la section « Sports » au milieu de la section « Mariages », il y a très peu de chances que je tombe un jour sur cette rubrique.

Mais je me contente d'opiner du chef.

— Non, jamais.

De toute façon, Sarah ne me regarde plus. Elle a la tête plongée dans son BlackBerry.

— Que faites-vous ?

— Je vérifie un truc. Une intuition…

Je garde un œil sur la route et l'autre sur son pouce en train de marteler le clavier. Elle pianote quelque chose. À un rythme frénétique.

Puis elle cesse de pianoter. Elle fixe l'écran, attend.

Attend encore.

— Allez, allez ! marmonne-t-elle, impatiente.

Puis elle frappe le tableau de bord du plat de la main.

— Je le savais !

Sa voix laisse deviner que notre plan est sur le point de changer.

— J'ai l'impression que ma douche n'est pas pour tout de suite…

— Effectivement.

Elle regarde par-dessus son épaule, en direction de la circulation sur la voie opposée. Je coupe court :

— OK, dites-moi tout : où est-ce qu'on va ?

— Manhattan. On prend la prochaine sortie et on fait le tour.

Je lui jette un coup d'œil en souriant. Son intuition, quelle qu'elle soit, lui fait l'effet d'une piqûre d'adrénaline. Et à moi aussi.

J'agrippe le volant à deux mains et le fais brusquement tourner. La voiture bondit en traversant le terre-plein central et nous nous retrouvons sur les voies en direction du sud. Puis je redresse le volant et écrase la pédale d'accélérateur comme si je piétinais un feu de bois.

Puis, d'une voix très calme :

— Bien. Où ça, à Manhattan ?

81

À peine franchi le seuil, on n'entend pas seulement la rumeur du siège du *New York Times* : on la sent.

Je suis Sarah à travers le hall aux allures de grotte tapissée de centaines de petits écrans où s'affichent et défilent des extraits d'articles, en une sorte de ballet synchronisé de caractères.

Nous sortons de l'ascenseur au vingt-deuxième étage et Sarah donne son nom à une jeune recrue arborant des lunettes d'écaille et un cardigan blanc. Je risque peu en pariant que c'est la seule hôtesse d'accueil dans tout Manhattan à lire Proust derrière son guichet.

— Mme LaSalle vous attend. Un instant, je vous prie.

Elle presse le bouton du bureau de la rédactrice et, quelques secondes plus tard, nous suivons une autre jeune recrue dans un couloir à fort trafic. Je remarque aux murs des photographies signées d'une bonne centaine de lauréats du Pulitzer, tous collaborateurs du journal.

— Au fait, je suis l'assistante personnelle de Mme LaSalle, nous informe la jeune femme.

Il y a de l'assurance dans sa voix, mais ce n'est qu'une façade. Son langage corporel plein de prudence à l'approche du bureau d'angle de sa patronne révèle combien elle est intimidée.

Et je comprends pourquoi.

Emily LaSalle, rédactrice des pages « Mariages » du *New York Times* et doyenne de la haute société de Manhattan, est un cocktail déconcertant de bon chic bon genre. Sa coiffure, son maquillage, sa tenue – rehaussée d'un double rang de perles – reflètent son sens de l'équilibre. Et du contrôle.

En tout cas, jusqu'au moment où son assistante personnelle ferme la porte et nous laisse. Alors, Madame Bon-Chic-Bon-Genre se liquéfie.

— Je me sens tellement responsable de ce qui est arrivé !

Brusquement, ses pommettes saillantes se couvrent de larmes.

— C'est moi qui choisis ces couples…

Raisonnement absurde, évidemment. Rien de tout ça n'est de sa faute. Pourtant, je peux comprendre sa détresse. Un tueur en série dézingue des couples en pleine lune de miel, des gens qui ont un point commun : ils figuraient tous dans la rubrique « Devant témoins ».

— Vous n'êtes responsable de rien, lui assure Sarah avec toute l'affection d'une meilleure amie. Ce que vous pouvez faire, c'est nous aider.

— Comment ?

— Vos articles sur les Pierce et les Breslow ont été publiés dans les éditions des deux derniers week-ends, dis-je. Mais le troisième couple, les Keller, figurait dans votre rubrique il y a presque deux mois.

— Oui, je m'en souviens. Ils ont reporté leur lune de miel à cause de leurs examens de droit, c'est bien ça ?

— Exactement, intervient Sarah. Ça signifie, que cinq semaines se sont écoulées depuis les dernières victimes.

— Pourquoi ont-ils été épargnés, selon vous ? s'inquiète Mme LaSalle.

— Je ne sais pas, dis-je. Mais nous devons d'abord vérifier que c'est bien le cas. L'un de ces couples au moins peut encore être en lune de miel.

— Oh mon Dieu ! gémit la rédactrice en prenant la réalité de plein fouet.

Car quoi de plus atroce que trois couples du *New York Times* assassinés – sinon un quatrième ?

82

— Je n'ai jamais rien vu d'aussi beau ! s'exclame Melissa Cosmer en approchant du sommet des chutes de Makahiku, dans le parc national de Haleakala, sur l'île Maui.

— Moi non plus, répond Charlie, son mari.

Sauf qu'il ne regarde pas la chute d'eau de soixante mètres de haut. Il admire celle qui, depuis une semaine à peine, est devenue son épouse. De toute sa vie, il ne s'est jamais senti aussi amoureux, aussi chanceux. Melissa est son soleil, sa lune et toutes les étoiles. Un don du Ciel. C'est comme ça qu'il l'a appelée quand ils ont été interrogés par cette journaliste du *New York Times.*

Le seul regret de Charlie, c'est que ses parents, morts dans un accident d'avion cinq ans plus tôt, n'aient pas eu la chance de la connaître. Une fille en or, aurait dit son père. Charlie en est certain.

— Oh, toi ! dit Melissa avec un sourire diabolique. Allez, viens, on essaie de s'approcher du bord…

Elle prend la main de Charlie et tous deux se fraient un chemin à travers les troncs épais des banyans et les hautes herbes luisantes de rosée. La météo de l'île

Maui a toujours été spectaculaire mais, aujourd'hui, la nature s'est vraiment surpassée. Le bleu du ciel a l'intensité d'un néon.

Les touristes de leur groupe – et le sentier officiel pour atteindre la chute d'eau – sont peut-être à une centaine de mètres. Mais ils ont préféré prendre un petit détour. Non qu'ils ne soient pas sympathiques – juste un peu trop nombreux pour les jeunes mariés. Trop de sacs-bananes à leur goût. Tout ce qu'ils veulent, c'est savourer seuls une telle beauté.

— Attention, lance Charlie tandis que le sol commence à s'incliner vers le bord de la chute.

Mais le rugissement de l'eau toute proche étouffe leurs voix.

— Quoi ? demande Melissa en tendant le cou vers lui.

Peu importe, songe-t-il. Il serre un peu plus fort la main de sa femme. Mieux : il va serrer plus fort Melissa.

D'un geste taquin, Charlie attire sa femme dans ses bras, plonge ses yeux dans les siens avant d'embrasser ses douces lèvres. Elle lui rend son baiser, et la même idée semble les frapper au même instant.

Quel décor fabuleux pour faire l'amour !

Lentement, ils s'étendent tous les deux dans l'herbe, sans jamais relâcher leur étreinte. Débordant d'amour. Débordant de passion.

Tellement submergés par ce moment qu'ils ne remarquent pas l'homme debout derrière eux.

83

Montrez-vous, montrez-vous… je finirai bien par vous trouver…

Faruth Passan a toutes les informations nécessaires sur les jeunes Charlie et Melissa Cosmer, y compris une photo d'eux. Elle vient tout droit de la section «Mariages» du *New York Times*, une photo non posée montrant le couple, tout sourire, sur la piste de danse de la salle de réception du St. Regis Hotel.

Au-dessus d'eux, le titre de la rubrique : DEVANT TÉMOINS.

Je sais que vous êtes là, Charlie et Melissa. Allons, allons, sortez de votre cachette !

Faruth suit le sentier emprunté par le groupe de touristes que les deux amoureux ont semé. À chaque pas, il balaie le paysage d'un regard circulaire, comme une aiguille sur le cadran d'une montre. Il scrute chaque centimètre carré de terrain autour de lui.

Le parc national de Haleakala ressemble par endroits à une jungle. Arbres, voûtes de branches, profusion incroyable de feuilles d'un vert éclatant – la densité de végétation donne presque le vertige.

Et quel vacarme !

Les pépiements, cris stridents et appels incessants de plus de quarante espèces d'oiseaux ne sont rien comparés au véritable mur sonore édifié par les multiples cascades qui émaillent le trajet.

Faruth approche de l'une des plus imposantes, Makahiku. Il sait très bien qu'il n'existe pas de piste secondaire menant au sommet, mais ça ne veut pas dire qu'un couple aventureux ne peut pas explorer un autre passage.

Il marche entre les banyans, prêt à renoncer et à faire demi-tour. Il est tout près des chutes d'eau, et il ne voit rien d'autre.

Une seconde. Attends…

Parmi les hautes herbes au bord de l'à-pic, quelque chose a bougé. Faruth avance un peu et découvre de quoi il s'agit. Ou plutôt de qui.

Sacrée surprise.

Il sourit. Comment pourrait-il ne pas sourire ? Ces deux-là ne s'imaginent pas une seconde que quelqu'un veut les tuer.

Oh, allez…

Le sourire s'évanouit. Faruth respire profondément, les mains sur la taille. Ses doigts ne sont qu'à quelques centimètres du couteau fixé à sa ceinture.

Le moment est venu d'annoncer la nouvelle à Charlie et Melissa.

La lune de miel est terminée.

84

— Vous n'allez pas me croire, commence Sarah en raccrochant le téléphone dans notre centre opérationnel improvisé, en l'occurrence une salle de conférences inutilisée du *New York Times*.

Son expression reste indéchiffrable.

— On les a retrouvés ?

Elle rit.

— Oui, on les a retrouvés, et comment… Un des gardiens a eu cet honneur. Apparemment, les deux ont zappé la visite de groupe que leur hôtel leur avait préparée.

— Alors, ils étaient où ?

Elle m'explique. Et ce qu'ils faisaient au moment où le gardien les a trouvés.

— Vous imaginez un peu ?

Je souris.

— Je vais faire de mon mieux.

Ma remarque me vaut cette moue mi-amusée, mi-désapprobatrice que les femmes perfectionnent sans cesse depuis l'âge de pierre.

— Si c'est plus facile pour vous, je baisse les lumières ? ironise Sarah.

— Peut-être.

— Et si je mets du Barry White?

— Ah, là d'accord! Je crois que je vois la scène…

On ne peut pas nous en vouloir de plaisanter un peu. Et, comme disait mon père en brandissant sa cannette de Ballantine Ale : «Celui qui ose, pète-lui la gueule!»

Après d'innombrables coups de fil et manœuvres en tout genre auprès de la police locale, nous avons réussi à prendre des nouvelles de tous les autres couples du *New York Times* restants : ils sont sains et saufs. Bizarrement, le tueur a décidé de les épargner. Pourquoi donc?

Quant à Charlie et Melissa Cosmer, ils sont en train de faire leurs bagages au Ritz-Carlton de Kapalua, à Maui, et vont rentrer chez eux sous escorte du FBI grâce au bureau de Honolulu. Inutile de préciser qu'ils ne sont pas enchantés, mais mieux vaut écourter leur lune de miel que leur existence.

Sarah sort son portable.

— Je dois rappeler Dan. Il veut savoir où on en est.

Lors de son précédent coup de fil à Driesen, quelques heures plus tôt, Sarah lui a expliqué que le tueur d'O'Hara n'était pas, selon sa propre expression, «le seul enfoiré à choper». Il a de la compagnie. Nous lui avons trouvé un surnom : le Tueur de la lune de miel.

Malheureusement, trouver ce surnom est bien la seule chose facile. Pour le reste – ses mobiles, pourquoi les couples du *New York Times* et pas les autres, comment est-il au courant de leur lune de miel –, c'est une autre paire de manches.

Essayer de relier les victimes les unes aux autres n'est pas sans rappeler une partie de Rubik's Cube. On cherche des correspondances entre les noms, les écoles, les professions, les milieux socio-économiques – tout et n'importe quoi, de la couleur des cheveux aux circonstances de la rencontre. Mais toutes nos recherches aboutissent au même résultat : néant.

— Eh ! Avant que vous appeliez Driesen, on a un coup de fil urgent à passer !

— À qui ?

Si je meurs d'envie de prendre une douche, autre chose me fait encore plus envie : manger.

— Eh bien, disons le traiteur chinois le plus proche ? Je meurs de faim. Tout juste si je ne tourne pas de l'œil…

Sarah acquiesce.

— Oui, vous avez raison ! Moi aussi.

Depuis que nous sommes arrivés au siège du *New York Times*, nous avons travaillé non-stop sans avaler ne serait-ce qu'un Tic-Tac.

Je compose le numéro du poste d'Emily LaSalle et lui demande où je peux commander. Depuis notre entrevue, elle s'est retranchée dans son bureau et écume les sites *people* du monde entier pour voir si quelqu'un a fait le rapprochement entre sa rubrique « Devant témoins » et les meurtres de la lune de miel. Ce n'est qu'une question de temps…

— Il y a Ming Chow, juste au coin, et ils livrent. Je vous conseille le poulet Gong Bao.

— Super. Vous avez leur numéro ?

— En fait, vous pouvez commander directement sur leur…

Sa voix se brouille. Je me demande si la communication a été coupée.

— Vous êtes toujours là ?

— Une seconde s'il vous plaît, me répond-elle.

La seconde en dure plutôt dix – en tout cas, le temps qu'il faut à la rédactrice pour se précipiter dans notre salle de réunion sur ses talons vertigineux. Elle est tout essoufflée quand elle pousse la porte.

— Vous vous rappelez quand je vous ai dit que je vous avais donné toutes nos informations sur les couples de la rubrique ?

Sarah et moi répliquons d'une même voix :

— Ouais.

— Eh bien, je viens de penser à autre chose …

85

C'est bien ça. Le lien. Littéralement.

— Les sites internet ! s'exclame LaSalle en tirant nerveusement sur son sautoir. De nos jours, les couples font souvent leur propre site de mariage. Certains couples, en tout cas…

Elle n'a pas terminé sa phrase que Sarah se rue sur son BlackBerry pour le marteler à nouveau de coups de pouce.

— Je m'occupe des victimes ! lance-t-elle.

Je m'empare du MacBook prêté par LaSalle. La division du travail dans toute sa splendeur.

— Je m'occupe des autres !

Autrement dit : les jeunes mariés épargnés.

Je tape sur Google le nom du premier couple sur notre liste : Pamela et Michael Eaton. L'article sur eux a été publié dans la semaine qui a suivi celui sur les Keller. Outre leur nom, j'ajoute quelques termes habituels sur ce genre de site : liste de mariage et réception. Ça devrait suffire.

Pourtant, ma recherche ne donne rien de très probant. Sarah, elle, pousse un cri triomphal.

— Bingo !

— Quel couple ?

— Les Pierce. Ceux de l'aéroport. D'après les crédits en haut de l'écran, le site a été créé par le témoin de Scott Pierce.

Elle déroule la page sur son téléphone, ses yeux déchiffrent l'écran à toute vitesse.

— Oh, écoutez ! Il y a même une page intitulée « La Lune de Miel ».

— Bon Dieu… la destination est indiquée ?

— Pire. Je vous lis : « Nos amoureux s'envoleront le lendemain de JFK pour atterrir à Rome. Leur crédit de miles chez Delta Air Lines va enfin servir à quelque chose ! »

— Autant se coller directement une cible dans le dos…

Soudain, je me souviens de ma conversation avec John Jr dans sa chambre, la veille de son départ pour le camp de vacances. Je l'avais mis en garde : « Dès que tu écris quelque chose sur le Web, n'importe qui dans le monde peut le lire. »

Illustration parfaite, non ?

Nous continuons de chercher d'autres sites, et notre théorie se confirme rapidement : toutes les victimes avaient leur page personnelle. Les couples qui n'en avaient pas sont encore en vie.

À une exception près, mais elle corrobore notre hypothèse : un des couples épargnés a son propre site de mariage mais, contrairement aux victimes, il ne divulgue aucun détail sur leur lune de miel.

— Eh bien, voilà ! dis-je. Nous savons exactement comment le tueur cible ses proies.

Sarah prend une profonde respiration puis soupire.

— D'accord, mais qu'est-ce qu'on fait, maintenant ?

— Moi je sais, déclare LaSalle.

J'avais presque oublié qu'elle et ses perles étaient dans la pièce.

— Quoi ?

— Je suspends tout de suite la rubrique « Devant témoins ».

Évidemment. Question de bon sens. C'est la chose à faire, personne n'en discutera.

Enfin… sauf moi.

Je me lève, marche vers Sarah et pose prestement un genou à terre. Elle me regarde comme si j'étais devenu fou. Idem pour LaSalle.

— Qu'est-ce que vous fabriquez ? s'étonne Sarah.

— Je fais ma demande. Sarah Brubaker, voulez-vous m'épouser ?

86

— Debout, espèce de cinglé !

Je prends ça pour un « oui ».

À cause de la façon dont Sarah m'a répondu. Avec cette inflexion dans la voix qui veut dire : « Putain, O'Hara, c'est tellement dingue que ça peut marcher ! » On s'est compris, je le sens tout de suite.

Et je vois déjà notre photo surmontée du titre « Devant témoins ».

Cette idée est à la fois dangereuse, casse-gueule, bien placée pour décrocher la palme des Primes de risques. Mais c'est également notre meilleure chance de stopper cette folie. J'en suis convaincu. Et Sarah aussi.

Pauvre Emily LaSalle. Elle ne sait pas sur quel pied danser.

— Pardonnez-moi mais… qu'est-ce qu'il vient de se passer, au juste ? s'enquiert-elle, une main sur la hanche.

— Vous êtes devant votre prochain couple vedette !

Elle met quelques secondes à voir où je veux en venir, puis elle comprend. Quelques secondes plus tard, l'expression de son visage passe de « Oh ! » à

« Eh, attendez ! ». Les rides se multiplient, et l'inquiétude décuple.

— Je ne sais pas si le *Times* peut se permettre ce genre de chose… Je veux dire, la décision dépend de…

— Votre directeur de publication, naturellement, dis-je. Croyez-moi, je saisis parfaitement toutes les ramifications.

Que ce soit durant la crise des missiles cubains sous Kennedy, lorsque le président Bush a autorisé la NSA à élargir à l'ensemble de la population les écoutes téléphoniques ou quand l'administration Obama a capturé le mollah Abdul Ghani Baradar, chef militaire des talibans, le *New York Times* a maintes fois été invité à repousser voire « oublier » un article dans l'intérêt de la sécurité nationale.

Dans le cas présent, c'est un peu différent. Certes, des vies humaines sont en danger, mais cette requête signifie que le journal publierait un article en sachant dès le départ qu'il est entièrement faux. Sans tenir compte des conservateurs les plus acharnés qui ont déjà un nom pour ce phénomène – ils l'appellent : « éditorial du *New York Times* » –, il est aisé de comprendre qu'une institution journalistique aussi vénérable puisse avoir quelque réticence à franchir cette ligne jaune.

— Écoutez, ne mettons pas la charrue avant les bœufs, suggère Sarah. Si ça ne vous dérange pas, avant d'obtenir l'accord du journal, nous avons besoin d'un autre accord. Celui du père de la mariée.

Je sais qu'elle ne parle pas de son véritable père, Conrad Brubaker, qu'elle m'a décrit comme un professeur d'histoire de l'art à la retraite qu'on a toutes les chances de trouver avec un fer 7 sur le trou n° 9 d'un des parcours de La Quinta, en Californie. Elle parle de Dan Driesen, qui, je n'en doute pas, éprouvera une certaine aversion à l'idée qu'un de ses agents joue le rôle d'appât humain.

— Je peux demander à Walsh de l'appeler ?

Je secoue la tête et me ravise aussitôt :

— Non, réflexion faite, ce n'est pas la meilleure idée…

Sarah lève les yeux au ciel.

— Ben voyons. Il vous donnera sa bénédiction, j'en suis sûre !

Elle a raison. J'ai un petit détail à régler avec mon chef. Ma suspension. Avec l'affaire du tueur d'O'Hara en prime, je l'entends déjà hurler : « Seigneur ! Ça ne te suffit pas d'avoir un tueur en série aux fesses, maintenant tu en veux un autre ? Ce n'est pas un psy qu'il te faut, O'Hara, c'est une camisole ! »

— Ouais, on laisse tomber Walsh, on n'a pas besoin de ses bâtons dans nos roues. À vous de jouer avec Driesen !

Sarah se tourne vers LaSalle.

— Quand est-ce que la rubrique « Mariages » du dimanche est accessible sur votre site ?

— Le samedi à partir de 17 heures.

Ça nous laisse moins de trois jours. Je regarde ma montre : soixante-huit heures exactement.

— Incroyable, commente Sarah. Qui aurait cru que préparer un faux mariage serait plus compliqué qu'un vrai ?

— Au moins, on a un rendez-vous agréable en perspective, dis-je en gardant un air impassible.

— Lequel ?

— La lune de miel, bien sûr.

87

— Je ne sais pas pourquoi mais je m'étais toujours imaginé Paris. Vous savez ? Une chambre d'hôtel sur la Rive gauche avec vue sur la tour Eiffel.

Sarah regarde notre minuscule cabane avec son lambris rustique de pin noueux et laisse échapper un bref gloussement.

— Ce n'est pas Paris.

Non, en effet. Même de loin.

Mais pour Cindy et Zach Welker, un couple de défenseurs de la nature qui se sont rencontrés – comme l'a écrit la journaliste de « Devant témoins » – au carrefour de pistes de randonnée à Telluride, c'est l'endroit idéal : deux semaines dans une résidence de chalets Lewis Mountain au cœur du parc national de Shenandoah. Le bonheur dans un décor sublime et reculé.

« Qui sait ? a écrit Zach, autrement dit moi, sur le site de notre mariage. Peut-être même qu'on sortira une ou deux fois de notre cabane pour aller vraiment randonner. »

Bien sûr, la résidence de vacances Lewis Mountain et ses chalets ne sont pas du tout reculés si on sait ce qu'on cherche – ou qui on cherche. Pour quinze dollars à l'entrée du parc, n'importe quelle voiture peut y accéder.

Et même : n'importe quel tueur en série.

En tout cas, c'est ce que nous espérons – Sarah, moi et les quatre agents du bureau régional de Washington, D.C., planqués dans les buissons, qui font les trois huit avec d'autres collègues.

C'est à cette seule condition que Dan Driesen a fini par accepter notre plan. Il n'est pas encore complètement convaincu, mais me savoir entouré d'autres agents présente à ses yeux un avantage non négligeable. Le Tueur de la lune de miel ne saura pas d'où vient le coup et le tueur d'O'Hara ne saura pas où me chercher.

Bref : mon idée n'est pas aussi dingue qu'il l'a d'abord cru.

Même chose pour Frank Walsh, qui a accepté de prendre tous les raccourcis possibles et de sacrifier la paperasse pour, en gros, suspendre ma suspension. J'ai pu récupérer mon insigne et mon arme. « Jusqu'à nouvel ordre », a-t-il précisé.

Driesen et Walsh ont ensuite uni leur force pour convaincre le *New York Times* de coopérer en produisant un article factice, et nous voilà, Sarah et moi, dans le rôle de deux jeunes mariés baba cool qui étreignent les arbres et se trouvent être armés jusqu'aux dents. Je nous surnomme Birkenstock et Glock.

Une question demeure : ce plan va-t-il marcher ?

Parfaitement consciente de l'ironie de la situation, Sarah la résume ainsi :

— Après tout le mal qu'on s'est donné et tout le temps qu'on y a passé, je serais extrêmement déçue que personne n'essaie de nous tuer.

88

— Une lune de miel à Paris, hein ? Oui, ça sonne bien.

Je me ressers du café qui chauffe sur le poêle. Nous venons de finir de dîner et allons nous asseoir dans le petit espace séjour à côté de la chambre. Notre chalet a beau être modeste, il est tout de même équipé d'un système de plomberie intérieur, d'une petite cuisine et de l'électricité.

Les moustiques sont offerts par la maison.

— Et vous ? demande Sarah en tirant sur l'ourlet de son sweat-shirt aux armes de l'université du Colorado, l'*alma mater* de Cindy Welker. Où avez-vous envie de partir pour votre…

Sa voix s'éteint en même temps que son visage s'empourpre, gêné. Elle a oublié. J'ai déjà été marié. J'ai déjà eu ma lune de miel.

— Ce n'est pas grave, dis-je.

— Je suis désolée.

— Ça va, vraiment. Et, pour vous répondre : nous sommes allés à Rome.

— C'était génial ?

— Absolument génial, oui. Jusqu'au moment où je me suis cassé le bras.

— Vous vous êtes cassé le bras pendant votre lune de miel ?

— Oui. Je me suis cassé la figure sur les marches de la Piazza di Spagna en mangeant une double boule de glace au chocolat.

Elle rit aux éclats. Pour une femme aussi attirante, elle a une espèce de rire niais, spontané. Ça me plaît.

— Je sais… Quel maladroit je fais, pas vrai ?

Je ris à mon tour.

— Cette glace était vachement bonne, quand même…

Je m'aperçois que, jusqu'à présent, Sarah et moi n'avons presque pas évoqué nos vies en dehors du travail. C'est une sensation très agréable. Ça semble naturel. Et j'ai l'impression qu'elle le ressent aussi.

— Parlez-moi de vos deux garçons, maintenant…

— Ah ! Mon sujet préféré.

Je lui parle de Max et John Jr en m'efforçant de limiter au minimum ma fierté paternelle. Difficile malgré tout de ne pas m'enthousiasmer, surtout qu'ils me manquent de plus en plus. Quand j'ai enfin terminé de raconter leurs exploits, Sarah me regarde et me sourit. Tout simplement.

— Quoi ? Qu'est-ce qui se cache derrière ce regard ?

— Je me disais juste qu'ils ont de la chance de vous avoir comme père. Ils sont tout pour vous, n'est-ce pas ?

— Oui. Mais en fait, c'est l'inverse : c'est moi qui ai de la chance. À vous maintenant ! Est-ce que vous et votre fiancé projetez d'avoir des enfants ?

Elle me décoche un coup d'œil de biais.

— Bien essayé, O'Hara. Vous voulez juste savoir si je vois quelqu'un.

— Bah, c'est notre lune de miel, après tout. J'ai bien le droit de savoir.

— Dans ce cas, la réponse est non. Je ne vous trompe pas avec un autre homme en ce moment.

J'ouvre la bouche pour parler mais elle m'arrête en levant la main.

— Par pitié, épargnez-moi les « comme c'est surprenant ». Le fait que je n'ai pas de petit ami, je veux dire.

— En fait, j'allais juste vous dire que je comprenais. Ça doit être dur pour vous.

Elle m'interroge du regard, perplexe.

— Comment ça ?

— Vous êtes une femme et un agent du FBI. Vous êtes rompue aux techniques de combat au corps à corps et vous êtes armée. La plupart des gars doivent trouver ça intimidant.

Son expression change. Elle me dévisage à présent comme si je venais de verbaliser ses pensées les plus secrètes.

— Comment le savez-vous ?

— J'imagine, c'est tout. Mais ne vous emballez pas : je dors encore dans le canapé cette nuit.

Elle se remet à rire. Je l'imite.

Et soudain, nous nous arrêtons de rire.

Le chalet est plongé dans le noir. Toutes les lumières qui nous entourent sont éteintes – même celle sur le porche.

L'électricité est coupée.

89

Je ne sais pas ce que j'entends en premier, la vitre qui explose ou les coups de feu. Mais je suis sûr et certain d'avoir senti une balle frôler mon épaule.

Je hurle :

— À terre ! À terre, Sarah !

Mes yeux ont tout juste le temps de s'accoutumer à la pénombre pour voir l'ombre de Sarah s'abattre sur le plancher à côté de moi tandis que d'autres balles – une, deux, trois – traversent la fenêtre. Des éclats de verre tombent tout autour de nous. Comment un truc pareil est-il possible ?

Je tends la main vers mon Glock et j'entends Sarah faire de même. Les tirs cessent. Déjà terminé ? Ou c'est juste l'entracte ?

Je chuchote :

— Ça va, Sarah ?

— Ouais. Vous ?

— Aussi. Une éraflure mais c'est tout.

— Vous êtes sûr ?

Je presse de la main mon épaule. Il y a saigner et saigner. Par chance, c'est le premier cas de figure.

— Ça va. Fenêtre ou porte, vous couvrez quoi ?

— La porte.

Je lève les bras vers la fenêtre, coudes verrouillés. La seule autre fenêtre, toute petite, est située dans la chambre, mais nous ne sommes pas dans l'axe.

— Quelle arme ? Un M16 ?

C'est ma première impression, à cause de la rafale de trois coups et de la détonation légèrement aiguë.

— Ou bien une carabine M4, suggère Sarah. Difficile à dire à cette distance.

— Au moins quarante mètres.

— Plus, je dirais.

— Et il coupe la lumière avant ?

Nous avons la même idée au même moment :

— Lunettes !

Le tireur est sûrement équipé de lunettes de vision nocturne.

— Merde, où est la lampe de poche ?

Il y en a deux dans le chalet. Où sont-elles ?

— Plus important : où sont tous les autres ? complète Sarah. Elle a raison. Où sont les renforts, nos quatre agents en planque dans le périmètre ? Même si le tireur a pris de l'avance sur eux, ils devraient l'avoir localisé maintenant.

Sauf s'il les a éliminés.

Non. Impossible. Pas tous les quatre.

Au même instant, la radio que je porte à la ceinture se met à grésiller.

« Des dégâts ? » demande une voix étouffée.

J'attrape la radio et réponds en chuchotant :

— Ça va pour le moment. Il doit porter…

— Ouais, des lunettes de vision nocturne, répond l'agent. Nous aussi. On le prend en tenaille, deux de chaque côté.

Je ne me rappelle plus qui est de garde autour du chalet. Mais le type a l'air d'avoir l'habitude.

— C'est qui, déjà ?

— Carver, affirme Sarah. L'agent Carver.

Autant dire la cavalerie.

90

La seule chose plus terrifiante que le bruit, quand tout explose autour de vous, c'est le sentiment d'impuissance.

Tout se passe très vite. Le faisceau de lumière aveuglante dehors, suivi d'un échange nourri de tirs dont l'écho se répercute à travers les bois.

Quatre contre un. Pas la peine d'être le roi des bookmakers pour apprécier la cote. Mais ce qui suit – un silence de pierre tombale, la sensation d'angoisse qui vous submerge – ne me plaît pas. Pas du tout.

Sarah et moi sommes bloqués. La radio de l'agent Carver est éteinte. Toutes les radios sont éteintes.

Je rampe parmi les éclats de verre et me relève le long du mur près de la fenêtre.

— Qu'est-ce que vous faites ? murmure Sarah.

Traduction : ne faites rien.

Mais je dois regarder dehors. Essayer de voir ce qui se passe. Un rapide coup d'œil, rien de plus.

Pas assez rapide.

Ma tête sort à peine du chambranle de la fenêtre que – pop, pop, pop ! – je manque me prendre une balle entre les yeux. Au bruit des coups de feu, j'ai le réflexe de reculer, et une pluie de verre s'abat sur le plancher.

— Merde !

Je comprends tout de suite ce qu'elle pense. Je pense la même chose. J'ai de la chance d'être encore en vie.

Je reprends la radio, presse le bouton d'émission avec mon pouce.

— Carver ! Carver, répondez !

Silence.

J'essaie à nouveau, pour le même résultat. Je passe en revue les fréquences, celles des autres agents. Quatre contre un, bordel de merde !

Silence de mort.

Je sens la sueur couler sur mon front, mon cœur frapper ma cage thoracique. Putain, mais qu'est-ce qui se passe dehors ?

Alors, nous l'entendons. La friture dans ma radio, suivie de la voix de Carver. Hachée. Il semble avoir du mal à presser le bouton. Et encore plus à parler.

— Trois hommes… à terre. À l'aide…

Puis plus rien. Seul le bruit horrible de sa respiration douloureuse. Atroce. C'est atroce. Et le pire reste à venir.

Pop, pop, pop !

Une rafale de trois coups dans le haut-parleur. Le bruit fracassant laisse peu de doute : ils sont tirés à bout portant. Quelques mètres. Peut-être moins.

Et brusquement, plus de respiration. Plus de Carver. Juste ce sentiment de terreur qui monte en moi, amplifié un million de fois. Je m'y noie.

Je me tourne vers Sarah.

— Il faut qu'on se tire d'ici !

Trop tard. Dans le silence, un bruit. Des pas de plus en plus proches.

Nous sommes pris au piège dans le piège que nous avons nous-mêmes tendu au Tueur de la lune de miel.

Il arrive.

91

Je distingue à peine Sarah dans le chalet, mais je l'entends grimper sur le canapé. Pour se poster derrière ?

Non.

— Je l'ai ! dit-elle en frappant quelque chose du plat de la main.

La lampe torche.

Pas le temps de discuter stratégie. Je pars du principe qu'on pense la même chose. Si elle voit qu'il porte des lunettes de vision nocturne, elle l'éblouit. Sinon, elle laisse la lampe éteinte et c'est du 50/50 : personne ne voit rien.

Je n'entends plus que ses pas qui se rapprochent. La porte du chalet est à ma droite, la fenêtre – ce qu'il en reste – à ma gauche. Je me plaque contre le lambris en pin de toutes mes forces, presque aussi fort que je me cramponne à mon arme.

Respire, O'Hara, respire.

Une fraction de seconde – c'est tout ce que nous aurons. Pas plus. Je me sens comme un défenseur de première ligne qui, accroupi, anticipe le décompte du quarterback. Avec le bon timing, on gagne.

Mais si le timing est mauvais…

Je continue d'écouter le bruit de pas, de plus en plus fort. Puis une chose étrange se passe. Tellement étrange qu'elle me prend au dépourvu. Elle me paralyse.

Les pas cessent de se rapprocher. Ils sont plus sourds. Non. Ce n'est pas le bon mot.

Ils disparaissent.

Il ne court pas vers nous : il passe à côté de nous. Il s'enfuit.

D'un même mouvement, Sarah et moi bondissons hors de la cabane, éclairés par la lampe torche. On ne le voit pas, il a pris trop d'avance, mais on sait où il se dirige.

À une centaine de mètres en contrebas d'un chemin de terre, une petite clairière donne sur une route. C'est là qu'est garée notre jeep. Il y a même des papiers au nom de Zach Welker dans la boîte à gants. On était sûrs d'avoir tout prévu…

— Merde !

Je hurle tandis que résonne dans la nuit le moteur au bout du chemin. Il est déjà monté dans sa voiture. Le fils de pute s'est sans doute garé juste à côté de la nôtre.

— Vous avez les clés, hein ? me demande Sarah en accélérant la foulée.

Elle me met déjà une longueur dans la vue et sa respiration est régulière. Manifestement, elle est habituée aux tapis de course.

— Ouais !

Je vérifie qu'elles sont bien dans ma poche. Je souffle et crachote. Ma poitrine est en feu.

Mentalement, je suis déjà au volant, en pleine poursuite. Le traquenard est parfait : une route sinueuse et étroite bordée d'arbres infranchissables, de nuit. Je couperai mes phares, suivrai ses feux arrière et, s'il m'imite, ses feux de stop me guideront. Jusqu'à ce qu'il rencontre le large tronc d'un pin.

Voyons si tu conduis aussi bien que tu tires, fils de pute !

Nous arrivons au petit parking. Notre jeep nous attend. Je sors le bipeur pour ouvrir les portières quand, même dans l'obscurité, je remarque un détail.

Sarah aussi.

La jeep est trop basse.

Sarah braque le faisceau de la lampe sur les roues avant. Puis les roues arrière. Quatre pneus à plat.

De rage, je donne un violent coup de pied dans la portière. Sarah lève les yeux vers le ciel nocturne et pousse un cri.

— Putain, ça recommence !

92

Très vite, l'accord entre Dan Driesen, le Bureau et le *New York Times* est rompu. Désintégré, pour être exact.

Le journal acceptait de taire l'affaire du Tueur de la lune de miel pour nous permettre de lui tendre un piège. En échange, il décrochait l'exclusivité du récit de sa capture. Ce qui devait être sa capture.

Hélas, dans la vie, tout ne se déroule pas toujours comme prévu.

L'article s'étale à la une – dans la colonne de droite, tout en haut. Immanquable.

— Arrêtez, O'Hara. Ça ne sert à rien de vous accabler, m'assure Driesen.

Je suis avec Sarah dans son bureau, à Quantico. Les drapeaux sont en berne. Le moral encore plus bas.

— Ce n'est pas de votre faute.

Sarah m'a répété la même chose – une bonne dizaine de fois. Je lui ai répondu ce que je réponds à Driesen :

— C'était mon idée. Comment ça pourrait ne pas être de ma faute ?

Les seuls noms mentionnés dans l'article sont les noms des victimes. Dix en tout : trois couples et quatre agents du FBI. L'agent Carver était marié, père de deux garçons. L'aîné a treize ans, comme John Jr.

Au Shenandoah Memorial Hospital, quand on me posait des points de suture à l'épaule, je repensais aux dernières paroles de Carver. À l'aide. Si seulement j'avais pu l'aider… Je sais qu'elles vont me hanter jusqu'à la fin de mes jours.

Driesen se cale dans sa chaise, croise les bras. Menton baissé vers sa poitrine, il cligne lentement des yeux. Je sais exactement ce qu'il pense quand il me regarde. Qu'est-ce que je vais bien pouvoir foutre de ce type ?

Nous nous sommes vus seulement une fois, il y a quelques jours, mais il a lu mon dossier. On l'a briefé sur moi. John O'Hara, un agent du FBI tellement obsédé par l'idée de venger la mort de sa femme que le Bureau l'a suspendu – avant de devenir la cible d'un tueur en série tout droit sorti d'une vieille affaire qui avait failli lui valoir une radiation à vie pour avoir couché avec la suspecte.

Mais attendez ! Ce n'est que la partie émergée de l'iceberg. Il y a mieux…

Pendant ma suspension, j'ai été engagé en freelance pour résoudre le meurtre du fils et de la belle-fille de Warner Breslow, qui implique un autre tueur en série auteur du meurtre de quatre agents lors d'une opération de mon cru qui a mal – terriblement, horriblement, ridiculement – mal tourné

Putain… Si ce n'était pas à moi que tout ce merdier arrive, je n'y croirais pas.

Le pire, et je suis sûr que Driesen en est parfaitement conscient, c'est qu'à présent, outre ma pulsion vengeresse, je suis dévoré par la culpabilité. Un enchaînement crochet-uppercut dont peu d'hommes sont capables de se relever.

Suis-je un de ces hommes ? Au tapis ? Perdu ?

C'est certainement ce que Driesen voudrait savoir.

— Dites-moi quelque chose, John…

Avant qu'il puisse continuer, le téléphone sur son bureau se met à sonner. Sa secrétaire est désolée de le déranger mais elle vient de recevoir un appel et elle pense qu'il devrait le prendre tout de suite.

— C'est qui ?

— L'inspecteur Brian Harris, du NYPD.

Driesen plisse les yeux. De toute évidence, le nom ne lui dit rien. Il prend l'appel.

— Dan Driesen…

Je l'observe pendant qu'il écoute son interlocuteur. Quel qu'il soit, il est rapidement clair que, oui, il fallait parler sans tarder à cet inspecteur Harris. Driesen tend si vite la main pour attraper un stylo qu'il manque renverser son gobelet de café.

Je ne vois pas ce qu'il prend en note mais, à le voir lever les yeux et hocher la tête avec un petit sourire, je suis certain d'une chose.

Il ne se demande plus ce qu'il va bien pouvoir foutre d'un type comme moi.

93

Sarah et moi sautons dans la première navette Delta Air Lines pour New York, puis dans un taxi qui nous emmène de LaGuardia au commissariat du 9e District, dans le Lower East Side. Nous montons quatre à quatre les marches jusqu'au premier étage où nous attend l'inspecteur Harris. Je suis encore à lui serrer la main quand je lui demande :

— Où est-elle ?

— Au bout du couloir.

— Elle n'en a pas marre d'attendre ? interroge Sarah.

— Si, mais ce n'est pas comme si on lui laissait le choix. Une fois qu'elle m'a raconté son histoire…

Il n'a pas besoin de terminer sa phrase : je comprends. C'est inévitable. Quand un témoin franchit la porte de votre bureau pour vous apporter sur un plateau un élément crucial dans une enquête, vous refermez la porte derrière lui. De peur qu'il ne change d'avis.

Nous suivons Harris, un homme trapu à la démarche nonchalante, le long du couloir jusqu'à une petite salle de détente meublée de deux sofas avachis, d'un distributeur automatique à moitié vide et de vieux numéros de *People.* Très vieux. L'un d'eux annonce en couverture la première saison de la série *Lost*...

Assise sur un canapé, Martha Cole paraît par contraste encore plus jeune que ses vingt-deux ans. Cheveux châtain clair, silhouette élancée, le nez parsemé de taches de rousseur. Elle devra sans doute attendre encore un peu pour commander une bière sans qu'on lui demande ses papiers.

Reste qu'en cet instant une bière lui ferait certainement le plus grand bien. Voire deux. Une fois les présentations faites par Harris, je m'approche pour lui serrer la main et je constate qu'elle tremble. La main et tout le reste.

Sarah s'assied à côté d'elle.

— Ça va bien se passer, Martha, dit-elle d'une voix apaisante. Je sais combien ça doit être difficile pour vous, alors on va essayer de vous faciliter la tâche. On veut juste vous poser quelques questions.

En réalité, tout ce que nous savons pour le moment, c'est ce que l'inspecteur a raconté à Driesen au téléphone. Une jeune femme est entrée au commissariat en tenant à la main un exemplaire froissé du *New York Times.* Elle a demandé à parler à un inspecteur, n'importe quel inspecteur. Et elle a expliqué qu'elle pensait pouvoir identifier le Tueur de la lune de miel.

Son nom est Robert Macintyre, c'est un ancien sergent-chef de l'US Army. Elle l'appelait Robbie.

— C'était mon fiancé.

94

Martha Cole inspire profondément, expire lentement. Elle se calme. Je mets ça sur le compte de Sarah, et lui adresse un bref hochement de tête. Continuez. Elle est à vous.

Je m'assieds sur l'autre canapé, à côté de l'inspecteur Harris, et croise les jambes. Puis les doigts. Il serait temps que la chance nous sourie.

Comme promis, Sarah va au plus simple.

— Martha, quand avez-vous vu ou parlé à Robert pour la dernière fois ?

— Ça remonte à un mois environ.

— Et quand avez-vous rompu vos fiançailles ?

Martha hésite. Ses yeux s'emplissent de larmes à mesure que les émotions refont surface. Elle lutte pour les retenir.

— On n'a pas pris cette décision d'un commun accord. C'est moi qui ai rompu.

Harris sort de sa poche un mouchoir en tissu plié et le tend à Martha. Sympa de voir des gars utiliser encore ce genre d'accessoire. Très *old school.*

— Merci, dit la jeune femme en s'essuyant les yeux.

Dévastée, à vif, peut-être, mais je ne peux m'empêcher de remarquer sa détermination. Elle poursuit :

— Quand Robbie est revenu de la guerre – en Afghanistan –, il s'est complètement replié sur lui-même. Les combats lui manquaient, les décharges d'adrénaline en permanence…

Sarah acquiesce.

— Laissez-moi deviner… Vous ne faisiez pas le poids, c'est ça ?

— Exactement. Tout l'ennuyait, y compris moi. Je me suis dit que je lui rendais service.

— Vous voulez dire, en rompant ?

Elle ne peut plus retenir ses larmes. Sa culpabilité est trop forte. Sa colère, plus encore.

— Connerie de guerre !

Elle a presque crié.

— Ce n'est pas la faute de Robbie, vous comprenez ? Ce n'était plus le même homme. Le type qui est revenu n'était pas celui dont je suis tombée amoureuse.

Sarah pose la main sur l'épaule de Martha, la caresse doucement.

— Nous comprenons. Vraiment.

— Mais pas Robbie ! J'ai essayé de lui expliquer, mais on aurait dit qu'il n'écoutait pas.

— Ça remonte à quand ?

— La fin de l'année dernière. Juste après Thanksgiving. On devait se marier la veille de Noël. Quand je lui ai annoncé la nouvelle, il est devenu complètement fou.

— Il vous a frappée ?

— Non. Mais j'étais terrifiée.

Elle marque un temps. Sa voix s'effondre.

— Il possède des armes.

— De quel genre ? Vous le savez ? Armes de poing, fusils ?

— Les deux. Son arme préférée, c'était celle qu'il avait à l'armée. J'ai oublié son nom. Un fusil semi-automatique…

Sarah et moi échangeons un regard. Bingo.

— Vous savez quelles missions Robert a accomplies en Afghanistan ? Il vous en a parlé ?

Martha réfléchit un instant en s'essuyant de nouveau les yeux.

— Une fois, oui… Il avait bu et… eh bien, je ne sais pas comment le sujet a atterri sur la table mais il a commencé à me raconter des choses…

— Quelles choses ?

— On aurait dit qu'il se vantait. Il a été recruté dans un groupe, une sorte d'unité experte dans le maniement d'armes spéciales. Il l'appelait l'unité James Bond parce qu'ils utilisaient plein de nouveaux gadgets, ce genre de trucs. Des poisons aussi.

— Des poisons ?

Double bingo.

— Ouais. Il m'a même dit en plaisantant que j'avais intérêt à faire attention car il connaissait plein de façons de me tuer avec des produits chimiques. Je n'ai pas trouvé ça très drôle.

Nouvel échange de regards entre Sarah et moi. Robert Macintyre a l'arme du crime, c'est l'évidence. Pour le mobile, ce n'est pas encore clair à cent pour cent.

Le type se fait larguer quelques semaines avant son mariage, alors il décide de tuer des jeunes mariés. Ça se tient. Enfin… ça se tient pour un cinglé. S'il souffre effectivement d'un syndrome de stress post-traumatique, la déception, l'amertume et la rupture peuvent l'avoir fait péter un câble. Violemment.

Mais pourquoi cibler uniquement les couples du *New York Times* ?

Cherchons-nous à comprendre la logique d'actes qui en sont tout simplement dépourvus ? La folie suit ses propres règles.

Patiemment, méthodiquement, Sarah insiste.

— Donc, Martha, vous avez lu l'article ce matin, et il a immédiatement éveillé vos soupçons. Mais pourquoi êtes-vous aussi certaine qu'il s'agit de Robert ?

J'ai mal pour cette fille, qui s'essuie à nouveau les yeux. Elle se sent atrocement responsable.

— Robbie m'a dit que si on ne pouvait pas, alors personne d'autre ne pouvait.

— Je ne suis pas sûre de vous suivre.

— Je lui ai annoncé que je rompais le jour où nous avons reçu la réponse du *New York Times.* Ils voulaient nous sélectionner pour la rubrique « Devant témoins ».

CINQUIÈME PARTIE

Le goût amer de la vengeance

95

Une dizaine de policiers, l'inspecteur Harris, Sarah et moi. Question nombre, on n'est pas loin d'une petite armée, en tout cas beaucoup plus que ce que le règlement prévoit pour aller récupérer chez lui un type à interroger. En même temps, ce n'est pas n'importe quel type.

Nous n'avons aucune preuve irréfutable, aucun témoin, aucun indice permettant d'établir un lien direct entre Robert Macintyre et le Tueur de la lune de miel. Seulement des présomptions. Tout ça pourrait aussi bien n'être qu'une coïncidence.

Auquel cas je serais le premier à venir lui serrer la main et lui présenter mes excuses.

— Le seul moyen pour lui de s'échapper par-derrière, c'est de savoir voler, annonce Harris en arrivant sur le trottoir devant la *brownstone* de Brooklyn où vit Macintyre.

Nous sommes tous rassemblés devant l'entrée et il revient d'une reconnaissance à l'arrière de l'immeuble en compagnie de deux policiers. L'appartement du suspect est situé au quatrième étage.

— Il y a une petite arrière-cour mais pas d'escalier de secours.

Je me tourne vers Sarah.

— Prête ?

— Ouais.

La façade de l'immeuble, qui date d'avant-guerre, montre des signes très nets d'usure et de dégradation. La pierre est éraflée, souillée, et on remarque même quelques fenêtres cassées. Je m'attends au même état, si ce n'est pire, à l'intérieur.

Pourtant, non. L'entrée est propre, moderne, assez belle même. Le chic de Brooklyn. Je devrais avoir retenu la leçon : il faut se méfier des apparences.

Un policier garde l'entrée pendant que le reste de l'équipe monte l'escalier. Au troisième étage, deux ou trois policiers… disons, fortement charpentés… maudissent l'absence d'ascenseur. Une centaine de blagues sur les flics nourris aux donuts me viennent à l'esprit – mais je les garde pour moi.

— C'est là ! dis-je en indiquant la porte de l'appartement de Macintyre quand nous arrivons au quatrième étage.

Pile au milieu du couloir : appartement 4B.

Sans un mot, Sarah prend la direction du ballet. Elle et Harris se postent d'un côté de la porte, moi de l'autre. Les policiers se déploient derrière nous – deux accroupis, les autres debout. Tous ont sorti leur arme.

Je frappe.

Rien. Je me penche et frappe à nouveau.

Toujours le silence.

Cette fois, c'est Sarah qui tend la main. Elle la referme sur le bouton et hausse les épaules. On peut toujours essayer.

Tiens ! Qui aurait dit…

Une bonne nouvelle ? La porte est ouverte.

Une mauvaise nouvelle ? La porte est ouverte.

Tout à coup, le petit homme qui, dans mon crâne, agite le drapeau rouge s'active frénétiquement.

Putain, dans quoi on va se fourrer ?

96

Il règne un tel silence dans le couloir que le grincement des gonds évoque un jet au décollage.

Lentement, la porte s'ouvre. Personne ne bouge.

Je compte cinq secondes. Puis dix. Enfin, je crie :

— Robert, vous êtes là ?

S'il est là, il se tait.

Je sens un coup de coude dans mes côtes. C'est un des policiers qui me tend un miroir télescopique – un gadget que j'ai surnommé le Coucou-c'est-moi. Bien plus efficace que passer ma tête dans l'embrasure et me la faire arracher d'un coup de feu. J'ai déjà donné – ou presque – au chalet avec Sarah. Un peu tôt pour tenter le diable.

Je fais pivoter le miroir au coin de la porte et aperçois un couloir étroit distribuant deux pièces, une de chaque côté. Au bout du couloir, je devine un petit salon avec un canapé, une télé et un lampadaire près d'une table basse.

Aucune trace de Macintyre. Aucun homme d'un mètre quatre-vingt-dix, large d'épaules, avec des cheveux roux taillés en brosse et une mâchoire saillante, ainsi que l'a décrit Martha Cole.

Je regarde Sarah en secouant la tête et elle reprend aussitôt sa chorégraphie. Elle montre deux doigts à Harris et aux policiers avant de nous désigner, elle et moi.

Traduction : On y va deux par deux. Lui et moi entrons en premier.

Pas vraiment du genre à fuir l'action, pas vrai ?

Trois… deux… un…

Nous franchissons le seuil, Glock pointés vers le couloir. Je m'arrête devant la cuisine, elle se poste devant la salle d'eau.

Je fais signe à la vague suivante.

Deux par deux, les policiers entrent à leur tour, passent devant nous. Je pénètre dans la cuisine, Sarah dans la salle d'eau.

Puis je crie :

— OK !

J'entends Sarah tirer sur le rideau de douche, puis :

— OK !

Et, du salon :

— OK !

Je retourne dans le couloir où je retrouve Sarah. Les autres équipiers, y compris Harris, sont devant nous. Je suppose qu'il reste une autre pièce : la chambre. Et je suppose qu'on va entendre le même « OK ! ».

Sauf que les deux policiers crient à l'unisson : « Un corps ! »

Quoi ?

Sarah et moi tournons dans le couloir et fonçons droit du salon vers la chambre. Tous les policiers se tiennent autour du corps, et l'observent en silence. Comme s'il s'agissait d'une performance artistique macabre et nauséabonde. Le Marié massacré.

Robert Macintyre – cheveux roux et mâchoire saillante – est attaché à une chaise, vêtu de ce qui était à l'origine un beau smoking. À présent, il n'est plus qu'une masse ensanglantée, criblée d'impacts de balles. Si les balles ne l'ont pas tué, le couteau planté dans son cœur a fait le boulot.

Et ce n'est pas n'importe quel couteau. Je me penche pour l'examiner de plus près. Le manche en argent sterling scintille dans un rayon de soleil venu de la fenêtre.

— C'est bien ce que je crois ? me demande Sarah.

— Absolument.

Un couteau à gâteau.

Putain de merde ! C'est elle ! C'est Martha Cole !

Nous nous tournons vers Harris qui a déjà dégainé sa radio pour prévenir le standard. Comme nous, il vient de relier les points de ce dessin de cinglé.

— Merde… Je crois qu'on a juste son numéro de téléphone. On peut s'en servir pour la localiser mais…

Quelle est la probabilité qu'elle nous ait donné son véritable numéro ? Elle doit se situer quelque part entre « faible » et « néant » – soit les mêmes chances qu'ont les Cubs de remporter la World Series.

Je comprends mieux, maintenant, qu'elle ait refusé qu'on la raccompagne en voiture du commissariat. Elle préférait marcher, soi-disant pour « s'éclaircir les idées ». Alors, qui aurait pu le lui reprocher ?

— Attendez ! s'écrie Sarah.

Tout le monde la regarde. Puis tout le monde regarde ce qu'elle regarde.

Le lit.

Nous étions tous tellement concentrés sur Macintyre que personne n'a remarqué la forme sous les draps. Jusqu'à maintenant.

Un autre corps ? Un autre meurtre ?

Non. Pire. Bien pire.

97

Nous nous mettons en demi-cercle autour du lit – moi à une extrémité, Sarah à l'autre.

— On soulève ! ordonne-t-elle.

Chacun prend un coin du drap, le soulève et le tire en arrière. Je ne sais pas à quoi m'attendre, mais sûrement pas à ce que je vois.

Qu'est-ce que…

On dirait des bonbonnes d'oxygène, comme celles utilisées par les plongeurs. Il y en a une demi-douzaine posées sur le lit, dans le sens de la longueur.

— Qu'est-ce qui est écrit sur le côté ? demande le policier près de moi.

J'incline la tête pour lire un texte en petits caractères, mais un rayon de soleil reflété par les cylindres métalliques m'aveugle.

— Eh ! Quelqu'un peut baisser le store ?

Le store est entièrement remonté, laissant la lumière entrer à profusion.

— Je m'en occupe !

Le policier qui a parlé est un jeune homme de type italien, aux cheveux d'un noir profond et peignés en arrière. En s'approchant de la vitre, il obstrue un instant le soleil – juste le temps pour moi d'entrevoir la mention sur une des bonbonnes. Et ce n'est pas OXYGÈNE.

NON ! NON ! NON !

Trop tard.

La première balle pulvérise la fenêtre et frappe le jeune policier en pleine poitrine. Une explosion de sang et d'os.

La deuxième arrache la tête du policier à côté de Sarah.

— À terre ! Tous !

Mais c'est exactement ce qu'elle veut : que tout le monde s'écarte, maintenant qu'elle nous a pris au piège. Ce ne sont pas des balles classiques qu'elle tire ; c'est du gros calibre, et de l'incendiaire.

Juste ce qu'il faut pour faire exploser des bonbonnes de gaz.

La troisième balle nous aurait tous tués si, en plongeant à terre, quelqu'un n'avait pas buté contre le lit, secouant les bonbonnes juste ce qu'il fallait. La balle traverse le sommier à ressort sans les toucher.

Je me rue sur le matelas *queen size.* Je sens les points de suture de mon épaule craquer quand je le soulève de toutes mes forces, le plus vite possible.

Les bonbonnes éjectées atterrissent sur le plancher, s'entrechoquent, roulent dans toutes les directions.

— Tout le monde dehors ! Maintenant !

Le coup suivant résonne dans la chambre alors que tout le monde se précipite hors de la chambre, mais il n'y a pas d'explosion. Elle n'a touché aucune bonbonne.

L'accès au couloir est comme un entonnoir étroit où, sans pitié, tous s'engouffrent, se piétinent, agitent des bras dans un effort désespéré pour sauver leur peau.

Je suis le dernier à sortir, derrière Sarah. Si on parvient à quitter l'appartement avant le prochain coup de feu, alors peut-être, peut-être a-t-on une chance de…

BLAM !

98

Le souffle de l'explosion me propulse contre le plancher, et une boule de feu me passe sur le dos. La chaleur est si intense que je sens ma chemise fondre dans ma peau.

La douleur est insoutenable. Je voudrais hurler, mais je suis trop reconnaissant pour y penser. Avec une explosion pareille, la seule façon d'échapper à la douleur c'est d'être mort.

— Bon sang, ça fait mal, gémit Sarah.

Autre bonne nouvelle : elle aussi est en vie. Un peu moins amochée que moi.

J'aimerais pouvoir dire que mon premier réflexe a été de la protéger, mais j'ai juste été projeté contre elle et la gravitation a fait le reste. Elle a le visage tourné vers moi, et je la regarde. Nos nez se touchent presque.

Je lui demande en chuchotant :

— Rien de cassé ?

— Je ne crois pas. Et vous ?

— Mon dos est un peu carbonisé. Mais je survivrai.

Elle ne dit rien de plus. Ce n'est pas nécessaire. Je le lis dans ses yeux : c'est vraiment important pour elle que je sois en vie.

Au loin se font entendre les premières sirènes. Les rideaux dans le salon sont en feu. Comme le canapé et le tapis. Il est possible qu'au moins une des bonbonnes n'ait pas explosé.

Harris s'approche de nous.

— Allez ! Il faut se barrer d'ici !

Dans la rue, c'est le chaos. Des camions de pompiers et des voitures de police se fraient un passage dans la circulation à grands coups de klaxon. Partout, les lumières tournoyantes des gyrophares.

Voisins et locataires se déversent en masse sur les trottoirs, l'air ébahis et apeurés. Je regarde autour de moi, et parviens enfin à reprendre mon souffle.

Respirer…

Une vieille femme à robe rouge triture les perles de son chapelet en récitant une prière. À côté d'elle, une jeune mère hispanique serre contre elle son petit garçon.

Sarah est occupée à décrire Cole à une dizaine de policiers qu'elle envoie fouiller le périmètre dans toutes les directions. D'autres nous accompagnent pour passer au peigne fin les bâtiments derrière l'immeuble de Macintyre, des sous-sols aux toits-terrasses.

Pendant ce temps, Harris envoie par radio des policiers dans les stations de métro environnantes.

Nous arrivons sur le premier toit, et aussitôt je le repère.

— Par ici !

Sur le rebord du toit, surplombant l'appartement de Macintyre, un fusil de tireur embusqué est encore posé sur son bipode, calé contre une plaque goudronnée. Je reconnais tout de suite un FN SPR, car c'est le modèle utilisé par l'unité de sauvetage d'otages du FBI.

— Un SPR, constate Sarah dès qu'elle pose les yeux dessus. Quelle ironie…

Elle a raison : les initiales signifient « Special Police Rifle ». Entouré de quelques douilles, le fusil semble nous narguer.

— Toutes les portes ! hurle Harris. On frappe à toutes les portes !

Nouvel entonnoir, cette fois pour passer du toit à la cage d'escalier. Au moment où je m'y engouffre, la radio de Harris grésille. Un policier posté dans la rue a trouvé un témoin. Ou, pour être exact, un témoin a trouvé le policier.

Il s'agit d'un homme qui habite au dernier étage d'un immeuble situé derrière celui de Macintyre. Avec une vue plongeante sur Martha Cole juste après l'explosion.

— Et il a vu quoi ? demande Harris.

Silence dans le haut-parleur. Le policier marque une pause. Puis :

— Vous n'allez pas y croire.

99

Ma première pensée cynique est : vous voulez parier ?

Après tout ce que j'ai vu ces dernières années – et plus encore ces derniers jours –, je doute qu'il y ait encore quelque chose à quoi je ne puisse pas croire, qu'il me reste encore des motifs de surprise.

Mais je dois le reconnaître : là, c'est bien le cas.

Pour Harris aussi.

— Répétez-moi ça ? dit-il dans sa radio.

Nous écoutons pour la seconde fois. Le policier met l'accent sur chaque mot. Surtout les derniers.

— Le témoin prétend qu'il a vu une femme courir sur le toit après l'explosion. Elle portait une robe de mariée.

Harris ne se laisse pas démonter. Pas du genre à tout prendre pour acquis. Il s'apprête à diffuser le signalement à tous les policiers en patrouille dans le secteur et au-delà. Chaque détail importe.

— La robe de mariée… elle était blanche ?

— Ouais, confirme le policier avant d'ajouter, sarcastique : La mariée était en blanc.

Quelle vision ! Plus j'essaie de me représenter la scène, plus j'ai l'impression que tous les éléments se mettent en place. Le puzzle est reconstitué.

— Bon Dieu… Alors elle disait la vérité, n'est-ce pas ? Elle l'a juste retournée.

— Comment ça ? demande Harris.

— Ce n'est pas Martha Cole qui a rompu les fiançailles, c'est Macintyre, explique Sarah. C'est son mobile à elle, pas à lui.

Elle sort son portable.

— Qu'est-ce que vous faites ?

— Elle est sur son trente et un et n'a nulle part où aller ? Ça m'étonnerait.

Je côtoie Sarah depuis assez longtemps, maintenant, pour savoir qu'elle suit son intuition. Je le devine à son visage, à sa façon de mordiller sa lèvre inférieure. Le problème, c'est que je ne vois pas où elle veut en venir.

Jusqu'à ce qu'elle ait fini de composer le numéro.

— Emily LaSalle, s'il vous plaît. De la part de l'agent Brubaker. Dites-lui que c'est urgent.

100

En quelques clics de souris sur l'ordinateur de son bureau, LaSalle retrouve ce dont nous avons besoin. La rédactrice s'occupe aussi méticuleusement de ses dossiers que de tout ce qui la concerne.

Sarah active le haut-parleur juste à temps pour que nous l'entendions.

— Je l'ai ! annonce LaSalle.

L'article jamais publié dans « Devant témoins ». Le mariage de Martha Cole et Robert Macintyre.

Le fichier principal du dossier est la lettre de candidature envoyée par Cole au *New York Times*. Le reste consiste en notes prises par les assistants de LaSalle chargés de vérifier chaque information. C'est un travail crucial : il permet de rectifier les passages que les couples ont tendance à embellir ou de démasquer des candidatures bidon envoyées régulièrement par des amateurs de canulars.

— Qu'est-ce que vous cherchez ? demande LaSalle.

— Une seule chose : où Cole et Macintyre avaient-ils l'intention de se marier ?

— Vous voulez dire dans quelle ville ?

— Non. L'église.

— Je regarde ça…

Sarah, en mode intuitif, se mord la lèvre pendant que j'observe Harris et ses hommes échanger des coups d'œil qui semblent dire : Bon sang… c'est encore plus tordu qu'on croyait !

Je prends le pari qu'ils sont en dessous de la vérité.

LaSalle parcourt rapidement le dossier sur Cole et Macintyre, lit à haute voix certains passages comme pour une présentation PowerPoint.

— Habitent Brooklyn… se sont rencontrés à l'armée… sergents tous les deux…

Harris cligne des paupières.

— Attendez… ils étaient tous les deux militaires ?

— Ça explique tout, me dis-je à moi-même.

Ce n'est pas exactement en cours du soir à la New School[1] qu'on apprend à se servir d'un fusil de sniper avec une précision dévastatrice. Mais où Cole a-t-elle appris à maîtriser à la perfection l'art du mensonge ? Je serais sans doute plus gêné d'avoir été trompé si elle n'avait été aussi remarquable dans cet exercice.

— OK, nous y voilà, continue LaSalle. Ils devaient se marier à la Saint Alexander's Church de Brooklyn.

— Merde, marmonne Harris. Vous croyez…

— Emily, vous avez aussi l'adresse ? demande Sarah.

— Non. Seulement le nom.

— Je sais où se trouve cette église, annonce une voix.

1. Université privée située à Greenwich Village.

Je me retourne. Un flic sort des rangs. Le mot « RECRUE » s'étale sur son visage.

— C'est dans le coin ?

— À une vingtaine de blocs, peut-être. C'est la paroisse de ma sœur.

Tout à coup, notre bon scénario se transforme en pire scénario. Si le pressentiment de Sarah se confirme et que Cole soit partie là-bas… qu'est-ce qu'elle compte y faire ?

En attendant, une certitude : il faut prévenir tous ceux qui se trouvent dans l'église. Personne, j'espère.

L'espoir fait vivre : la radio de Harris grésille à nouveau, comme celles de tous les autres policiers. Un bref chœur de bruits parasites suivi d'une voix de femme – l'opératrice.

Qui annonce un code 417 : sujet armé. « Risque de prise d'otage », ajoute-t-elle.

Sitôt l'adresse donnée, nous fonçons, Sarah, moi et tous les policiers, hors de l'immeuble pour rejoindre les voitures de patrouille.

101

Rien de tel qu'une dizaine de voitures de police fonçant à 100 km/h dans un hurlement de sirènes pour dégager les rues. Harris au volant, Sarah et moi cramponnés à nos sièges, nous couvrons la distance de vingt blocs en deux minutes maximum.

Au premier coup d'œil, la scène qui nous attend sur le parvis de la Saint Alexander's Church est le comble de l'ironie. On dirait un mariage – ou plutôt la fin d'une cérémonie de mariage, quand les convives rassemblés sur les marches de l'église attendent l'arrivée imminente des mariés, bras dessus, bras dessous.

— Bon Dieu, il faut les faire dégager, dis-je tandis que Harris vient se garer le long du trottoir après un dérapage contrôlé.

Nous savons tous ce qui est arrivé au dernier bâtiment à être apparu dans la ligne de mire de Cole.

Les gens au-dehors sont rapidement sous contrôle – simple gestion de foule. Le vrai problème, ce sont les personnes à l'intérieur de l'église. Les paroles de l'opératrice radio résonnent dans ma tête : Risque de prise d'otage.

Je descends de l'Explorer banalisé de Harris et manque me faire renverser par une voiture de patrouille. Elles sont partout, et déboulent toutes en même temps. Chaque flic se précipite sur le parvis pendant que Sarah, Harris et moi montons le perron de l'église. Je suis sur le point de crier pour me faire entendre de la foule quand un jeune prêtre aux cheveux roux rasés et au visage couvert de taches de rousseur s'avance.

— Vous êtes du FBI ? me demande-t-il.

Curieuse entrée en matière. Qu'est-ce qu'il en sait ?

— Oui. Agent O'Hara.

— Ah, parfait. Dieu merci, vous êtes là.

— Vous venez de l'église ?

— Moi et tous les autres, oui.

Il se corrige aussitôt.

— Enfin, presque tous les autres.

— Il reste qui à l'intérieur ?

— Un autre prêtre. Le père Reese.

— D'autres encore ?

— Non, c'est tout. Nous étions en pleine répétition avec le chœur quand cette femme en robe de mariée a fait irruption. Au début, j'ai cru à une sorte de plaisanterie. Puis j'ai vu l'arme.

— Une arme de poing ou une plus grosse ? s'enquiert Sarah.

— Une arme de poing. Et elle tenait autre chose. On aurait dit une grande bouteille de soda verte.

Dix contre un que ce n'est pas du Seven-Up.

— Qu'est-ce qu'elle a dit ?

— Que tout le monde pouvait sortir, sauf une personne.

Il regarde Sarah.

— Le père Reese a insisté pour que ce soit lui.

— Elle a dit autre chose ?

Il hoche la tête.

— Elle a laissé un message.

J'interviens :

— Pour qui ?

— Pour vous. Et pour l'agent Brubaker. Je suppose que c'est…

Il se tourne vers Sarah.

— C'est moi, oui.

— Très bien. Vous êtes là tous les deux. Elle veut vous parler.

102

— N'y allez pas ! nous déconseille Harris. N'allez pas à l'intérieur, c'est une très mauvaise idée.

Il indique les deux allées qui flanquent l'église et la séparent des *brownstones* voisines.

— Il y a forcément des moyens d'entrer sans qu'elle le sache. En moins de dix minutes, on peut envoyer une unité du SWAT[1]…

— Et si on n'a pas dix minutes ? rétorque Sarah. Je ne crois pas qu'on les ait…

— Elle a déjà tué plus d'une dizaine de personnes et, maintenant, elle se promène en robe de mariée en brandissant une arme.

C'est bien la dernière chose à me dire pour me dissuader.

— Sarah ? OK pour y aller ?

Elle sort le Glock de son étui et le glisse à son ceinturon, dans son dos.

Harris soupire.

---

1. Special Weapons and Tactics (Tactiques et armes spéciales) : unité d'élite spécialisée dans les interventions d'urgence.

— Laissez-nous au moins vérifier le périmètre pour trouver d'autres points d'entrée. Au cas où…

Deux équipes de quatre hommes s'engouffrent dans les allées de part et d'autre de l'église. Moins d'une minute après, ils font le point par radio.

— Porte latérale, ouverte, murmure l'un d'eux.

— Porte au sous-sol, au bout d'un escalier, ouverte aussi, ajoute un autre.

Harris me regarde.

— Vous changez d'avis ?

— Désolé.

Harris annonce la nouvelle par radio à ses équipes. Je ne peux pas m'empêcher de noter, dans son chuchotement, un quart de calme et trois quarts de fureur.

— Restez en place. Entrez aux premiers coups de feu.

Puis il se retourne vers les autres flics et leur crie de repousser bien plus loin les badauds. À l'entrée du bloc, je remarque les premiers vans des télévisions. Dans quelques minutes, il y en aura beaucoup plus.

— Prêt ? murmure Sarah.

Je hoche la tête. Harris revient vers nous.

— Que ce soit bien clair : vous êtes complètement cinglés.

— Eh, ça pourrait être pire, dis-je.

— Ah oui, et comment ?

— Elle aurait pu vouloir qu'on entre tous les trois.

Je lui donne une tape sur l'épaule et nous montons les quelques marches menant à l'église. Devant la porte principale, je demande à Sarah :

— Vous êtes croyante ?

— Luthérienne. Et vous ?

— Catholique non pratiquant. Mais j'ai été enfant de chœur… Ça doit bien compter, non ?

Nous dégainons nos armes.

— On ne va pas tarder à le savoir.

103

Je me poste d'un côté, Sarah de l'autre. En très peu de temps, nous sommes devenus une bonne équipe, mais cette mission-là a tout d'impossible.

Adossés à la façade en briques rouges délavées de la Saint Alexander's Church, nous nous penchons tous les deux vers la double porte d'entrée et la poussons lentement.

Ma peur initiale disparaît peu à peu. Martha Cole ne tire pas au premier mouvement.

Au bout de quelques secondes, Sarah crie :

— Martha ! Vous êtes là ?

Avec le bruit de la foule dans la rue, difficile d'entendre, mais je suis presque sûr que la tueuse n'a pas répondu. Sarah essaie encore, plus fort cette fois :

— Martha ! C'est l'agent Brubaker et l'agent O'Hara ! On peut entrer ?

Cette fois, Cole répond. Sa voix résonne longuement. Elle doit être tout au fond de l'église.

— Vous êtes seuls, j'espère ?

— Rien que nous deux, Martha ! Vous avez ma parole !

Mais elle ne nous a pas demandé de venir sans armes – une demande que nous n'aurions de toute façon pas respectée.

Du moins je le crois.

Car Sarah vient de ranger son pistolet.

— Vous êtes folle ou quoi ?

— Elle me fait confiance, je dois lui faire confiance, m'explique-t-elle.

— Ce n'est plus la gamine qui pleurait sur votre épaule ce matin ! Elle faisait semblant !

— On verra. Vous aussi, faites-moi un peu confiance.

— D'accord. Mais on entre ensemble.

— Nan. Les dames d'abord.

Avant que j'aie le temps de dire ou faire quoi que ce soit, Sarah surgit de derrière la porte, les mains levées en l'air. S'il existe une mince frontière entre le courage et la stupidité, Sarah vient de la franchir. Elle a un double passeport.

Ça me rend tellement dingue que je pourrais lui tirer dessus – si Martha Cole ne me devance pas.

Mais elle n'en fait rien.

Je m'écarte à mon tour de la porte et rejoins Sarah dans l'entrée de l'église. Tout au bout de l'allée centrale, je vois Cole près de l'autel. Son bras est tendu sur le côté. Elle presse le canon de son arme directement sur la tempe du père Reese.

Lentement, très lentement, nous avançons vers elle.

— Plus un pas ! nous crie Cole.

Nous nous immobilisons. Une vingtaine de bancs nous séparent de l'autel. À portée de tir, mais ce n'est pas un coup facile.

— Martha ! Laissez-nous approcher encore un peu, pour qu'on ne soit pas obligés de crier. Ça résonne beaucoup, et c'est difficile de se parler. J'ai besoin d'entendre ce que vous voulez me dire.

— Qui vous dit que j'ai envie de parler ? demande Cole en riant.

— Alors qu'est-ce qu'on fait ici ? Qu'est-ce que vous attendez de nous ?

— Un peu de patience. Et maintenant, asseyez-vous.

Pas la peine d'insister pour le moment. Je me déplace sur la droite pour me glisser sur un banc.

— NON ! hurle Cole. NON, NON, NON !

Je ne sais pas ce que je fais de mal, mais quoi que ce soit j'arrête immédiatement. Je me fige. Je ne bouge plus un muscle. Sarah, qui n'a pas fait le moindre mouvement, lève les mains.

— Eh, oh, Martha ! C'est quoi, le problème ?

— Vous êtes du côté du marié, explique Cole d'un ton irrité. Vous devez vous asseoir à gauche… du côté de la mariée. C'est moi qui vous ai invitée.

Oh.

Comme dans : Oh merde, ça se présente mal…

104

Sarah et moi prenons place sur le banc à notre gauche. Le côté de la mariée. L'avantage, c'est que nous pouvons sortir nos armes sans que Cole s'en aperçoive, et c'est instinctivement ce que nous faisons.

L'inconvénient, c'est qu'on est assis. De vraies cibles de foire. Mais c'est tout de même bon de sentir mon pistolet.

— Martha, dit Sarah, on a fait tout ce que vous nous avez demandé jusqu'à présent. On est entrés, on s'est assis là où vous le vouliez. Maintenant, je vais vous inviter à faire quelque chose pour nous. Vous allez laisser partir le père Reese.

Cole a un petit sourire.

— Vous êtes gauchère ou droitière, agent Brubaker ?

— Pourquoi ?

— Parce que je me demande de quel côté de votre banc je vais trouver votre arme.

— Vous pouvez venir voir par vous-même, vous ne verrez pas d'arme, ment Sarah. Ni à côté de moi, ni à côté de l'agent O'Hara.

J'écoute leur échange, et j'observe. Pour la première fois, j'ai l'occasion de voir de près Martha Cole dans sa robe de mariée, avec son décolleté carré et ses manches en dentelle.

Neuve, c'était sûrement une jolie robe. À présent, elle est sale, déchirée, et trempée de sueur. Cole paraît d'ailleurs en nage de la tête aux pieds. Même ses cheveux donnent l'impression qu'elle sort tout juste de la douche.

Un contraste saisissant avec le prêtre. Certes, il n'a pas traversé vingt blocs au pas de course, habillé de taffetas, par un chaud après-midi de juin, mais avec une arme pointée sur son crâne, il devrait quand même être en sueur. Au lieu de ça, il affiche une expression parfaitement sereine. Apaisée.

Pour tout dire, j'ai l'impression qu'il sait quelque chose que j'ignore. Bien sûr, j'ai toujours cette sensation face à un homme d'Église, mais celle-ci est différente. Plus terre à terre.

Quoi qu'il en soit, son calme est le bienvenu car Martha Cole n'a aucune intention de le libérer. Pas tout de suite en tout cas. Et j'espère qu'elle n'envisage pas de libérer son âme.

— Vous savez ce que Robbie m'a dit quand il m'a demandée en mariage ? Qu'on resterait ensemble jusqu'à la fin de nos jours. Jusqu'à ce que la mort nous sépare. Et il était convaincant.

— Martha, reprend Sarah, je comprends que vous soyez à bout, mais…

Cole la coupe aussi vite qu'un taxi new-yorkais la priorité.

— Il m'a brisé le cœur ! Il l'a détruit !

Et, avec un sourire dément :

— C'est pour ça que j'ai planté un couteau dans le sien.

Sarah secoue la tête.

— Les meurtres doivent cesser, Martha ! lance-t-elle d'une voix forte.

Mais Cole n'écoute pas. Elle hurle :

— Je méritais de vivre ce que ces autres couples ont eu. Je le méritais !

Je lis dans les pensées de Sarah : reste calme, continue la conversation, répète son nom le plus souvent possible pour gagner sa confiance.

— J'en suis certaine, Martha, mais ces couples ne méritaient pas de mourir. Ils ne vous ont rien fait de mal.

— Tout le monde doit mourir, agent Brubaker. Je l'ai vu tous les jours en Afghanistan. La seule variable est le moment où ça nous arrive.

— Et ce n'est pas à vous d'en décider, Martha. Vous n'êtes pas Dieu.

— C'est pourtant ce que j'ai fait, pas vrai ?

Je remarque son intonation, l'emploi du passé. Il y a quelque chose de définitif dans ce qu'elle vient de dire…

Mon esprit s'emballe, mes pensées se bousculent. Tant d'inconnues, tant de questions…

Deux en particulier.

Où est la bouteille verte dont le jeune prêtre nous a parlé ? Et qu'est-ce qu'elle contient ?

Je lève les yeux vers la grande croix dorée qui surplombe l'autel. Brusquement, le voile se déchire. Ça ne va pas être une prise d'otages interminable et fastidieuse. En fait, ce n'est pas du tout une prise d'otages.

Mes yeux scrutent Cole. Je la fixe à nouveau, des pieds à la tête. Elle est trempée, c'est vrai, mais ce n'est pas de la sueur. Est-ce que…

Mon Dieu !

Je sens l'odeur. L'odeur qui finit par nous atteindre depuis l'autel. De l'isopropanol. De l'alcool dénaturé.

— Adieu, dit Cole.

Je saute par-dessus le banc au moment où Martha lâche son arme et, de l'autre main, produit un petit briquet. Un geste rapide du pouce et la flamme surgit.

Je hurle.

— Non ! Vous n'êtes pas obligée de faire ça ! Vous…

C'est alors que Martha Cole prononce ses dernières paroles. Les trois mots qu'elle n'a jamais pu dire devant l'autel.

— Je le veux.

On ne peut plus rien faire. Cole repousse le père Reese et porte le briquet à sa robe.

Elle s'embrase.

105

Pourquoi commettre un geste pareil ? C'est généralement la première question soulevée par un suicide. Mais Martha Cole nous a dit tout ce que nous devions savoir sur ses mobiles. Pourquoi elle a mis fin non seulement à ses jours mais à ceux d'hommes et de femmes qu'elle n'avait jamais rencontrés.

Ce sont ces vies-là, surtout celles des trois couples, qui laissent la véritable question sans réponse. Comment, bon sang, comment s'y est-elle prise ? Pour pénétrer puis quitter le Governor's Club aux îles Turques-et-Caïques afin de piéger et empoisonner Ethan et Abigail Breslow dans leur sauna ? Pour échapper à la sécurité de l'aéroport Kennedy et empoisonner les époux Pierce avant leur embarquement pour l'Italie ? Et enfin, comme si elle en avait assez des poisons ou avait envie de montrer l'étendue de son savoir-faire, pour placer une bombe à bord du schooner de Parker et Samantha Keller aux Bermudes ?

Les réponses à ces questions arrivent assez vite. Pas tant des réponses, du reste, que des informations qui me font hocher la tête en disant : « Tout s'explique. »

Dans l'heure qui suit la mort de Martha Cole, son dossier militaire parvient à Dan Driesen, qui nous envoie aussitôt par e-mail les éléments les plus significatifs.

— Regardez, me dit Sarah en me tendant son BlackBerry une fois son message lu.

Nous venons de boucler nos rapports « officiels » destinés à l'inspecteur Harris et aux deux inspecteurs du district de Brooklyn le plus proche.

J'ai même téléphoné à Warner Breslow, parti à Londres pour affaires. Je lui ai annoncé la nouvelle, et tant pis si elle laisse un goût amer. Les meurtres de son fils et de sa belle-fille sont encore plus absurdes qu'il a pu l'imaginer. Le savoir peut-il l'aider à faire son deuil ou à éprouver un sentiment de justice ? Avec un homme tel que Breslow, je crains que la réponse soit non.

— On se reparle à mon retour. Vous avez bien travaillé, John. Merci.

En parcourant l'e-mail de Driesen, je ne peux pas m'empêcher de penser à tous ces sceptiques professionnels, ces accros du complot qui n'accepteront jamais de croire que Lee Harvey Oswald a été capable de tirer trois coups en huit secondes avec un fusil à répétition. Impossible, c'est beaucoup trop rapide ! Il y avait forcément un second tireur ! Bien sûr, ces théoriciens du complot oublient toujours qu'Oswald n'était pas je ne sais quelle andouille qui s'entraînait tout seul à tirer des boîtes de conserve dans son jardin. Oswald avait reçu le meilleur entraînement du monde au sein de l'US Marine Corps. Aux frais de l'Oncle Sam, donc.

En tant que sergent, Martha Cole avait reçu une formation approfondie, notamment dans le maniement d'armes et d'explosifs ainsi que dans les techniques de reconnaissance et de sabotage. Elle était intelligente, athlétique, dopée à l'adrénaline. Telles étaient les conclusions de son évaluation psychiatrique.

Cent fois sur cent, ce genre de profil produit d'excellents soldats. Ce qu'elle avait été durant son affectation en Afghanistan. Le problème était survenu à son retour au pays. Il existe un terme officieux pour ce phénomène : le décrochage. Comme une Ferrari coincée en cinquième, Cole n'a jamais réussi à rétrograder pour renouer avec le rythme de la vie civile. New York est peut-être la ville qui ne dort jamais, mais elle ne peut pas égaler l'Afghanistan et la menace talibane sept jours sur sept, vingt-quatre heures sur vingt-quatre.

Sa relation avec Robert Macintyre n'y avait pas résisté. Après cela, l'existence de Martha Cole avait explosé dans une frénésie de haine et de vengeance.

Voilà. Nous avons le pourquoi, nous avons le comment. Reste le quoi. Comme dans « Et maintenant, quoi ? ».

Cole a disparu, mais Ned Sinclair est toujours là, quelque part, qui cherche à me liquider. Je m'en inquiéterai demain. Ce soir, je suis trop crevé, mon cerveau est HS.

Sarah serre la main de l'inspecteur Harris, qui la remercie et lui dit au revoir. Dès qu'il est parti, je vais la voir. Elle me sourit. Je lui souris. Puis je me penche vers elle et murmure quelque chose à son oreille.

Elle s'accorde une longue seconde de réflexion.

— Absolument, répond-elle.

106

Eh bien, qu'est-ce qui vous est arrivé, à tous les deux ?

Le gars qui nous sert nos shots de tequila ne parvient pas à poser franchement la question. Ni aucun des clients du bar, qui pourtant nous observent à la dérobée. Nos vêtements sont déchirés, roussis, notre visage et nos mains sont noirs de crasse. En gros, on dirait qu'on vient de faire un aller-retour en enfer.

Par chance, on s'en fout.

Et, après une demi-douzaine de shots de tequila, on s'en fout complètement.

Sarah et moi avons foncé sur les deux derniers tabourets disponibles au bar du premier établissement venu servant de l'alcool dans le quartier de la Saint Alexander's Church. C'est un petit restaurant, le Deuces and Eights, un de ces troquets de quartier avec les plats du jour sur une ardoise et une collection de trophées de softball exposés en vitrine.

Je regarde Sarah qui vient d'avaler cul sec une autre tequila.

— Wow ! Je ne me doutais pas.

Elle fait claquer ses lèvres et s'essuie la bouche du revers de la main.

— De quoi ?

— Que vous aviez une telle descente. Et vous n'êtes même pas irlandaise !

Elle rit.

— Ouais, je sais ! Et en plus, je suis une fille !

— Qui ne ressemble à aucune autre.

— Attention, O'Hara ! Vous êtes à deux doigts de me faire un compliment.

— Ça doit être la tequila.

— Dans ce cas, on enchaîne !

Elle fait signe au barman, occupé à ranger dans le frigidaire sous la caisse un assortiment brun et vert de bières – Budweiser et Rolling Rock.

— Vous êtes sûre ?

Elle me regarde en croisant les bras.

— Avez-vous, oui ou non, murmuré à mon oreille qu'il était temps de se prendre une cuite ?

Je me gratte la tête.

— Ça me rappelle vaguement quelque chose. Je crois que ça me revient, oui…

— Bon. Alors arrêtez votre numéro de chochotte. Buvez ou laissez votre place à un homme qui sait boire.

— OK. Vous l'aurez voulu.

Le barman arrive, déjà prêt à ouvrir sa bouteille de Patrón. Il a déjà vu le film.

— Ne me dites rien… la même chose ?

Je secoue la tête.

— Non. Deux fois la même chose. On vient de passer deux très sales journées au bureau.

Pendant que l'homme nous sert en riant, je sors mon portefeuille. Je ne dirais pas que ce qui suit était exactement ce que j'avais prévu mais, comme quand un valet de carreau débarque dans un jeu de cœur, je sais que j'ai une bonne carte à jouer.

— Qu'est-ce que vous faites ? me demande Sarah. La tournée est pour vous ?

— Ce n'est pas une carte de crédit.

— Ça y ressemble, pourtant, dit-elle en me la prenant des mains.

Elle l'examine, recto et verso.

— Il n'y a rien d'écrit.

Elle a raison. Rien du tout. C'est une carte noire aux reflets laqués, épaisse comme un jeton de poker. Mais elle ne porte aucune inscription. Tout est à l'intérieur, je suppose.

— D'accord, j'abandonne. C'est quoi ?

— La vraie question est : à quoi ça sert ?

— Et alors ? Ça sert à quoi ?

Je la lui reprends.

— Il n'y a qu'un moyen de le savoir.

Sur ce, je vide mes deux shots, range la carte et sors du liquide.

Maintenant, je paie la tournée.

— Gardez la monnaie, dis-je au barman en me laissant glisser de mon tabouret.

— Attendez, vous allez où ? lance Sarah.

Je suis sur le point de sortir. Je ne ressens plus aucune douleur.

— Au même endroit que vous.

107

Nous attrapons un taxi qui nous ramène à Manhattan, dans l'Upper East Side. Précisément : à l'angle de la 63e Rue et de la 5e Avenue. Avant même que le portier nous ouvre, Sarah a tout deviné.

— Breslow ?

— Votre esprit analytique est… redoutable.

Dans l'ascenseur, je lui explique que l'avocat de Breslow – un de ses nombreux avocats, vraisemblablement – m'a donné une enveloppe contenant la carte et un simple message : « Si vous avez besoin de séjourner quelque part. »

— Une liste d'adresses était jointe au message.

Elle cligne des yeux à plusieurs reprises, incrédule.

— Une liste ? D'adresses, au pluriel ?

— New York, Chicago, L.A. et Dallas. Ainsi qu'une dizaine d'autres à l'étranger. Paris, Londres, Rome.

— Et cette carte donne accès à toutes ces résidences ?

— J'imagine.

Le fait que je ne l'aie pas encore utilisée laisse Sarah encore plus perplexe. Je lui dis que je n'ai pas eu besoin de séjourner à Manhattan depuis que Breslow m'a engagé. Ni à Paris, d'ailleurs.

Les portes de l'ascenseur s'ouvrent sur un petit hall au dernier étage.

— Vous n'étiez pas curieux, au moins ?

— Peut-être que si. Mais un matin, une espèce d'hystérique bossant pour le FBI s'est pointée chez moi et j'ai un peu oublié cette histoire de carte. Jusqu'à ce soir.

Pas la peine de chercher la porte correspondante : il n'y en a qu'une.

— Attendez, chuchote Sarah.

Je m'apprêtais à passer la carte devant une petite boîte à côté de la porte.

— Quoi ?

— Et s'il y a quelqu'un ?

— Qui ça ?

— Je n'en sais rien. Breslow ?

— L'homme à qui je viens de parler ? Celui qui est à Londres en ce moment ?

— D'accord... Bon, disons quelqu'un d'autre. Une autre personne qui bosse pour lui. N'importe qui.

Je prends mon air sérieux.

— D'accord, vous m'avez convaincu. Allez, on repart et on s'installe à l'Hôtel FBI. Ils ont HBO.

— C'est bon, c'est bon...

À nouveau je m'apprête à ouvrir. À nouveau elle m'interrompt.

— Attendez ! On ne peut pas faire ça.

— Il m'a donné la carte, Sarah ! Il n'y a aucun problème, je vous assure.

— Non, je veux dire : vous et moi, on ne peut pas faire ça.

— Faire quoi ?

— Ce que j'ai l'impression que nous allons faire.

— C'est-à-dire ?

Je joue les imbéciles, mais je préfère que ce soit elle qui en parle. Sitôt dit…

— Nous… envoyer en l'air.

— Qui a parlé de sexe entre nous ?

— Eh bien, moi. Vous êtes un mec et nous avons bu.

— Eh, c'est quoi ces remarques sexistes ?

— Vous avez raison. Désolée.

Je souris.

— Est-ce que ça veut dire qu'on va s'envoyer en l'air maintenant ?

En guise de réponse, elle roule les yeux et m'envoie un direct dans l'épaule – celle en bon état. Puis, se penchant vers moi :

— Vous savez ce qui se passe, n'est-ce pas ?

— On se rejoue une scène de comédie romantique ? Plutôt pas mal, d'ailleurs.

— On appelle ça l'attirance des rescapés. C'est un phénomène qui se produit quand deux personnes ont affronté ensemble une situation périlleuse et s'en sont sorties.

— Vous avez oublié les tequilas.

— Ça, c'est l'huile dans les rouages.

— J'aime quand vous devenez salace.

Elle me donne un autre coup de poing. Ma bonne épaule est de moins en moins bonne.

— Je dis simplement qu'on ne doit pas confondre travailler ensemble et être ensemble.

— Vous savez quoi ? Vous avez raison. Ça risquerait vraiment de compliquer les choses.

Puis, comme frappé par une épiphanie :

— Il faut qu'on parte. Pas question d'entrer et de risquer de passer le meilleur moment de notre vie.

Elle me fusille du regard avant de partir de son rire loufoque.

— OK ! Malgré cette démonstration faiblarde et pathétique de psychologie inversée, je vais vous proposer quelque chose.

— Qu'on se marie encore ?

D'instinct, je protège mon épaule mais pour cette fois, Dieu merci, Sarah m'épargne.

— Non. Voilà mon idée. Vous devriez m'embrasser.

— Je devrais ?

— Oui. Si ça nous paraît bien, on entre. Sinon, on repart. Et on n'en parle plus jamais.

— Wow ! Ça fait beaucoup de pression sur un seul baiser. Surtout pour un homme qui a perdu la main…

— Et voilà, vous vous cherchez déjà des excuses !

— Non. J'essaie juste de négocier un meilleur marché.

Elle avance d'un pas vers moi. Quelques centimètres nous séparent. Ses lèvres sont là, offertes. Elle joue avec moi et je dois dire que… j'adore ça.

— À prendre ou à laisser, O'Hara. Embrasse-moi, idiot.

108

Je prends la sonnerie qui résonne dans mon crâne le lendemain matin pour le signe annonciateur d'une méchante gueule de bois. En réalité, c'est le téléphone de Sarah, qu'elle a posé sur le lit. Apparemment, Dan Driesen a décidé d'appeler à l'aube.

D'un œil, je regarde par-dessus mon oreiller pour apercevoir Sarah, adossée à la tête de lit, le drap recouvrant à peine son corps. En me voyant, elle pose l'index sur les lèvres. Elle pourrait s'en dispenser mais je ne lui en veux pas : mieux vaut être sûre que je n'ai pas l'intention de parler, voire de respirer trop bruyamment.

Quant à mon envie de me lancer dans une reprise claironnante de « Danny Boy », j'imagine que je peux tirer un trait dessus.

Sarah écoute avec attention. Je n'entends pas ce que lui dit Driesen, mais tout s'éclaire quand Sarah lâche un profond soupir et demande :

— Où ?

Ned Sinclair a encore frappé.

Il a des couilles. Ou bien il n'a pas allumé la télé ni ouvert le journal depuis que son nom et sa photo ont été rendus publics. Peut-être qu'il continue sa macabre besogne, comme un cheval de course muni d'œillères. Pas de distractions extérieures. Aucune prise de conscience, aucune crainte d'être pourchassé. Rien d'autre que la mission qu'il s'est assignée : me tuer.

Sarah bombarde Driesen de questions. La plus importante : a-t-on trouvé un mot, un message, n'importe quoi, sur le cadavre du dernier John O'Hara en date ? Et puis y a-t-il des témoins ? De nouvelles pistes ?

Là encore, pas la peine d'entendre Driesen pour connaître les réponses. La façon dont Sarah plisse le front est assez parlante. Aucune note, aucun message, aucun témoin, aucune nouvelle piste. L'enquête reste au point… eh bien, mort.

Ce qui rend encore plus pénible pour Sarah la suite de sa conversation.

— Non ! Il faut que tu me laisses aller là-bas ! dit-elle d'un ton implorant.

Je ne sais pas où se situe « là-bas » sur une carte. J'apprendrai bien assez tôt où se trouve la ville natale de la nouvelle victime de Ned Sinclair.

Peu importe si ce John O'Hara est de Spokane ou Skokie, de Saint Louis ou Saint Paul. Une chose est sûre : Sarah n'y va pas. Je le sais, en mon for intérieur, et elle le sait aussi. Elle peut discuter autant qu'elle veut, Driesen ne va pas changer d'avis – pas plus que Sinclair ne va oublier à quoi ressemble Sarah Brubaker.

Une minute plus tard, après avoir épuisé tous les arguments possibles et imaginables, elle agite le drapeau blanc.

— Tiens-moi au courant de la suite des opérations, dit-elle avant de raccrocher.

Je peux enfin ouvrir la bouche, mais je me retiens. Je sais qu'elle a besoin de se calmer. Une minute de silence s'écoule avant qu'elle se tourne vers moi.

— Casper, dans le Wyoming. Le corps a été trouvé il y a environ trois heures.

— Même calibre ?

— Ouais. Une balle dans la tête, une autre dans le cœur.

— Driesen y va ?

— Pour faire une déclaration aux médias. Ça va être un méga-cirque. Raison de plus pour me sentir en sécurité si j'y vais…

— Et maintenant, il se passe quoi ?

— Je suis censée prendre des vacances. Deux semaines. Obligatoire.

— Et moi ?

Je connais déjà la réponse. Le regard de Sarah me la confirme.

— Pff… je me demande ce qu'il y a sur HBO, ce soir ?

Au moins, je réussis à lui arracher un demi-sourire.

— Naturellement, Driesen est persuadé que tu es déjà résident de l'Hôtel FBI.

Je nous regarde, tous les deux nus sous le drap.

— Une chance qu'il ne sache pas se servir de Skype ou de FaceTime…

Elle sourit encore, mais je sens que son esprit est ailleurs.

— Qu'est-ce qu'il y a ?

— Un truc dont m'a parlé Driesen. Un truc qui me tracasse depuis le début, dans cette affaire…

109

Je me mets sur le côté, j'attends que Sarah m'explique à quoi elle pense. Sauf qu'elle ne le fait pas.

Elle se glisse hors du lit et enfile une des deux robes de chambre en cachemire pliées parfaitement sur une chaise.

Jolie attention, Breslow. Sympa, la vie que tu mènes…

— Tu vas où ?

— Chercher une carte.

Une carte ? Bon, OK.

Une fois qu'elle est sortie de la chambre, je quitte le lit et enfile la seconde robe de chambre. Je la rejoindrai plus tard, mais d'abord, j'ai désespérément besoin de quelque chose. D'aspirine.

Breslow y a pensé aussi. Dans la salle de bains, j'ouvre un tiroir entre les deux lavabos et tombe sur un petit flacon de Bayer. J'avale deux cachets avec un peu d'eau. Puis je commets l'erreur d'apercevoir mon reflet dans le miroir.

Je sors de la chambre et découvre pour la première fois l'appartement de Breslow à la lumière du jour. Par bien des aspects, c'est exactement ce que j'imaginais : spacieux, meublé avec goût, avec un panorama splendide dominé par Central Park.

En même temps, je décèle une sorte de message subliminal, comme si Breslow avait sciemment évité d'en mettre plein la vue. Une façon de dire : Vous trouvez peut-être cet appartement sublime, mais vous devriez voir où je vis vraiment.

J'ai vu. C'est peut-être pour cela que je perçois ce genre de sous-texte.

— Sarah ? Tu es où ?

— Ici ! répond-elle de la bibliothèque donnant sur le salon.

Elle se tient derrière un bureau en acajou, où elle a ouvert un grand livre pris sur les rayonnages. Un atlas mondial. La carte qu'elle cherchait.

— Quelque chose me dit que tu n'es pas en train de préparer tes vacances.

Je ne crois pas si bien dire. En fait, à cet instant précis, j'ai plus raison que nous le croyons.

Sarah examine une carte des États-Unis. Elle note tous les endroits où Ned a commis ses crimes. Elle a encerclé au feutre toutes les villes.

— Désolée, je n'ai pas pu m'en empêcher. Tu crois que Breslow me pardonnera ?

Je regarde autour de moi. Les étagères contiennent plusieurs milliers de livres.

— À mon avis, personne ne remarquera. Bon, dis-moi : quel est le problème ? Qu'est-ce qui te tracasse ?

— Je ne comprends pas pourquoi Sinclair néglige les John O'Hara qui sont plus près de son dernier meurtre en date. Ça signifie qu'il y a forcément une autre raison… un autre motif.

— C'est le cas avec le dernier, à Casper ?

— Ouais. Driesen a déjà vérifié. Il m'a dit avoir repéré au moins quatre John O'Hara plus près de sa précédente victime. Pourquoi Sinclair parcourt des centaines de kilomètres de plus ? Pour nous embrouiller ?

— Peut-être qu'il se renseigne sur ces O'Hara et se rend compte qu'il aura du mal à les isoler, que c'est trop risqué.

— Alors il part en chercher d'autres, plus loin ?

— C'est l'explication la plus simple, je trouve.

— Je sais. Et c'est justement ce que je n'aime pas, John. C'est trop simple. Il y a autre chose qu'on ne voit pas. Un motif dans le motif.

— Mais c'est ce qu'il nous montre depuis le début. Toutes les victimes ont le même nom : motif. Il se déplace d'ouest en est : motif. Il laisse un indice sur chaque cadavre : motif.

Sarah écarquille les yeux. Elle les baisse aussitôt sur la carte.

— Oh mon Dieu ! Ça y est !

— Quoi ?

Elle prend le feutre posé sur le bureau.

— L'arbre qui cache la forêt… La raison cruciale pour laquelle il tue de cette façon-là.

— Il veut me tuer ?

— Ouais, mais pourquoi ?

— C'est toi qui me l'as dit, toi qui as tout reconstitué. Il me croit coupable de la mort de sa sœur.

— Exact. Et tous les indices laissés sur les victimes sont des énigmes, n'est-ce pas ? Des énigmes qui ont toutes la même réponse.

Bouche bée, je vois Sarah planter le feutre sur Los Angeles, à l'emplacement de l'hôpital psychiatrique d'Eagle Mountain et de la première victime de Ned : Hank, surnom de l'infirmier John O'Hara. À partir de là, elle relie les cercles marquant la localisation de ses trois victimes suivantes.

Winnemucca, Nevada. On descend vers Candle Lake, Nouveau-Mexique. On remonte sur Park City, Utah.

La lettre N.

Ned Sinclair est en train d'écrire Nora.

110

Sarah n'est pas loin de changer d'avis pendant le trajet en taxi vers LaGuardia. Et encore une fois au moment d'embarquer.

Maintenant, à trente-cinq mille pieds au-dessus de la Pennsylvanie, elle soupire :

— Je n'en reviens pas que tu aies réussi à me convaincre de te suivre…

— Ne t'en fais pas. Tu pourras toujours dire à Driesen que tu étais en vacances…

— À Birdwood, Nebraska ?

D'accord, peut-être pas. Mais Birdwood a beau manquer d'attraits touristiques, nous voudrions déjà y être. Non seulement c'est la ville natale du seul John O'Hara dans un rayon de cent cinquante kilomètres, mais après Candle Lake, Nouveau-Mexique, et Casper, Wyoming, c'est l'emplacement idéal pour boucler le O de « Nora ».

Ned Sinclair nous a-t-il pris de vitesse ? Apparemment pas.

— Bon, comment vous voyez la situation ? nous demande Burt Melvin.

Melvin est le chef de la police de Birdwood. Nous lui avons téléphoné avant de prendre notre avion. Dès notre arrivée à l'aéroport régional North Platte, nous louons une jeep Grand Cherokee et nous parcourons les quinze kilomètres qui nous séparent du poste de police.

Dès que Melvin a appris que Sinclair avait frappé à Casper, il a placé une surveillance permanente sur Hara, comme il l'appelle. Il se trouve que le John O'Hara de Birdwood est un ami d'enfance de Melvin et le propriétaire de la quincaillerie locale. C'est aussi un vétéran du Vietnam et un chasseur fanatique, ce qui explique sans doute qu'il refuse catégoriquement de quitter sa maison pour se cacher, je cite, « d'un salopard complètement cinglé qui ne va pas tarder à rencontrer son Créateur ».

— Où sont postés vos hommes ? s'informe Sarah.

— Un devant sa maison, l'autre à l'intérieur qui surveille le seul autre point d'entrée – une porte vitrée coulissante menant au patio.

— Celui qui est devant, il est dans une voiture de patrouille ou dans un véhicule banalisé ?

— Voiture de patrouille. Pourquoi ?

Je sais pourquoi. Et je sais aussi que Sarah va faire très attention à la formulation de sa réponse. On ne peut pas débarquer en ville en demandant à un officier de jouer les appâts.

— On ne pourra pas attraper le tueur si on l'effraie.

Melvin acquiesce, triture les pointes de son épaisse moustache. Il ressemble un peu à Thurman Munson, le mythique capitaine des Yankees.

— Qu'est-ce que vous suggérez ? demande-t-il, méfiant.

— Que l'agent O'Hara et moi attendions dans une voiture banalisée et que vous laissiez votre homme à l'intérieur, comme avant.

Il glousse, s'excuse immédiatement.

— Pardon, mais je n'arrive pas à me faire à l'idée que vous vous appelez aussi John O'Hara. C'est un peu comme si vous fonciez dans une tornade au lieu de foutre le camp, non ?

Si tu savais, l'ami. Si seulement tu savais…

Melvin accepte sans hésiter la proposition de Sarah, ne serait-ce que parce qu'elle lui offre la possibilité d'affecter seulement un de ses hommes et non deux à cette surveillance.

— Vous me retirez le fardeau d'une sacrée facture en heures supplémentaires, alors que mon budget est aussi mince qu'une feuille de papier à cigarette.

Il sourit.

— Combien de temps pouvez-vous rester chez nous ?

— Aussi longtemps que nécessaire, répond Sarah.

Mais nous savons tous les deux que c'est faux. On ne peut pas faire l'école buissonnière « aussi longtemps que nécessaire » quand on bosse pour le FBI. On se donne vingt-quatre heures, trente-six maximum.

D'une façon ou d'une autre, l'heure de la rencontre fatidique approche.

111

— Si tu as besoin de moi, je suis dans la chambre d'apparat, dis-je en plaisantant.

Je grimpe sur la banquette arrière de notre Grand Cherokee de location. En position couchette, et avec une couverture, ce n'est pas si mal, finalement, comparé à certains motels miteux dans lesquels je planquais lorsque je bossais pour le NYPD.

Je consulte ma montre : cela fait vingt-trois heures qu'on est en place, garés en diagonale face à la maison de John O'Hara sur Stillwater Lane.

Tout est calme. Aucun signe de Ned Sinclair. D'une façon générale, aucun signe de personne – mais, partout, des signes de décrépitude. Devant la moitié des maisons du bloc – style ranch avec des bardeaux gris, blancs ou bruns –, des pancartes d'agents immobiliers. Stillwater Lane abrite plus que son lot d'hypothèques fatales.

L'un dans l'autre, c'est une vision plutôt déprimante, même si cela se révèle assez pratique pour nous. Grâce à un agent immobilier dans les relations du chef Melvin, Sarah et moi pouvons utiliser une maison en vente au bout de la rue pour aller aux toilettes ou nous débarbouiller.

Mais c'est dans la jeep qu'on dort. Évidemment. Si Ned Sinclair a l'intention de faire une apparition, on a besoin d'être à côté. Juste à côté.

— Essaie de ne pas ronfler, d'accord ?

Sarah insinue lourdement que les quatre heures de sommeil que nous nous accordons à tour de rôle ne sont pas suffisantes pour moi. Ce n'est pas ma faute. Je suis vanné.

Je m'étire. Le flic de Birdwood qui occupe la tranche de 20 heures à 2 heures du matin doit venir dans une demi-heure. Il nous apporte aussi notre dîner. Et le docteur m'a prescrit un petit somme juste avant.

Malheureusement, je viens de fermer les paupières quand j'entends Sarah marmonner :

— Il est en avance.

Je m'assieds, et vois par la vitre latérale une voiture de patrouille se garer dans l'allée d'O'Hara.

C'est Lohmann qui en sort. Je me rappelle son nom car il nous a apporté des plats chinois hier et j'avais du porc Lo Mein.

Note pour moi-même : ne jamais commander de porc Lo Mein à Birdwood, Nebraska.

— Merde, et nos pizzas ? dis-je en constatant qu'il vient les mains vides.

Non content d'être en avance, il a oublié notre maxi-pizza champignons-pepperoni. Il n'a pas honte ?

Apparemment, il n'a pas non plus d'excuse à nous fournir. Au lieu de venir nous voir pour nous donner une explication – ou la fréquence radio sur laquelle nous devons communiquer pendant sa garde –, il entre directement dans la maison d'O'Hara. Sarah sort aussitôt de la jeep.

— Je vais voir ce qui se passe.

Je l'observe qui traverse la rue et appelle Lohmann. Quand il se retourne, il sursaute, comme s'il était surpris de voir Sarah.

Incompréhensible. Il est censé savoir que nous sommes là.

Quelque chose ne tourne pas rond.

112

Ça arrive si vite. Et pourtant, j'ai l'impression étrange, atroce, de regarder la scène au ralenti. Sans doute parce que je ne peux rien faire pour sauver Sarah.

À mi-chemin entre la jeep et Lohmann, je la vois faire un geste désespéré pour essayer d'attraper son pistolet. Désespéré car Lohmann, bizarrement, a déjà dégainé le sien.

Au premier coup de feu, une gerbe de sang explose au niveau de l'épaule de Sarah, qui tombe en arrière. Au second coup de feu, elle pivote car la balle a frappé son autre bras et s'écroule sur le bitume, visage au sol.

J'aurais dû sortir par la portière arrière de la jeep, m'écarter de sa ligne de tir. Je ne peux plus rien pour Sarah si je me fais descendre moi aussi. Mais l'adrénaline, la rage, la frustration de la voir prise en traître me font jaillir hors de la voiture et foncer droit sur son agresseur.

Il tire à nouveau en me voyant lever mon arme, et la balle passe si près de mon oreille en sifflant que je sens la vibration de l'air.

À mon tour maintenant, fils de pute !

Et il le sait. Quand je presse la détente, il prend déjà la fuite et plonge derrière la calandre de la voiture de police qu'il a volée. Il riposte mais je vide mon chargeur à une telle cadence qu'il lâche son arme en se plaquant au sol.

— Tiens…

Alors que je m'agenouille devant elle, Sarah parvient à lever la main pour me donner son Glock.

— Bute-le…

Tout en la protégeant du mieux que je peux, je reste à l'affût, guettant le moindre mouvement de ce salaud.

Mais ce n'est pas lui qui le fait.

La porte de la maison s'ouvre en grand. Le flic en planque dans la maison d'O'Hara surgit, brandissant son arme, l'air totalement perdu.

Pourquoi cet agent du FBI tire sur mon collègue ?

Mais ce n'est pas son collègue.

Même en uniforme, avec la casquette baissée sur les yeux, même dans les ombres du crépuscule, et même si je n'ai vu de lui qu'un vieux cliché – je sais.

— C'est lui ! C'est Sinclair !

Je comprends que le flic reste paralysé une fraction de seconde. Le temps de rassembler tous les fragments, et de comprendre ce qui a dû arriver au véritable Lohmann. Parce qu'on ne vole pas sa voiture à un policier armé en lui demandant gentiment les clés.

Si le flic ne sait plus dans quelle direction pointer son arme, Sinclair clarifie tout de suite la situation. Il surgit de derrière la calandre comme un diable de sa boîte et lâche deux coups rapides avant de se cacher à nouveau. La seconde balle déchiquette le chambranle de la porte et rate de peu le torse du policier, qui se replie à l'intérieur de la maison. Et doit certainement appeler du renfort.

Sinclair l'a compris.

Le bruit suivant est l'ouverture de la portière avant de la voiture de patrouille, côté conducteur. Je ne vois pas Sinclair car il rampe derrière le volant et met le contact. Planqué sous le tableau de bord, il met les gaz et, à l'aveugle, sort de l'allée.

Mon premier tir fracasse la vitre de la portière. Le suivant vise les pneus. Je touche les deux plus proches.

Mais la voiture recule toujours, et les roues hurlent sur le bitume tandis que Sinclair enclenche la marche avant.

— Vas-y !

Cette voix derrière moi, c'est celle de Sarah. Comme si elle avait rassemblé toute son énergie pour m'empêcher de faire ce que je suis sur le point de faire. Je n'en tiens pas compte. Je laisse Sinclair prendre la fuite sans m'élancer à sa poursuite, et je reste auprès d'elle.

Je sors mon mouchoir et le presse fermement contre la plaie à l'épaule de Sarah pour arrêter l'hémorragie.

— Tenez, me dit le policier sorti de la maison en me tendant une ceinture. Je viens d'appeler une ambulance.

Je serre la ceinture au-dessus de la seconde plaie, située juste sous le biceps. Sarah a déjà perdu beaucoup de sang.

— Ça va aller. Tu vas t'en sortir.

Elle jette un regard en direction de la Grand Cherokee. Sa voix est très faible.

— Tu aurais dû le prendre en chasse, murmure-t-elle, à peine audible.

— Quoi ? Et rater l'occasion de jouer au docteur avec toi ?

J'ai l'impression qu'elle a envie de rire, mais la force lui manque.

— Andouille, chuchote-t-elle.

Je soulève sa tête, la cale entre mes mains. Sa respiration ralentit, de plus en plus pénible.

Que fout cette ambulance, putain ?

— Accroche-toi, d'accord ? Tu dois t'accrocher. Fais-le pour moi.

Elle acquiesce d'un mouvement infime de la tête. Ces beaux yeux d'un vert de jade luttent pour rester ouverts.

Et, bientôt, cessent de lutter.

113

L'infirmière qui installe la cinquième perfusion sanguine dans la chambre de Sarah au centre médical régional de Great Plains ne se doute pas qu'elle et sa blouse rose sont mon ultime rempart contre le tabassage verbal que je ne vais pas tarder à subir de la part de Dan Driesen. Il arrive tout droit de Casper et, sitôt dans la chambre, tombe la veste et retrousse ses manches de chemise. Il ne me dit pas un mot mais si les regards pouvaient tuer, je serais déjà à la morgue avec une étiquette accrochée à l'orteil.

Je ne peux pas lui en vouloir d'être fou de rage. Jusqu'à présent, ma réputation m'a précédé. Et voilà que je la surpasse d'une façon qui va sûrement me valoir une nouvelle suspension. Voire un renvoi définitif du Bureau.

Évidemment, Sarah est une grande fille et elle a pris toute seule la décision de m'accompagner à Birdwood. Mais c'est aussi elle qui est allongée là, inconsciente, depuis plus de treize heures, après avoir perdu « plus de sang que n'importe quel humain pourrait le supporter ». Citation de sa chirurgienne, qui m'a balancé cette réplique d'une voix coupante comme le verre.

— Les visites sont terminées dans un quart d'heure, annonce l'infirmière avant de sortir.

Elle aurait aussi bien pu sonner la cloche au bord du ring du Madison Square Garden.

Messieurs, je veux un combat propre ! Touchez vos gants et boxez !

Driesen tourne autour de moi un moment pour voir si j'ai une excuse bidon à lui servir ou, pire, si j'ai l'intention de lui expliquer que je n'ai commis aucune erreur. Mais autant me précipiter directement sur son uppercut – et je sais que ça ne se fait pas.

Enfin, puisque je me contente de le regarder en silence, il décide de lâcher ses coups.

— Bordel de merde, mais qu'est-ce qui vous a pris ?

— Je me suis…

— La ferme ! Vous mesurez à quel point vous avez tout foutu en l'air ?

— Je sais que…

— LA FERME !

Il hurle à présent.

— JE NE VEUX PAS ENTENDRE UN MOT !

Je me lève et avance vers lui.

— ALORS ARRÊTEZ DE ME POSER VOS PUTAINS DE QUESTIONS !

Mauvaise riposte, mais je n'ai pas mieux. De toute façon, au point où j'en suis, une erreur d'appréciation de plus ou de moins…

Driesen approche son visage si près du mien que je pourrais compter ses pores. L'idée de me précipiter directement sur son uppercut ne me semble plus du tout métaphorique. Ce type a vraiment envie de m'en coller une.

En toute logique, je suis sauvé par le gong, et par celle qui a sonné le début du round.

L'infirmière et sa blouse rose font irruption dans la chambre. Ses semelles en caoutchouc crissent sur le linoléum comme des ongles sur un tableau noir.

— C'est fini ! lance-t-elle. Les visites sont terminées !

Driesen la scrute un instant. Ses sourcils froncés montrent qu'il cherche une réponse appropriée. Il choisit un ton calme et apologétique.

— Je suis désolé, vraiment. Nous allons baisser d'un ton.

— Vous allez surtout sortir d'ici tous les deux. Maintenant !

Pour bien se faire comprendre, elle montre du doigt la porte, comme l'arbitre renvoyant dans son coin Mike Tyson pour un lobe d'oreille arraché.

En tant que champion toutes catégories des décisions désastreuses, je devrais lui expliquer qu'elle n'a plus qu'à démissionner.

Car, en une fraction de seconde, Driesen passe d'une attitude calme et contrite à un déchaînement apocalyptique. D'une voix tonnante que je n'aurais jamais crue humainement possible, il fauche cette femme courtaude et trapue d'une rafale verbale si rapide et si féroce que je pourrais en rire si ce n'était aussi effrayant.

C'est à cet instant que je comprends. Driesen est bien plus que le chef de Sarah. C'est son mentor.

Son rabbin. Sa figure paternelle. Lui et moi avons vraiment besoin qu'elle s'en sorte.

Un point pour le fou furieux hurlant.

Alors, dans la seconde où Driesen reprend son souffle, nous entendons le plus délicieux son du monde. Une voix que je n'étais plus sûr d'entendre un jour.

— Eh ben… sinon, c'est possible de se reposer un peu, ici ?

D'un même mouvement, nous nous tournons vers Sarah, allongée dans son lit, yeux enfin ouverts. Driesen sourit. Je souris. Même l'infirmière sourit.

Et Sarah s'y met à son tour.

Elle va s'en sortir.

114

J'ai envie de me jeter sur elle. De la serrer contre moi. De l'embrasser. Au moins de prendre sa main pour sentir le contact de sa peau.

Autant de gestes impossibles.

Face à Driesen, je ne suis rien de plus qu'un collègue de Sarah au Bureau, qui est ravi de voir qu'elle va survivre. Sourires, soulagement et distance platonique de rigueur.

Le médecin de Sarah entre. Driesen me fait signe de le rejoindre dans un coin. Plus de hurlements, plus de face-à-face. Je mets ça sur le compte de la bonne humeur qui règne dans la chambre. Mais dès qu'il parle, l'erreur n'est pas permise : son ton est grave.

— Voilà ce qui va se passer maintenant, que ça vous plaise ou non.

Et il entreprend de m'expliquer les conditions de mon séjour illimité à l'Hôtel FBI de New York jusqu'à ce que Sinclair soit arrêté. Résidence surveillée, ni plus ni moins.

— On est bien d'accord ?

— On est bien d'accord.

Ma seule latitude, c'est de décider si je veux retirer mes enfants du camp de vacances pour qu'ils me rejoignent.

— Réfléchissez pendant que je passe quelques coups de fil.

Il prend son téléphone et sort de la chambre, me laissant seul avec Sarah. Un hôpital n'est qu'une vaste porte à tambour, et je n'ai aucun moyen de savoir quand une infirmière, un médecin ou même Driesen va revenir. Alors je me dépêche. Le baiser. L'étreinte. L'occasion de lui dire quelle frayeur elle m'a faite. La seule chose que je n'ai pas besoin de lui dire, c'est que jamais je n'ai ressenti ce que je ressens pour elle depuis la mort de mon épouse.

Mais Sarah l'a deviné toute seule.

— Je l'ai reconnu, me dit-elle en parlant de Sinclair, mais il m'a reconnue en premier.

— À une fraction de seconde près.

Elle jette un coup d'œil à son épaule et à son autre bras. Ils ont triplé de volume à cause des bandages.

— Ça suffit parfois.

Je presse sa main et lui souris.

— Il a tiré au hasard. Il a eu de la chance…

À cet instant, sans même frapper à la porte, une autre infirmière apparaît. Je lâche rapidement la main de Sarah mais ça n'a pas vraiment d'importance, tant la femme paraît occupée par son bouquet de lis jaunes.

— Cela vient d'arriver pour vous, annonce-t-elle.

Elle les pose sur le rebord de la fenêtre, non sans plonger son nez dans le bouquet et respirer profondément.

— Ils sentent merveilleusement bon.

Le regard de Sarah passe des fleurs vers moi tandis que l'infirmière s'en va. Il y en a bien deux douzaines, très joliment arrangées.

— Pas la peine de me regarder : ça ne vient pas de moi.

Elle rit.

— C'est sûr que ce n'est pas Driesen. Ça n'est pas dans ses habitudes.

— Peut-être que c'est la procédure standard à Quantico. Une douzaine de fleurs pour chaque balle prise.

Je m'approche du bouquet et remarque une petite enveloppe fixée sur le rebord du vase. J'en sors un bristol que je lis en silence.

— Alors, c'est de qui ?

Je ne réponds pas tout de suite. Je relis la carte une seconde fois. Je réfléchis. Je réfléchis à toute vitesse.

Sarah insiste.

— John, c'est de qui ?

Je la regarde en secouant la tête.

— Bon, je remballe ma théorie sur Quantico.

— Comment ça ?

— Il y a erreur sur le nom. Le bouquet est adressé à une certaine Jessica Baker. Je vais régler ça avec l'infirmière.

J'embrasse Sarah sur le front et quitte la chambre. Je mets le cap sur l'ascenseur, puis quitte l'hôpital. Je ne vais pas voir l'infirmière. Et je prends toutes les précautions pour que Dan Driesen ne me voie pas.

J'ai détesté mentir à Sarah mais ç'aurait été pire qu'elle soit obligée de mentir pour me couvrir.

J'entends quasiment Driesen hurler mon nom en m'insultant et demander à Sarah où j'ai foutu le camp.

Elle ne pourra pas le lui dire. Personne ne pourra. Personne ne sait où je vais maintenant.

Cette fois, c'est moi qui suis mon intuition.

115

La pluie tombe sans interruption, s'abat sur mon pare-brise avec une telle violence que les essuie-glaces ont du mal à suivre. Si j'étais en train de conduire, je devrais m'arrêter sur le bas-côté. Mais je ne suis pas en train de conduire.

Depuis deux jours, je suis garé dans une allée du cimetière Kensico à Valhalla, New York. Pour m'y rendre, j'ai dû prendre deux vols depuis Birdwood, Nebraska, conduire une voiture de location de l'aéroport du comté de Westchester et faire halte dans un Stop & Shop pour me ravitailler en eau et en nourriture.

Le seul autre endroit où je me suis arrêté sur la route était un Radio Shack où j'ai pu acheter un chargeur de téléphone qui se branche sur l'allume-cigare. Le vendeur à catogan qui arpentait les travées a essayé de me fourguer une batterie de secours garantissant six heures de communications supplémentaires.

— Intéressant, ai-je commenté.

Autrement dit : merci mais non merci.

Je n'ai déjà pas besoin des heures de communications de mon forfait. Comme je ne veux pas prendre le risque d'être localisé via le GPS, j'allume juste mon téléphone d'heure en heure, et seulement pour relever mes messages.

Ceux de Driesen se sont espacés après les vingt-quatre premières heures. Et je n'en attends aucun de Sarah. Une petite part d'elle est sûrement vexée d'avoir été tenue dans l'ignorance de mes projets, mais l'autre part sait que j'ai mes raisons.

Elle ne tardera pas à les connaître. La seule question sera : est-ce que j'ai eu raison ?

Après avoir parcouru du regard les rangées de pierres tombales pour la milliardième fois, je reprends la carte que Ned Sinclair a jointe à ses fleurs. Pas la peine de la relire : je la connais par cœur. Et même, je connais tout le poème par cœur depuis le cours de littérature anglaise de Mme Lindstrom en première à la Keith Academy.

Les bois sont beaux, sombres et profonds,
Mais j'ai des promesses à tenir,
Et un long chemin à parcourir avant de dormir
Et un long chemin à parcourir avant de dormir

Bien sûr, Ned n'a pas signé la carte. Inutile. Il s'attendait à ce qu'on sache que les fleurs venaient de lui.

Mais pourquoi ce poème ? Et, de tous les poèmes, pourquoi « En s'arrêtant par les bois un soir de neige » de Robert Frost ?

Quelles promesses dois-tu tenir, Ned ?

La réponse, j'en suis persuadé, je la tiens dans mon autre main.

C'est la lettre que j'ai trouvée glissée derrière la photo de Nora, dans le cadre au fond du coffre rangé sous le lit de Ned. Je ne sais toujours pas pourquoi il a tous ces modèles réduits de DeLorean, mais je sais pourquoi il a gardé cette lettre.

C'est Nora qui l'a écrite.

Elle commence par « Mon cher petit frère ».

Le ton est celui d'une grande sœur aimante. Toute la première page est remplie de questions sur le travail de Ned et sa vie en Californie. Il ne fait aucun doute qu'elle tient sincèrement à lui. À plusieurs reprises, elle écrit : « Je suis si fière de toi ! »

Puis vient la page 2.

Cette fois, c'est de sa propre vie qu'il est question. Et, tout de suite, le ton est sinistre. « Tu es le seul à qui je peux parler de ça, Ned. »

Elle est tombée amoureuse de « la mauvaise personne ». Un homme qui n'est pas celui qu'il prétend être. Tout chez lui est un mensonge : son métier, ses intentions, même son nom.

« Je suis en danger, je le sens. L'agent John O'Hara va causer ma mort, Ned. »

Elle ne développe pas. Elle ne donne pas de détails. Elle formule juste un vœu, au cas où sa prémonition se confirmerait.

« Promets-moi que tu me rendras visite. Et apporte-moi des lis jaunes, comme après cette nuit horrible quand nous étions enfants, si petits. Juste des enfants. »

C’est à cause de ce vœu que je suis dans cette voiture, sous cette pluie battante. J’attends, j’attends encore. Que Ned montre enfin son visage. Qu’il tienne sa promesse à sa sœur.

116

Au loin, une tache jaune avance lentement sous l'averse. Je me penche en avant, mes cils frôlent presque le pare-brise tandis que je plisse les paupières et cligne des yeux pour essayer de voir qui approche. Ça pourrait être n'importe qui. Mais ce n'est pas n'importe qui.

Ned a la tête baissée, son visage est dissimulé par la visière d'une casquette des Mets. Mais je sais à coup sûr où il se dirige, avec son bouquet de lis jaunes. Droit sur la tombe de sa sœur.

Je pose la main sur la poignée de la portière, l'ouvre en douceur, sans bruit. Il est temps d'aller se mouiller.

Sois rapide, O'Hara. Et discret. Ne te fais pas tuer ce soir.

Je sprinte tout droit de la voiture à la première pierre tombale. Puis j'avance en zigzaguant. Le chemin est déjà tracé, déjà mémorisé. La pluie est mon alliée. Son fracas couvre le bruit de mes pas. Mieux encore : elle oblige Ned à baisser la tête, à l'enfoncer entre ses épaules.

Je continue à zigzaguer, puis je m'accroupis derrière une pierre tombale. Je presse si fort le dos contre le granit que je sens les cristaux de quartz à travers ma chemise trempée.

La tombe de Nora se trouve à une vingtaine de mètres. Curieusement, je revois son visage. J'ai tant de souvenirs d'elle. De nous. Un rapide coup d'œil m'informe que Ned et ses fleurs sont à moins de dix mètres. Je sors mon pistolet. Je compte jusqu'à cinq et il sera à portée de tir. Je commence le décompte et…

— Plus un geste !

Je bondis en même temps que je hurle. Les lis glissent de ses mains. Il me regarde par-dessous sa casquette. Ses yeux sont écarquillés. La surprise et, plus encore, la peur. Il n'a aucune idée de ce qui est en train de se passer.

Et merde ! Je n'ai aucune idée de qui il est.

— Mains en l'air !

Je m'approche de l'homme.

Le meilleur moyen de discerner si une personne est une menace, c'est son attitude face à une arme. Si elle regarde l'arme, alors elle n'est pas une menace.

Ce type n'est pas une menace.

— Vous êtes qui ?

Il semble paralysé par mon pistolet. Je suis obligé de répéter ma question.

— Je travaille ici, finit-il par dire.

Je l'inspecte du regard. Bottes en caoutchouc Timberland et salopette avec l'écusson CIMETIÈRE KENSICO sur la poche poitrine. Un fossoyeur, certainement.

— Comment vous vous appelez ?

— Ken. Juste Ken.

— Les fleurs, c'est pour qui ?

— Une certaine Nora Sinclair. Sa tombe est juste là. Et vous, vous êtes qui ?

Je baisse mon arme, m'approche de l'homme et lui sors mon insigne. Il fait tout de suite le rapprochement.

— Oh ! Vous êtes le gars dans la voiture.

— Voilà, oui. Le gars dans la voiture.

— Mon patron m'a défendu de vous demander qui vous étiez. Je pige, maintenant…

Maintenant que ses genoux ne tremblent plus, Ken se baisse pour ramasser le bouquet de lis. Pendant ce temps, mon esprit cherche déjà un moyen de remonter jusqu'à Ned grâce au fleuriste auquel il a commandé ses fleurs. D'où a-t-il appelé ? Est-ce qu'il a payé avec une carte bancaire volée ? Compte-t-il s'en servir à nouveau ?

— Pardon, qu'est-ce que vous dites ?

Ken vient de dire quelque chose mais je n'ai pas compris. Il était baissé pour ramasser le dernier lis.

— Le mec m'a dit que ça le bouleversait vraiment de se retrouver devant la tombe.

— Attendez… quoi ? Quel mec ?

— Il m'a juste donné cinquante dollars pour que j'aille les poser à sa place. Jamais je n'ai gagné de fric aussi…

— À terre !

117

Dès les premiers coups de feu, la casquette de Ken s'envole. Le message arrive à bon port : il plonge, puis il rampe, puis il s'enfuit en courant.

Au moment où je m'accroupis derrière une pierre tombale, je sens une brûlure cuisante traverser mon mollet. Ned n'a pas l'intention de me rater une seconde fois.

— Lâche ton arme !

L'ordre est soudain. Je n'ai même pas le temps de me relever pour un bon vieux duel. Je me retourne et me trouve face à Ned et son Browning Hi-Power Mark III. Il a dû sprinter depuis sa cachette pour arriver aussi vite à ma hauteur.

Lentement, je laisse tomber mon Glock. D'un coup de pied, Ned l'expédie dans l'herbe mouillée. Puis il me regarde et sourit.

— Tiens, tiens, tiens… on dirait bien John O'Hara.

Je grimace un sourire et, mains écartées, réponds :

— Le seul, l'unique.

Ça le fait rire.

— Elle est bien bonne, celle-là ! T'es un malin…

— Pas autant que toi, malheureusement.

— Très juste. Encore que je te félicite d'être arrivé aussi loin.

Chose curieuse, il paraît sincère. Même s'il est obsédé par l'idée de se venger, on dirait qu'il a encore envie d'un combat d'égal à égal. D'où ses énigmes. Comme une façon de nous mettre à l'épreuve, Sarah et moi.

— Comment tu as compris que je serais ici ?

— Je mentirais si je disais que j'en étais sûr à cent pour cent, m'explique-t-il. Je l'ai deviné avec les mêmes armes que toi. J'ai fait mes petits calculs.

Je ne le suis pas.

— Ça s'appelle une suite de Fibonacci. Une série numérique où tout chiffre donné est la somme des deux qui le précèdent. Cinq, huit, treize, vingt et un, trente-quatre, etc. En quelque sorte, le mécanisme au cœur de tout raisonnement déductif.

Je fixe Ned tout en écoutant ses paroles. Sans le pistolet pointé sur moi, ça pourrait être un conférencier à l'UCLA. Où sont passées sa colère, sa haine envers moi ? Il est calme. Trop calme. Je ne trouve pas la faille.

— C'est vraiment dommage, dis-je en secouant la tête. Tu sais… ce qui aurait pu se passer.

Il lève les yeux au ciel.

— OK, je saisis ta perche. Qu'est-ce que tu veux dire ?

— Je sais ce qui s'est passé quand toi et Nora étiez enfants. Cette histoire atroce. Et ta mère qui se fait accuser à ta place…

— Et alors ?

C'est son premier tressautement. Un signe furtif que, malgré le temps, toutes les blessures n'ont pas cicatrisé.

— Alors imagine ce qui se serait passé si votre père n'avait pas été un monstre. Combien ta vie et celle de Nora auraient été différentes…

— Sans parler de la tienne – ou de ce qu'il en reste.

Il montre du doigt l'herbe couverte de sang sous mon genou.

— Ça va comment, ta jambe ?

— Ne t'inquiète pas. Je survivrai.

Il a encore ce petit rire.

— Encore une bien bonne. Je suis sûr que tu faisais rire ma sœur, aussi. Avant de la tuer.

118

Ned me cloue du regard. Sa mâchoire se crispe, son bras se raidit. Sa main serre le pistolet.

— Je ne l'ai pas tuée. Peu importe ce que tu crois, ce n'est pas moi.

— Tu mens ! Quel que soit le tueur, c'est toi qui es responsable. Sans toi, elle serait toujours en vie.

Il a peut-être raison, sur ce coup-là.

Je jette un regard à son Browning. Les gouttes de pluie perlent sur l'époxy noir.

— Dans ce cas, pourquoi tu ne m'as pas encore tué ? Puisque je le mérite tant que ça ?

— Tu mérites ça aussi !

Ned lève la jambe droite et me balance un coup de pied dans les côtes. Je plie les genoux et m'écroule. Dans ma douleur, une pensée me traverse : Jusqu'ici tout va bien. Un coup de pied vaut mieux qu'une balle dans la tête.

— Oooh, pardon ! Je t'ai fait mal ? ironise Ned.

Je prends appui sur mes mains pour le regarder dans les yeux. Et, avec un sourire forcé :

— C'est tout ce que tu as ?

Je suis presque sûr d'entendre une côte se briser tandis que Ned me frappe à nouveau de toutes ses forces – et il en a beaucoup. Il est plus fort qu'il n'y paraît. Et bien plus en colère.

Mais j'en redemande.

— Allez, le fiston à sa maman ! Montre-moi ce que tu peux vraiment faire ! Nora t'a séduit, hein ? Elle m'a fait le même coup…

Ned vise plus haut, cette fois. Son pied s'abat sur mon visage. Je me retrouve projeté au sol, recroquevillé en position fœtale. Mes mains ne sont qu'à quelques centimètres de mes chevilles.

Je sens le gonflement autour de mon œil gauche, la paupière de plus en plus lourde qui se ferme. De l'œil droit, je devine Ned qui prend de l'élan. Comme s'il jouait au football et que j'étais le ballon. Il est entièrement concentré dans un seul but : m'administrer le maximum de souffrance.

C'est ça, Ned, défoule-toi ! Évacue toute cette colère, toute cette haine…

Tes mains !

Elles sont retombées le long de son corps, ballantes, son pistolet pointé non plus vers moi mais vers le sol. L'espace d'une fraction de seconde, le rapport de force s'inverse.

Maintenant c'est moi qui ai un coup d'avance, moi qui ai mon propre calcul à effectuer.

Deux moins un égale un.

Du geste le plus rapide que j'aie jamais effectué, je saisis mon arme de secours – le Beretta 9 mm glissé dans mon holster de cheville. Je tire sans vraiment viser.

La balle frappe Ned à l'épaule, à l'endroit où il a lui-même touché Sarah. Il trébuche en arrière, ses pieds se dérobent, la réalité s'abat sur lui. Il essaie de lever le bras pour tirer mais je réagis avant lui. Et ma furie surpasse la sienne.

BLAM !

Ce coup-là est plus frontal. Il déchiquette son thorax, l'impact lui coupe presque les jambes. Mais il ne tombe pas.

Il vacille, le sang coule le long de son corps, la pluie modifie sa couleur. Rouge profond, rouge pâle, presque rose.

Il brandit son pistolet, ouvre la bouche pour parler. Mais il a suffisamment parlé à mon goût. Ce fils de pute de tueur est bien trop bavard…

BLAM !

La détonation résonne à travers les chênes. Je tombe sur le dos, fixe les nuages qui tournoient au-dessus de moi. J'essaie de reprendre mon souffle.

Lentement, j'avance jusqu'à l'endroit où il s'est écroulé. Ma dernière balle a transpercé son cœur.

Ned Sinclair est mort.

À moins de deux mètres de la tombe de sa sœur. Et vous savez quoi ? Ces deux-là se méritaient.

119

Avec la mort de Ned Sinclair, un de mes problèmes les plus urgents se trouva résolu de lui-même. Piétinant les lauriers que l'on m'avait décernés après avoir résolu l'affaire des meurtres de la lune de miel, j'avais enfreint la moitié des règles du code du FBI et provoqué la fureur de plus d'un supérieur, à commencer par Dan Driesen. Mais, ce faisant, j'avais aussi éliminé un tueur qui avait terrifié tous les John O'Hara à travers le pays, y compris le propre beau-frère du président.

Je n'ai pas été viré. Ni même suspendu. Frank Walsh m'a demandé de continuer à voir le Dr Adam Kline mais, ayant appris la petite sortie éducative que j'avais faite après m'être reposé quelques jours chez moi, à Riverside, le bon docteur a décrété que notre travail était terminé.

— Vous avez fait preuve d'un vrai courage, m'a-t-il annoncé lors de ce qui serait notre ultime séance. Vous avez pris la bonne décision. Pour moi, vous êtes tiré d'affaire.

Pour ce qui est du courage, je n'en suis pas certain. Mais avant même de sonner à la porte de la maison de Stephen McMillan, je savais que je prenais la bonne décision.

Ce problème n'allait pas se régler tout seul.

Assis dans le salon de McMillan, je l'ai écouté me présenter des excuses poignantes pour avoir causé la mort de Susan. Tandis que les larmes ruisselaient sur ses joues, je n'avais aucun doute sur la sincérité de ses paroles.

— Je sais que ça ne vous sera d'aucune consolation, mais je veux que vous le sachiez : je n'ai plus bu une goutte d'alcool depuis l'accident.

— Vous avez raison. Ça ne me console pas, pas plus que mes enfants. Mais je suis sûr que ça signifie beaucoup pour votre famille.

McMillan a jeté un coup d'œil vers les photos de son fils et de sa fille posées sur un guéridon près de son fauteuil. Et il a hoché la tête.

Nous avons discuté une minute de plus, peut-être, pendant laquelle McMillan a eu l'intelligence – ou redoutait-il de le faire ? – de ne pas me demander mon pardon. Je ne pourrai jamais le lui accorder.

Mais ce que je peux lui accorder, c'est ceci : l'acceptation de ce qui s'est passé.

Je lui ai dit que j'acceptais le fait qu'il ait pris pleinement conscience de l'erreur commise et de la perte terrible dont il était responsable, pour mes garçons comme pour moi. Il me l'a affirmé, et je l'ai cru. Puis, à mi-voix, il a conclu en me disant :

— Merci.

Alors, nous nous sommes levés et j'ai fait quelque chose que je n'aurais jamais cru pouvoir faire. Jamais de la vie. Jamais, de toute éternité.

Je lui ai serré la main.

— Pourquoi avez-vous changé d'avis ? Pourquoi avez-vous finalement accepté de rencontrer mon client ? m'a demandé Harold Cornish quand je suis sorti de chez McMillan.

J'aurais pu lui raconter une très longue histoire. Lui parler de ce que j'avais vécu depuis qu'il m'avait rendu cette petite visite dans mon patio. Martha Cole. Ned Sinclair. Et ce point commun que je partageais avec eux : un désir singulier.

Au lieu de quoi j'ai trouvé une formule qui résumait tout cela :

— La vengeance ne produit jamais rien de bon.

Épilogue

— Bon, pour la dernière fois : qu'est-ce que c'est que ce bateau ?

Sarah sourit, assise à la proue.

— Je t'ai expliqué ! J'ai rencontré un gars sur un jet-ski, dans le coin, et il me devait une faveur.

Elle croise les bras, attend la suite. Qui ne tarde pas. On ne peut pas jouer les mystérieux très longtemps devant une jolie fille en bikini noir.

Je raconte à Sarah mon premier voyage aux îles Turques-et-Caïques, quand cette histoire complètement folle a commencé. Et ma folle rencontre avec Pierre Simone, l'escroc au slip de bain.

À la suggestion, peut-être, du commissaire Joseph Eldridge, Pierre a trouvé un moyen fabuleux de se faire pardonner.

— Je l'ai gagné au poker, m'a-t-il expliqué au téléphone avec son accent français, sans pour autant entrer dans les détails. Le type avait un flush, je lui ai piqué son voilier !

Je ne savais pas dans quelle mesure Pierre plaisantait, mais je m'en moquais. Pendant une merveilleuse semaine, j'allais pouvoir naviguer à bord d'un Catalina à gréement en tête de treize mètres de long. L'occasion rêvée de mettre à jour mes compétences de skipper, apprises lorsque j'étais adolescent à l'école de voile de mon YMCA durant trois étés.

J'embarquais en outre un second spectaculaire. Même les cicatrices de ses blessures par balle la rendaient incroyablement sexy – selon moi, du moins.

— Je vais prendre une bière, m'annonce Sarah en descendant à la coquerie. Tu en veux une ?

— Volontiers, dis-je depuis la barre.

De retour à Riverside, tout le monde avait profité de la maison pendant deux bonnes semaines. Max et John Jr étaient revenus enthousiastes de leur séjour à Camp Wilderlocke, Judy et Marshall tout aussi enthousiastes de leur croisière en Méditerranée. Si tous avaient des histoires fabuleuses à partager, ils me demandaient sans cesse de raconter comment j'avais mis hors d'état de nuire deux tueurs en série.

— La combinaison parfaite ! s'exclamait Max sous sa casquette des Yankees.

Concernant l'affaire Ned Sinclair, il avait sa petite idée sur la façon dont j'aurais pu lui échapper :

— Il aurait suffi de changer de nom, papa !

Ce soir-là, les rires fusèrent autour de la table du dîner. Et me prouvèrent que, si la famille est bien la seule monnaie qui procure le bonheur, je suis un homme immensément riche.

Bien sûr, le chèque de Warner Breslow sur mon compte en banque n'est pas négligeable. Deux cent cinquante mille dollars pour services rendus.

Sans parler du contrat en bonne et due forme concernant mon bonus que j'ai rangé dans mon coffre, à la maison.

Breslow m'avait demandé si Max et John Jr étaient de bons élèves. « Est-ce qu'ils apprennent bien leurs leçons ? » Eux qui avaient toujours de bonnes notes allaient pouvoir travailler encore mieux : Breslow se proposait de payer leurs études universitaires.

— Ethan et Abigail adoraient les enfants. Aussi longtemps que je vivrai, je m'en souviendrai chaque fois que je penserai à vos deux garçons.

La presse à scandale continuera toujours à traîner dans la boue Warner Breslow – certains ragots auront peut-être même un fond de vérité. Mais j'aime à croire que j'ai vu une facette de cet homme que peu de gens connaissent. J'ai vu un père qui aimait profondément son fils.

— Tiens ! me dit Sarah de retour sur le pont.

Elle me tend une Turk's Head bien glacée et nous trinquons à ce bel après-midi sous un soleil paradisiaque.

Ni elle ni moi ne possédons de boule de cristal, et il nous reste encore beaucoup à apprendre l'un sur l'autre dans les semaines, les mois et, j'espère, les années qui viennent. Mais je suis sûr d'une chose : il n'y a personne d'autre avec qui j'ai autant envie de partager cette traversée. Et j'ai bien l'impression que Sarah partage ce sentiment.

— Alors, me demande-t-elle, on met le cap sur quoi ?

Je souris.

— Bonne question.

Nous regardons tout autour de nous. Partout le ciel bleu, la mer bleue et des possibilités infinies.

Sarah vient se blottir derrière moi à la barre, elle noue les bras autour de ma taille. Et elle murmure à mon oreille :

— Voyons où le vent nous mènera, John O'Hara.

Du même auteur :

Aux éditions de l'Archipel

Lettres de sang, 2018.
La Villa rouge, 2017.
Tue-moi si tu peux, 2017.
Menace sur Rio, 2016.
Invisible, 2016.
Lune pourpre, 2015.
Le Sang de mon ennemi, 2015.
Week-end en enfer, 2014.
Tapis rouge, 2014.
Moi, Michael Bennett, 2014.
Zoo, 2013.
Dans le pire des cas, 2013.
Les Griffes du mensonge, 2013.
Copycat, 2012.
Private Londres, 2012.
Œil pour œil, 2012.
Private Los Angeles, 2011.
Bons baisers du tueur, 2011.
Une ombre sur la ville, 2010.

Dernière escale, 2010.
Rendez-vous chez Tiffany, 2010.
On t'aura prévenue, 2009.
Une nuit de trop, 2009.
Crise d'otages, 2008.
Promesse de sang, 2008.
Garde rapprochée, 2007.
Lune de miel, 2006.
L'amour ne meurt jamais, 2006.
La Maison au bord du lac, 2005.
Pour toi, Nicolas, 2004.
La Dernière Prophétie, 2001.

Aux éditions JC Lattès

15e affaire, 2017.
Cross, cœur de cible, 2017.
14e péché mortel, 2016.
Cours, Alex Cross, 2016.
13e malédiction, 2015.
Tuer Alex Cross, 2015.
12 coups pour rien, 2014.
Tirs croisés, 2014.
La 11e et Dernière Heure, 2013.
Moi, Alex Cross, 2013.
10e anniversaire, 2012.
La Piste du tigre, 2012.
Le 9e Jugement, 2011.
En votre honneur, 2011.
La 8e Confession, 2010.
La Lame du boucher, 2010.
La 6e Cible, 2008.

Des nouvelles de Mary, 2008.
Le 5e Ange de la mort, 2007.
Sur le pont du loup, 2007.
4 fers au feu, 2006.
Grand méchant loup, 2006.
Quatre souris vertes, 2005.
Terreur au 3e degré, 2005.
2e chance, 2004.
Noires sont les violettes, 2004.
Beach House, 2003.
Premier à mourir, 2003.
Rouges sont les roses, 2002.
Le Jeu du furet, 2001.
Souffle le vent, 2000.
Au chat et à la souris, 1999.
La Diabolique, 1998.
Jack et Jill, 1997.
Le Septième Ciel, 2009.
Bikini, 2009.

Au Fleuve noir

L'Été des machettes, 2004.
Vendredi noir, 2003.
Celui qui dansait sur les tombes, 2002.
Et tombent les filles, 1996.
Le Masque de l'araignée, 1993.

PAPIER À BASE DE FIBRES CERTIFIÉES

Le Livre de Poche s'engage pour l'environnement en réduisant l'empreinte carbone de ses livres. Celle de cet exemplaire est de :
350 g éq. CO_2
Rendez-vous sur www.livredepoche-durable.fr

Composition réalisée par Lumina Datamatics, Inc.

Imprimé en France par CPI
en février 2018
N° d'impression : 3027445
Dépôt légal 1re publication : mars 2018
LIBRAIRIE GÉNÉRALE FRANÇAISE
21, rue du Montparnasse - 75298 Paris Cedex 06

67/7973/4